无言的世界直至有人到来,
多年以来他寻找着自己的语言,
笨拙地摸索着文字,为了说出
他接触的、看见的、渴望的和失去的一切。

A world of speechless time until man came,
So many years before he found his tongue,
Clumsily groping for the words to name
All he touched, saw, desired and died among.

桂冠诗人诗选

尼古拉斯·布莱克 桂冠推理全集

The Whisper in the Gloom

暗夜无声

尼古拉斯·布莱克——著
程水英——译

上海文艺出版社
上海故事会文化传媒有限公司

尼古拉斯·布莱克桂冠推理全集（全16册）
编委会

总策划：夏一鸣

主　编：黄禄善

副主编：陶云韫

编辑成员
（按姓氏笔画为序排列）

丁娴瑶　王　琦　田　芳　吕　佳　朱　虹　孟文玉
赵媛佳　夏一鸣　陶云韫　黄禄善　曹晴雯　彭元凯

名家导读

    提起英国黄金时代侦探小说的代表性作家,很多人马上就会想到阿加莎·克里斯蒂(Agatha Christie, 1890-1976)。确实,这位昔时光顾伦敦侦探俱乐部的"常客",自出道以来,累计创作悬疑探案小说81部,总销售量近20亿册,是地地道道的"侦探小说女王"。不过,在当时的英国,还有一位男性侦探小说家,其创作才能一点也不亚于阿加莎·克里斯蒂,只不过他的身份比较显赫,甚至有点令人生畏。尼古拉斯·布莱克(Nicholas Blake, 1904-1972),这个生于爱尔兰、长于伦敦、后来活跃在诗坛的"怪才",不但拥有牛津大学和哈佛大学教授、英国桂冠诗人、大不列颠功勋骑士、战时宣传口掌门、左翼社会活动家等多种显赫身份,还在出版大量彪炳史册的诗歌集、论文集、译著的同时,客串侦探小说创作,成就十分突出。说来让人难以置信,他创作侦探小说的原因竟然是囊中羞涩,无法支付居住已久的房屋的维修费。在给自己的诗友、同为桂冠诗人的斯蒂芬·斯潘德(Stephen Spender, 1909-

1995）的信中，他坦言，因为担心失业，一直想写些可以盈利的书。于是，一套以"奈杰尔·斯特雷奇威"（Nigel Strangeways）为业余侦探主角的悬疑探案小说诞生了。

该套小说共计 16 部，始于 1935 年的《罪证疑云》（*A Question of Proof*），终于 1966 年的《死后黎明》（*The Morning after Death*），陆续问世后，均引起轰动，一版再版，畅销不衰，并被译成多种文字，风靡欧美多地。直至今天，这套作品依然作为西方犯罪小说的经典被顶礼膜拜。《纽约时报》《泰晤士报文学增刊》《每日电讯》等数十家报刊连篇累牍地发表评论，称赞这套小说是西方侦探小说的"杰作"，"值得倾力推荐"。知名小说家伊丽莎白·鲍恩（Elizabeth Bowen）说，尼古拉斯·布莱克"拥有构筑谜案小说的非凡能力"，"在英国侦探小说史上独树一帜"。当代著名评论家尼尔·奈伦（Neil Nyren）也说，尼古拉斯·布莱克不愧为"神秘小说大师"，"在西方侦探小说从通俗到主流的文学转型中起着重要作用"。[①]

人们之所以热捧尼古拉斯·布莱克，首先在于这套悬疑探案小说构筑了 16 个扑朔迷离的故事情节。尼古拉斯·布莱克熟谙黄金时代侦探小说的各种创作模式，在他的笔下，既有引导读者亦步亦趋的"谜踪"，又有适时向读者交代的"公平游戏原则"；既有转移读者注意力的"红鲱鱼"，又有展示不可能犯罪的"封闭场所谋杀"。而且，一切结合得十分自然，不留任何痕迹。譬如，该系列的第二部小说《死亡之壳》（*Thou*

[①] Neil Nyren. "Nicholas Blake: A Crime Reader's Guide to the Classics", https://crimereads.com, January 18, 2019.

Shell of Death),功勋飞行员费格斯不断收到匿名威胁信,断言他将在节日当天毙命。以防万一,费格斯请来了破案高手奈杰尔·斯特雷奇威。然而,劫数难逃,在节日家宴后,费格斯还是神秘死亡。凶手究竟是谁?为何要选择节日当天谋杀他?谋杀动机又是什么?种种线索指向参加节日家宴的、有可能从谋杀中获益的一些嘉宾,其中包括富有传奇色彩的女探险家乔治娅·卡文迪什,她与费格斯来往甚密。与此同时,奈杰尔·斯特雷奇威也开始调查死者费格斯鲜为人知的过去。又如该系列的第四部小说《禽兽该死》(The Beast Must Die),故事以侦探小说家弗兰克的日记开头,讲述他6岁的儿子突遇车祸,肇事司机逃逸,由此他悲愤交加,展开了追查禽兽的历程。故事最后,复仇者锁定嫌疑人,并潜入嫌疑人家中,准备实施谋杀。然而,当东窗事发,弗兰克却坚称自己无罪。事情真相究竟如何?弗兰克是有罪,还是无罪?奈杰尔·斯特雷奇威依据严密的推理,做出了出乎众人意料的判断。再如该系列的第14部小说《夺命蠕虫》(The Worm of Death),开篇即以死者之口预告了自身的死亡,设置了"自杀还是谋杀"的悬念。死者名为皮尔斯·劳登,是一个医学博士,他的尸体突然出现在泰晤士河中,全身只穿有一件粗花呢大衣,手腕处还有数道相同的刀伤。奈杰尔·斯特雷奇威奉命介入调查,似乎所有家庭成员都对死者抱有敌意,所有人都有强烈的作案动机,包括深受博士喜爱的养子格雷厄姆,次子哈罗德,还有小女儿瑞贝卡——死者曾坚决反对她与艺术家男友的婚恋。随着调查深入,家中发生的又一起死亡事件陡然加剧了紧张局势。恶意谋杀仍在继续,奈杰尔·斯特雷奇威不得不加快脚步。与此同时,他也在一艘腐烂的驳船上发现了令人毛骨悚然的事实真相。

不过，尼古拉斯·布莱克毕竟是驰骋在诗坛多年的"桂冠诗人"，他在构筑上述扑朔迷离的故事情节的同时，还有意无意地融入了许多纯文学技巧。故事行文优美，引语典故不断，清新、优雅的风韵中又不乏幽默，尤其是在刻画人物的心理和展示作品的主题方面很下功夫。一方面，《酿造厄运》(There's Trouble Brewing)通过一家酿酒厂里的奇异命案，展现了资本家的贪婪、人性的扭曲和底层劳动者的苦苦挣扎；另一方面，《深谷谜云》(The Dreadful Hollow)又通过偏僻山村一系列匪夷所思的恐怖事件，展示了一幅幅极其丑陋的贪婪、嫉恨、复仇的图画；与此同时，《雪藏祸心》(The Corpse in the Snowman)还通过侦破豪华庄园一起诡异的"闹鬼"事件，反映了二战期间英国毒品的泛滥和上流社会的骄奢淫逸、人性丑陋。最值得一提的是《游轮魅影》(The Widow's Cruise)，该书的故事场景设置在希腊半岛东部的爱琴海上，与阿加莎·克里斯蒂的《尼罗河上的惨案》有异曲同工之妙，两者均通过游轮上一起离奇古怪的命案，揭示了人性的弱点与步入歧途的道德激情。

一般认为，尼古拉斯·布莱克对英国黄金时代侦探小说的最大贡献是塑造了栩栩如生的学者型业余侦探奈杰尔·斯特雷奇威这个人物形象。在他的身上，几乎汇集了之前所有业余侦探的人物特征。他既像吉·基·切斯特顿(G. K. Chesterton, 1874-1936)笔下的"布朗神父"，善于同邪恶打交道，洞悉罪犯的犯罪心理；又像阿加莎·克里斯蒂笔下的"前比利时警官波洛"，在与人的交往中十分随和，富有人情味；还像多萝西·塞耶斯(Dorothy Sayers, 1893-1957)笔下的"彼得·温西勋爵",风度翩翩,敏感、睿智、耿直的外表下蕴藏着几丝柔情。然而,比这些更重要的是,他还像尼古拉斯·布莱克及其几个诗友,温文尔雅,具有牛津大学教育背景,是个学者,以中古时期英格兰和苏格兰诗歌为研究对象,出版有多部相关专著,断案时喜欢"引经据典"。每每,他卷入这样那样的复杂疑案调查,或受朋友之嘱、亲属之托,如《罪证疑云》《雪藏祸心》;或直接听命于警官,如《饰盒之谜》(*The Smiler with the Knife*)、《谋杀笔记》(*Minute for Murder*);或路见不平,拔刀相助,如《暗夜无声》(*The Whisper in the Gloom*)、《游轮魅影》。

如此种种不凡的作者自身形象和人生轨迹,还屡见于小说的场景设置和其他人物塑造。譬如《亡者归来》(*Head of a Traveler*)和《诡异篇章》(*End of Chapter*),两部小说均设置了文学领域的疑案场景,而且案情也以"诗歌"为重头戏。前者描述奈杰尔·斯特雷奇威敬仰的大诗人罗伯特·西顿的美丽庄园发生的无头尸案,其人物原型正是尼古拉斯·布莱克昔时崇拜的偶像威·休·奥登(W. H. Auden, 1907-1973);而后者聚焦某出版公司编辑的一部书稿,许多细节描写来自尼古拉斯·布莱克二战期间担任国家宣传口负责人的经历。又如《罪证疑云》和《死后黎明》,两部小说也都以尼古拉斯·布莱克熟悉的校园生活为场景,案情分别涉及英国的一所预备学校和一所以哈佛大学为原型的卡伯特大学,其中,前者的嫌疑人迈克尔·埃文斯的不幸遭遇,与尼古拉斯·布莱克早年在中学从教的经历不无相似。他被指控谋杀了校长的侄子,还与校长的年轻妻子有染。正是这些原汁原味、源于生活又高于生活的描写，使它们被誉为"校园谜案小说的经典"。

自 20 世纪 30 年代起，尼古拉斯·布莱克的这套悬疑探案小说被陆续改编成电影、电视和广播剧，有的还被改编多次，如《禽兽该死》，其中包括 1952 年阿根廷版同名电影和 1969 年法国版同名电影，后者由克劳德·夏布洛尔（Claude Chabrol, 1930-2010）任导演。出演奈杰尔·斯特雷奇威一角的则分别有格林·休斯顿（Glyn Houston, 1925-2019）、伯纳德·霍斯法（Bernard Horsfall, 1930-2013）和菲利普·弗兰克（Philip Franks, 1956- ）。2018 年，迪士尼公司宣布将依据《暗夜无声》改编的电影《知道太多的孩子》列为常年保留剧目。2004 年，BBC 公司又再次宣布将《罪证疑云》和《禽兽该死》改编成广播剧，导演为迈克尔·贝克威尔（Michael Bakewell）。甚至到了 2021 年，英国的新流媒体 BriBox 和美国的 AMC 还宣布再次将《禽兽该死》改编成电视连续剧，由知名演员比利·霍尔（Billy Howle, 1989- ）出演奈杰尔·斯特雷奇威。

在我国，由于种种原因，尼古拉斯·布莱克的这套悬疑探案小说一直未能译成中文，同广大读者见面，但学界、翻译界、出版界呼声不断。2021 年 5 月，尼古拉斯·布莱克逝世 50 周年纪念之际，上海故事会文化传媒有限公司的夏一鸣先生慧眼识珠，开始组织精干人马，翻译、出版这套小说。经过一年多的准备和努力，这套图书终于面世。尽管是名家名篇、精编精译，缺点仍在所难免，敬请广大读者不吝指正。

黄禄善

奈杰尔侦探小传

奈杰尔·斯特雷奇威,是推理大师尼古拉斯·布莱克小说中虚构的一位私人侦探。在1935年至1966年间,作为重要角色出现在16部尼古拉斯的小说中。

奈杰尔年轻俊朗,不拘小节,常以苍白凌乱的形象示人。他是智商超群的学霸,却因性格过于叛逆被牛津大学开除。他性格幽默,行动力超强,气质温文尔雅。稚气面容与老道头脑形成戏剧化的反差。奈杰尔周身散发出儒雅的学者气息,在调查过程中,他喜欢借角色之口,引经据典,让人不知不觉靠近他,信任他,将案子交到他的手中。

在系列小说中,奈杰尔的情感故事同样精彩,他的妻子乔治娅是一名探险家,不幸死于闪电战。之后,奈杰尔又邂逅了雕塑家克莱尔。在奈杰尔生命中出现的两位女性,都是具备智慧、勇气、思想的"独立女性",在古典推理小说中难得一见。

在侦探小说的王国中,奈杰尔这样的侦探形象,可谓独一无二。

人物关系

奈杰尔·斯特雷奇威： 私家侦探
克莱尔·马辛格： 奈杰尔·斯特雷奇威的女朋友
伯特·黑尔： 少年发明家,"火星人协会"首脑
小铜： 火星人协会成员,伯特·黑尔的朋友
阿狸： 火星人协会成员,伯特·黑尔的朋友
赫伯特·詹姆斯： 杀手,外号"庸医"
戴·威廉姆斯： 警察线人
布朗特： 伦敦警察厅警司
赖特： 伦敦警察厅督察
萨姆·博奇： 商人,"高立方"俱乐部的老板
鲁道夫·杜巴： 爵士,当地著名慈善家

赫西奥妮·杜巴： 杜巴爵士的夫人
亚历克·格雷： 杜巴夫人的相好
詹姆森·埃尔默： 前联邦探员，杀手
希德·爱德华： 爵士，高层人士

目 录

第一章　圆池谋杀……………………　1
第二章　火星人会议…………………　18
第三章　食人派对……………………　33
第四章　紧急模特……………………　50
第五章　早上好，博奇先生…………　66
第六章　旅客之家……………………　79
第七章　长剑与短棍…………………　97
第八章　余波…………………………　114

第九章　寻找男孩…………………………　127

第十章　波多贝罗路生意兴隆……………　142

第十一章　医院访客………………………　157

第十二章　黄昏的光………………………　174

第十三章　3号泊位…………………………　191

第十四章　和平，完美的和平……………　209

第十五章　薄弱环节………………………　225

第十六章　斯托福德庄园之战……………　240

第十七章　行动目标………………………　259

第一章

圆池谋杀

世界著名的发明家伯特·黑尔走进肯辛顿花园,腋下夹着他的最新发明。那是8月1日星期天的下午,一阵阵东风吹来,头顶上高高的地方,风筝在飞舞。音乐台上,吉尔伯特和沙利文的混合曲被奏出刺耳的声响,仿佛有一扇门在音乐声中断断续续地被打开和关闭,调子渐渐变弱,最后扬起并结束。乐队演奏者的鲜红服装和铜管乐器在低矮的树木之间闪烁,树叶不安地摇曳着。一张报纸裹住了伯特的腿,他揉了揉被风吹进了一些灰尘的眼睛,把报纸踩平,看着大标题——

苏联代表团明天到访是为了和平吗？

伯特意识到这个标题是空气中某种东西的一部分，某种在他周围谈论的东西，伴随着这个夏日午后愉快、模糊而又恼人的气氛，高飞的风筝，漫步的人群，孩子们和狗在其中穿梭——有种悬疑的气氛。不过，他对此并不关心，他个人的忧虑集中在一点上：这个新发明行得通吗？

他在大门内停了下来，看了一眼伦敦郡议会立在那里的一块告示牌，上面写着一些规章制度。倒不是说伯特——伙伴们称他为"首脑"，是一个特别遵纪守法的公民，只不过他是一个伟大的读者，一个沉迷于印刷品的人。他的目光落到了其中一条规定上——

任何人未经允许不得操作机动船，要小心其他船只和水禽。

伯特咬着下唇，朝圆池走去，陷入了沉思。他很早就具备了置身事外的自律能力，就像刚上学的第一年，他已经学会忽略任何一个他认为不值得注意的老师的讲解。现在他又岔开思路，通过一轮复杂的心算，把注意力放在他的新发明上。他给自己提出的问题也许是学术性的，但仍然很吸引人：假设我每次去理发店都会掉三盎司[①]的头发，假设我一个月去两次，假设一张床垫装十四磅[②]的头发，到我七十二

[①] 英制计量单位，文中作为重量单位，1盎司约等于28克，下同。
[②] 英美制重量单位，1磅约等于453.59克，下同。

岁时，能装多少床垫……

戴·威廉姆斯从另一扇门进入花园。在他的一生中，从来没有像现在这样迫切地感到身边需要有一群人。他凭直觉知道自己被人跟踪了——从昨晚起一直到现在。他知道自己已经失去了勇气。他只要给苏格兰场[①]的一个号码打个电话就行了。当然，他的寓所里没有电话，但街道上有电话亭。然而，他却过电话亭而不入，因为他害怕一旦进去，会发生什么事。他可以去找警察，他一直和警察相处得很好，现在他站在他们这边了。的确，这正是他的意图。后来，在离肯辛顿警察局只有几百码[②]远的教堂街，他看见有两个人正从马路对面朝他走过来。其中一个是他今早起床时就看到靠在外面灯柱上的人。于是他突然向左拐，沿着小街，跟着一队推往花园的婴儿车向前走。

最终使他崩溃的是他们的无所作为。他要对付的那些暴徒做事干脆利索——刀刺、脚踢、殴打。通常情况下，他们会毫不顾忌地闯进他的寓所，把他揍一顿。作为一个变成密探的警方线人，这是他的职业风险。可他们在等什么？

戴·威廉姆斯跟在一队婴儿车、保姆、母亲和嬉闹的孩子们旁边，朝圆池走去。他身材矮小、衣着体面，脸上依然带着囚犯般的苍白，目光锐利而惊恐。他抬头看了一眼那些风筝，它们在褪色的、不可名

[①] 指伦敦警察厅。
[②] 英制长度单位，1码约等于0.9米，下同。

状的天空中飘摇着。他们为什么要跟踪他？他们在等什么？他开始出汗，一阵飞尘使他的眼睛流泪。他仿佛听到有人说了一句"盯着戴·威廉姆斯"……

也许他们只是逗他玩，直到主事的人出现。他后背的汗变冷了，天啊，他们不会给他钉十字架吧——他可什么都还没做，只是像警察要求的那样竖起耳朵听着。昨晚，他还听到了一些根本说不通的话。

戴·威廉姆斯绕过圆池，开始向人群最密集的音乐台走去。他一直很喜欢音乐，曾在教堂唱诗班唱歌，在煤矿银色乐队吹短号……那些日子啊！他在空旷的地方找了一把绿色的椅子坐下，可以看到周围的一切。他从口袋里掏出一叠报纸，摊开来，心不在焉地瞄着报纸的标题，心"怦怦"直跳，就像乐台上的大鼓一样。跟在他后面的两个人中，有一个向不远处草地上散步的第三个人微微一点头，然后对他的同伴说："该交给'庸医'来做了。"

两人在戴·威廉姆斯身后的草地上坐了下来，离他有四十码远。他们看起来好像在享受阳光和音乐……

圆池的岸边呈现出一幅布鲁盖尔式[①]的景象，变化的动作、移动的人群、随意的闲聊、活泼的色彩、剧烈活动或悠闲放松的身影……环绕着椭圆形的水池，画面和影像不断变化。保姆们正在向海鸥扔面

[①] Bruegel Pieter（1525-1569），16世纪尼德兰地区最伟大的画家。一生以农村生活作为艺术创作题材，被称为"农民的布鲁盖尔"。

包，婴儿车里的宝宝们定睛看着海鸥的疯狂动作。顽童们带着果酱罐，尖叫着涉水去追赶鲦鱼。情侣们手牵着手，一圈又一圈地走着，就像不停拉磨的驴子，感觉不到空间和时间的变化。几个中年男子大步追赶着他们的快艇模型，除了船帆和风向外，他们什么都不理会。一位年老的红鼻子水手，带着一只小巧的、构造完美的双桅船，摇摇晃晃地朝水边走去，他似乎已经在瓶子和微风中勇敢了一千年。

圆池里也一片生机勃勃，闪闪发光。水面泛起涟漪，这些大快艇一路扭摆，从西向东疾驶。两只因受到快艇冲击而神经过敏的鸭子，正在啄一艘没有防御能力的小帆船，它们游来游去，闷闷不乐地啄着船头和主帆。一艘顶风疾行的快艇突然挺直了身子，扯着风帆，然后转向另一边。一艘汽艇"嗡嗡"作响，形成一个疯狂的半圆形，驱散了一群水鸟。旁边的一只天鹅把头从尾羽中移开，气呼呼地滑走了。一艘由无线电控制的拖网渔船，船的主人和他的设备被一小群人包围着，进行着私人的游戏，就像一个在喧闹的儿童派对上只顾自己玩的独生子女。

当伯特·黑尔走近圆池时，这位无畏的星际导航员抬头瞥了一眼风筝。他想：小屁孩的玩意儿，又傻又摇摆不定。他已经解决了头发和床垫的问题，并且在计算他的太空船以每小时 x 英里[①]的速度行驶，去五六个选定的行星往返所需的天数。他现在 12 岁了，他估计可以

[①] 英制长度单位，1 英里约等于 1609.34 米，下同。

在八年内开始建造他的宇宙船。安排三年的时间用于建造,另外两年用于详尽的测试。因此,等到航行开始,他应该就25岁了,挺老的,但还不至于老到无法享受胜利。第一个登上火星的人——伯特一定会把英国国旗插到土星上。伯特征服月球,伯特空军元帅,太阳系的哥伦布。

伯特被一个男人撞倒在地,他胳膊下夹着的新发明差点被撞掉。那人一个趔趄,迈着内八的步子一蹦一跳地跑了,身后留下一种奇怪的气味,伯特的母亲称之为"腐臭味"。伯特走得更慢了,他开始真正感到害怕了,他很庆幸自己没有把火星人协会的其他成员带在身边。假如发明没有成功会怎样?附近所有的孩子都会嘲笑他,那可糟透了。但是,如果他制造的喷气推进式船在这次处女航行中未能喷气推进——如果它爆炸了,或者沉没了,或者根本就无法启动,他可以想象阿狸和小铜会怎么说。他们期望从火星人协会主席那里得到的是结果,而不是公式。

伯特把他的喷气推进式船放在草地上,准备调校一下。旁边一把椅子上的一个小个子白脸男人,从一张报纸的上方盯着伯特,报纸在他手中剧烈摇晃。其他一些穿着衬衫的人躺在草地上,睡着了。呵,他们很可能已经死去,没有人会注意到其中的差别,更不用说伯特了,他一心想着他的模型……

一滴滴汗水流下来,淌进戴·威廉姆斯的眼睛,模糊了他看头条新闻的视线。这个苏联人的把戏,他想,会有什么结果吗?我们时代的和平。冷战。他想脱掉大衣,但还是忍住了:仿佛那件廉价的、体面的外套给他提供了保护,要是只穿着衬衫,他就会感到更加脆弱。他第一百次回想起昨晚他在夜总会后门外阴暗的巷子里听到的那几句悄悄话。

戴跟踪的浪荡子已经转身走进了巷子里,他不得不小心翼翼地接近。他无意中知道了这家夜总会,而且明白它逃生门的位置对自己不利。因此,戴花了几分钟时间才悄悄地移动到能听清他们说话的地方,当他到达那里时,他们都快谈完了,他所听到的只是那几句低声细语。然后,门意外地开了,一束光打到了戴的脸上,他转身就跑,但他一定是被人认出来了——是那个浪荡子,还是一直在和他说话而戴没有看到的那个人?总之,他们会抓住戴,不会给他一丝逃跑的机会。他们的管教小队在跟踪他,等待一个合适的时机给他一顿教训。

最让戴忧虑的是因为这不合常理,他不认识这些人。他认识萨姆·博奇手下的所有暴徒,而夜总会肯定是萨姆的兴趣之一,但跟在自己后面的两个家伙却不是那些熟悉的老面孔。回头看,戴可以看到他们躺在草地上,在玩耍的孩子和狗中间,平静地抽着烟,而他不认识他们。好吧,他们不可能在这里采取什么行动。

不过,他听到的这些话中一定有什么重要的内容,否则他们为什么要费这么大劲跟踪自己呢?戴拿出一支铅笔,在报纸的空白处记下了这些话,仿佛写出来就能揭示它们的含义,然而并没有。这些话把他的视线引向了印在它们旁边的东西,在专栏的底部——在那些显眼的标题下、故事的结尾处。在死前的两分钟,戴·威廉姆斯一下子就明白了真相,明白了他必须被除掉的原因。他不由自主地回头瞥了一眼,看到那两个人已经从草地上站起来,正慢慢地、悠闲地朝他走来。

他转过椅子来面对他们——这正是他们想要的。第三个人,昂首阔步,走路内八,瞳孔异常地缩小,向戴·威廉姆斯身后走去……

伯特为他的船拧紧发动机,让发动机慢慢地顺利转起来,并把船带到水边。这一次,他的船又一次差点从他的手中被撞飞——这次是被一个飞奔而过、想把风筝送上天的孩子撞了。伯特对那孩子喊了一句粗话,然后继续前进。

在看台上,一根指挥棒举起,威尔士卫队的乐手们穿着鲜红的制服,汗流浃背,轰轰烈烈地演奏着。

辉煌的曲子响起时,除了圆池边的宗教信徒们,每个人,甚至是躺在草地上的恋人们,都把目光转向乐队看了一会儿。

庸医选了个好时候。这份工作正合他心意,特别是他们让他在这个场合吸毒这点。他美滋滋的,兴奋极了,像风一样自由,腾空而行。在他被取消注册资格之前,在医院上班的日子里,他曾被认为是世上最有前途的外科医生。所以现在,他不会搞砸行动。

他们为他的专业服务支付了足够的报酬,能让他在相当长的一段时间内吸食可卡因和消费其他奢侈品。他准确地知道致命切口的位置,当他在戴·威廉姆斯的背后欢快地快步走近时,他的眼睛一直紧紧盯着那里。

他在乐队开始演奏后到了戴身后,乐声淹没了他在草地上轻微的脚步声。他从口袋里掏出手术刀,他的脑海中闪过一个念头,那就是这东西没有经过消毒,他在心里暗笑。他的手拿着刀,朝着重要位置走去……就在这时,他感觉到有人拍了一下他的肩膀。

那个与伯特相撞的孩子还没有完全成功地把他的风筝放飞到空中。那风筝疯狂地摇摆,突然倾斜,打在一个人的肩膀上,再次向上弹起,然后立刻飞得很远。

这一拍,轻轻地,但足以使庸医的手术刀偏离四分之一英寸①。刀刺破了皮肤,刺到深处又收回来——快得几乎难以用肉眼看清。如果有人在看,他会认为他看到的是一个人在拍一个朋友的背,然后轻快地离开。只不过,这一刺偏离了中心:虽然戴·威廉姆斯受了致命伤,但并不像庸医所期望的那样瞬间毙命。

戴先前注意的那两个人现在站在他面前二十码开外,点着烟。他们看着庸医撤离了——完全没有必要上前掩护他的撤退,因为他们周围的人都没有注意到任何不对劲,甚至戴本人也没有吱声。他只是坐在那里,露出惊讶的神情。惊讶,但并没有遗憾。过了大概三十秒,他站起来,开始晃晃悠悠地走向圆池。这两个人保持着距离,看到戴的嘴在张开又闭上。在乐队的嘈杂声中,他们听不到,戴·威廉姆斯其实是在唱歌。

戴感觉到一记重击,一阵刺痛,就像受到致命伤后经常发生的那样,他起初感受到的惊讶多于痛楚,但随后他意识到一种慢慢扩散的

---

① 长度单位,1英寸等于2.54厘米,下同。

虚弱——他的生命力像淋浴时的水一样从他身上流走。他知道自己完蛋了,同时也听到了乐队在演奏什么——"我们祖先的土地"。几年前,他在卡迪夫军械公园①,站着,唱着歌,而身穿红衫的英雄们踏上了球场。戴·威廉姆斯从来没有当过什么英雄,但现在,第一次也是最后一次,他体内神圣的火花燃烧起来,他一心只想着一个目标——在死前传递他的信息。

在他混浊的头脑中,所有的人都是敌人,不值得信任。他不知道在他周围有多少这样的人,他们混在人群中,企图拦截他的信息。他记得有一个男孩带着一条船,就在他附近的草地上。那条船的甲板像盒子的盖子一样脱落了。他可以看到那个男孩,现在在水边,正准备放船下水。戴·威廉姆斯开始了漫长的旅程,来到三十步外的水边。

这两个人看到他从绕着圆池散步的人群中穿过,奇怪地跪在一个穿灰色短裤和衬衫的男孩身边。他们开始向站在男孩身后的那群人快速移动……

庸医停下了轻快的脚步,弯下腰去系鞋带,并趁机从袖子里取出那根像扦子一样的手术刀,用鞋底将它深深地推入土里。他高兴地暗自嘀咕道:"这就叫大海捞针……"他没有回头看一眼他的病人——"手术"虽然受到了一点干扰,但不可能不成功。他继续走,走出了花园。

---

① Cardiff Arms Park,也被称为军械公园,是一个位于威尔士卡迪夫中心的橄榄球联盟体育场。

伯特祷告了几句，把他的发明小心翼翼地放在水中，并调整了船舵。就这样了，成败在此一举。他身后有很多人在看，然后，就在几秒钟之内，事情发生了：一个有趣的小个子男人，脸色灰白，带着哀求的眼神，跪在伯特身边，从一张报纸上撕下一块。

"给你，孩子，"他喘息着，用一种奇怪的语气低声说道，"把这个放在你的船上。这能为你带来好运，懂吗？"

伯特想要好运气。他拿起那个小纸团，把它放进船里，重新装好甲板，深深吸了一口气，把发动机调到全速运转。那个小个子男人现在正手脚并用地跪在他身边，就在伯特松开颤动的小船时，那人伸出一只手，把船舵推直。小船冲了出去，不是绕了个半圆，而是直奔圆池对面。伯特急忙狂奔过去，咒骂着那个人，这下，要么是船的动力在到达对岸之前耗尽，要么是船身在远处的岸边撞成碎片。

在小船开始处女航的地方，戴·威廉姆斯仍然躺在那里，他的手腕浸在水中，双臂伸展着，仿佛憧憬着远方的对岸。

"一定是喝醉了。"

"我估计是轻度中暑。"

"最好把他抬到草地上。"

"把公园管理员找来。"

"看来他需要一个医生。"

"他给了那孩子一张纸，然后把它放进船里。他说，'祝好运。'"

当这群旁观者发现他们中间有一具尸体时，那两个男人正跟在伯特后面绕过圆池。他们害怕引起别人的注意，所以不敢跑得很快，但他们就像快艇模型的主人一样,以小跑的速度前进着。

伯特的快艇在第一次试航中表现得非常好。它越过圆池,留下一串水花,它的发动机发出悦耳的"噼啪"声,在伯特到达的半分钟前,它自己就冲向了对岸。伯特知道,在快艇再次下水之前,肯定是需要修理了。他恼怒,但并不沮丧,抱起快艇,向贝斯沃特路出发了。

伯特没走多远,就有两个人走到他的两边,与他攀谈起来。

"碰坏了吧,孩子?太可惜了。"

"很好,确实很好。我们看到它了。"

"哦,它没有损坏多少。"伯特说。

"你自己做的?"

"是的。"

"现在的孩子真了不起,弗雷德。告诉你吧,孩子。我有个孩子,和你差不多大,总想让我给他买艘摩托艇。你这个怎么卖?"

"我并不想卖掉它。"

"听着,我已经看上了它,我不会让你吃亏。"那人从口袋里抽出一卷纸币,向他的同伴眨了眨眼。

他的同伴接道:"严格意义上的现金交易,不需要支付所得税。"

"非常感谢,但是……"

"如果你愿意的话,那就五英镑吧,友情价。"

伯特感到自己尴尬得浑身发烫,他走得更快了:"我很抱歉,我不想卖掉它。"

这个乐呵呵的、红脸庞的男人却一直盯着伯特,盯得太久了。伯特能感觉到这种执着有点不正常，虽然他开始感到害怕，但他的大脑仍在正常运转。这条船不值他们出价的四分之一，因此，他们想要的不是船。他们一定是想要那个灰脸男人给他的那张纸。伯特的嘴固执地闭着，他的眼睛在散步的人身上转来转去，没有一个人离得足够近，而前方是儿童游乐场。

"你见过这种东西吗，伙计？"叫弗雷德的人说着，从他的侧口袋里抽出他的右手，指节上有一个铜制的装置，并很快地把手放回口袋。

事实上，伯特见过一个。他朋友小铜的父亲是一名警察，有这个小玩意儿。

"美容护理，"那个叫弗雷德的人穷追不舍地说，"面部提拉应该能让你更好看。"

伯特突然一蹲，一闪，然后撒开腿就跑。散步的情侣、慈爱的父母和嬉戏的孩子们看到了一个熟悉的景象——有个红脸的男人在树丛中追赶一个小男孩，并发出欢快的叫声。谁都没把这个看似是"欢乐家庭"的小场景放在心上；也没人注意到这个男孩的脸有多苍白，就像五分钟前的戴·威廉姆斯一样。伯特感受到了身为逃亡者都会怀有的不安，他们可能不止这两个人。他躲闪着，绕过不知情的散步者，先于那两个人冲进儿童游乐场。

他很快意识到，看似安全的地方其实是一个陷阱。操场上有一大群孩子在荡秋千、玩跷跷板、跳大绳、大喊大叫……这无疑暂时保护了他，但游乐场只有两个出口，伯特看到现在每个出口对面的草地上，都各坐着一个追捕者。

他的第一个冲动是把船打开，看看里面的纸，但他马上就否决了这个想法。那些人可能会看到他这样做，而他绝不能让他们觉得他猜到了他们真正的目的。他拼命地环顾四周，寻找服务员或公园管理员，但一个人都没看到。他在沙坑里坐下来，强迫自己冷静下来思考。他想着，迟早会有一个管理员出现的，他只需要等待，但是会有成年人相信他的故事吗？脸色铁青、疑神疑鬼的管理员会相信他吗？假设他求助了，但那两个人发誓说是他偷了船，或者说他是他们中一个人的儿子，怎么办？这样一来，恐怕没有管理员会相信他的话。

要不然这样，让自己被捕不就是最好的计划吗？公然做一些违法的事情，让这两个人无论如何抗议，都无法将他"救"出来。伯特的脑海中迅速回想着告示牌上所列的罪行，他在进入花园时曾经常仔细研究过这些罪行。例如，他想起了一个条款，其大意是：骑马者不得带狗入园或在园中养狗。

这是典型的牵强附会的规定，与他自己的困境完全不相关。事实上，除了等待当局到来，或者全力攻击在他旁边沙坑里嬉戏的一个可恶的婴儿，似乎没有其他办法。

但是，随着事态的发展，伯特的沉思戛然而止。敌人已决定打破僵局——这个红脸男人在一群孩子中间漫步，并与他们亲切地交谈着，走进了操场。伯特发现自己慢慢挪向另一个出口，弗雷德和他的指虎[①]

[①] 指虎，格斗拳术家的常用武器。

在那里守着。此时此刻，每走一步，伯特的恐惧都在增加，他几乎就要撒手。当他走近出口，正要将船递给弗雷德以示投降时，一个念头突然出现在他的脑海里：如果那个红脸男人能让孩子们护送进来，他当然也可以……

"汤姆叔叔！你好啊，汤姆叔叔！"伯特向一个完全陌生的人喊道，那人正沿着操场外的小路走来。前进的弗雷德果然停了下来，伯特冲出大门，跑过他，热情地扑向那个陌生人。

"我以为你永远都不会来了。"伯特说。

一双浅蓝色的眼睛仔细打量着伯特，这双眼睛似乎一眼就看穿了伯特，看到了他那致命的恐惧和绝望的计谋。

"你跑到哪里去了！"陌生人平和地说，把他的手放在男孩的肩膀上，领着他沿着小路走去。

"怎么了？有人吓到你了？还有……"陌生人压低了声音，"这到底是怎么回事？"

"有两个人想抢我的船。"伯特只能说出这些，他的嘴唇颤抖着。

"他们跟着我们吗？一个红脸的大个子，还有一个野兽般的家伙，戴着……"

陌生人突然停了下来，转过身来。

"那两个人？"他指着那些人问道，他们也停下了，就在后方三十码的地方。

伯特发出一声轻微的呜咽："是的。求求你，我们不要停下来，另一个人有指虎。"

"他真的有吗?"在他们继续前进时,那个陌生人说。他的声音很温和,充满兴趣。这给了伯特很大的信心,觉得这个陌生人应该能迅速接受他的故事。

"我知道这听起来很疯狂,我没想到你会相信我。"伯特急忙说。

"他们想抢走你的船?"

"是的。嗯,事实上起初他们想要买下它,五英镑。"

"这是一条好船,"陌生人认真地评论道,"但我想它很难值那么多钱。"

"哦,当然,完全不值。我自己做的,你看,是用零件做的。"

"我好奇他们为什么这么想要它。"

伯特话到嘴边,很想告诉他的新朋友关于船上的那个东西——那个小纸团的事情,但他受到了严重的惊吓,不确定自己是否能相信任何一个陌生人。他肩膀上的手似乎抓得更紧了,恐慌再次淹没了他。他们到了花园的北门,一辆停在人行横道上的公共汽车开始向前行驶。伯特突然从他同伴的手中挣脱出来,冲过人行道,纵身一跃上了车。

陌生人耸了耸肩,然后在一个红脸男冲过大门时,侧身躲开了,那男人跟在公共汽车后面猛冲。

嗯,这一切是怎么回事?奈杰尔·斯特雷奇威想着。他只花了很短的时间就发现,不管这是什么游戏,他都已经参与其中,因为他自己现在正被那个男孩指给他看的另一个人跟踪着。他不费吹灰之力就甩掉了那个人,但他却无法摆脱那个苍白的、惊恐的男孩给他留下的印象。

与此同时，伯特也发现了那个追赶公共汽车的红脸男。幸运的是，星期天下午在贝斯沃特路上的出租车不多，但伯特不打算冒险让那人搭上出租车并跟踪巴士。他在下一个红绿灯处跳下车，转乘开往教堂街的公共汽车，在肯辛顿大街站下车，然后沿着内环路返回诺丁山门。当他"浮出水面"时，危险似乎过去了。

伯特走回家，进入他的工作室，锁上门，然后打开快艇。这个下午发生的一切变故都让他措手不及，而此刻所见带来的冲击更为剧烈。抚平皱巴巴的纸团——不可磨灭的铅笔痕迹被船上引擎里的水弄得有些模糊，但仍然可辨——上面写着他的名字，紧接着是一个数字12，是他的年龄。

第二章

火星人会议

阿狸打了个响指,说:"我知道了,这是个警告,他们要绑架你了。"

小铜说:"敲诈勒索你的那伙人要绑架你了。"

伯特问:"为什么有人会想要绑架我?"

阿狸说:"当然是为了你那充满智慧的脑袋,这伙人专门绑架发明家。"

小铜补充说:"还就挑年轻的。"

阿狸为了烘托气氛,哑着嗓子说道:"这帮人的头儿是个疯狂的科学家,懂吗?他正在进行一系列实验,比如人类活体解剖。他听说过首脑①的事，对，他想把首脑和猴子的大脑相互移植，看看会发生什么。"

"我可以告诉他，"小铜插嘴道，"那只猴子会变得比以前更傻。"

伯特飞身一跃，把小铜扑倒在地，阿狸很快就加入了他们的战斗中。

那是伯特在花园里遇上事情之后的第二天早上，他召集火星人协会成员，召开了一次特别会议来讨论这件事。作为一名侦缉警长的儿子，小铜从一开始就对整个事件表示相当怀疑。他相当自信地表示，人们总爱编造他们受到威胁或被攻击的故事，只为吸引媒体的关注。他甚至暗示那些字是伯特自己写在报纸上的。然而，小铜就故事细节对伯特严厉盘问后，他相信伯特说的并非无凭无据。

伯特从他母亲的一个房客那里借来了一份早报，从而证实了他的想法。在大标题"一男子在圆池边遇刺"之下，出现了一个简短的描述，与给他纸条的那个小个子灰脸男的描述一致。在他的朋友们到达之前，伯特已经测试了那张纸上是否有隐形墨水——把它放在煤气灶上烤过；对着它吹气；在它上面撒一些粉尘；用稀释后的墨水处理它……全都没用。火星人们仍然面对着这样一个悬而未决的谜团——一个人在死前留下一张纸条，上面是伯特的姓名和年龄。

火星人协会成员们从地上站起来，继续开会。伯特坚信这些字可能是一串密码，但他在前一天晚上花了很多时间用各种方法试图破解

---

① 此处指伯特。

它，但都没有结果。

"我打赌线索藏在某本书里，在某本书的第十二页上。也许被刺的那个人是秘密特工，他所在的组织让他到某本特定的书上去查，他们查的时候直接翻到第十二页，或者是第一页的第二行……"

小铜立马泼来冷水："什么书？你要把公共图书馆查个遍吗？"

"哦，你闭嘴吧！"伯特说着，把手头用来解码的方形纸张一推，"你到底想不想合作？"

"玩间谍游戏！"

"如果你被戴着指虎的暴徒威胁过，就不会说我们在玩了。"

阿狸说："如果小铜的脸被猛揍，他的脸色也会糟透了。"

"秩序，秩序！"伯特边喊边用锤子敲打着桌子，"我告诉你们，先生们，当一个人传递秘密信息并被谋杀，而两个暴徒试图不择手段获取那条信息时，这不是一场游戏。我们同意这一点吗，先生们？"

"同意，阁下。"

"好的，我亲爱的朋友们。此外，我们是否同意，针对上述情况，本协会有权采取适当行动？"

"太好了，肯定啊！"

"什么行动？"

"这个问题现在可以由本次会议讨论。"伯特威严地扫视了一圈他的伙伴们，面对他的是不断加深的沉默，"那么，我们要不要把信息告诉警察？"

阿狸啐了一口，小铜故意忽略了伯特的提问，说："描述一下骚扰你的那两个人。身高，体重，眼睛的颜色，穿着如何，有没有什么明显的标记。"

"嗯，一个是红脸，大个子，还有就是……嗯……另一个比较瘦，看起来有点假惺惺，穿着皱巴巴的西装。"伯特不确定地说道，然后沉默了。他太害怕了，以至于没怎么记住这些人的外貌，再说他从来都不擅长描述人的外貌。

"看到了吧？不能指望警察来逮捕每一个穿着皱西装或红脸的可疑人物，这是明摆着的。"

又是一阵沉寂，然后阿狸又打了个响指："我有办法了，打广告找他们！"

"别这么软弱。"

阿狸那张尖尖的脸，在一撮橘红色头发的衬托下，显得神采奕奕。阿狸精明老练，他的父亲是个地摊小贩，家里有很多红头发的孩子，都数不过来。

"不，等一下。这两个大个子男人想要得到伯特船里的便条，所以他们想要抓伯特，懂吗？那好，他们正在找他，这并不奇怪。我们在这附近几个文具店的窗户上贴广告——'8月1日，在肯辛顿花园中，有想要从一个小男孩处购买快艇的先生们，若能来……'"

"嗨，阿狸，我不希望他们来这里。"

"别吵了！就写'若能来诺丁山门外的邮政总局……'"

"为什么是邮政总局？"

"因为那是公共场合，你这个蠢蛋。在那里我们可以更好地监视他们而不被发现……'每天晚上7点到7点半，在邮政总局外面，他们会听到一些他们想要的消息。'怎么样？"

"淘汰！"小铜说，"这太疯狂了。如果那些家伙够狡猾，他们会怀疑这是个陷阱，然后就不会来了。"

"听着，他们非常想要得到这个消息，以至于用一卷现金去换他的船，甚至让伯特开口出价。他们仍然想得到它，不是吗？那好，如果他们自己不愿意来的话，会另外派一帮人来。"

"那我们怎么办？以闲逛罪逮捕他们吗？"

"我们在集合点出现，不要让人看见伯特。如果伯特认出了这些家伙中的一个，就给我们一个信号，我们就跟着他们回家，找出他们的住处。"

"如果他们派另一个人呢？"

"我们会盯住他，在他附近徘徊，他会一边留意私家侦探，一边留意一个为了五英镑而回来的天真小男孩。"

"那我们就尾随他，"小铜几乎是满怀热情地说，"让他带我们找到他的帮凶？"

"听听他这绝妙的想法！"

"但他们怎么会看到我们的广告呢？"伯特似乎不太同意这个主意。

"它会传播出去的，"阿狸脸色阴沉地说，"有几家小文具店是骗子们的布告牌，而且我知道哪几家是。伯特的'朋友们'很快就会听说这件事。"

"这算是个主意,"小铜承认,"然后我们把信息传递给警察,他们就会突击检查那个地方。"

"这将是一个不错的转机。"阿狸说。

"你爸爸会怎么说?他不是希望你守着货摊吗?"

"哦,我只是消失一两天,他不会注意到的。"阿狸的语气比内心还坚定。

"那打广告的钱呢?你要付多少?"伯特问道。

"只要提我的名字,或者我爸爸的名字,他们就会给你优惠。"

"给我?我说,我不能到处走动……"

阿狸耐心地解释道,必须是伯特去,因为敌人很可能会问文具商是谁付的广告费,如果到头来付广告费的不是那个他们想向他买船的男孩,他们会怀疑是个陷阱。

伯特认为这种逻辑有漏洞,但阿狸心情好的时候,他的话可以像诱惑人的魔鬼本尊一样有说服力。很快,六张卡片写好了,伯特润色了广告上的文字,然后委员会着手处理财务问题。阿狸继承了他父亲的商业头脑,每逢节假日,他都会在波多贝罗路做一些或多或少有些可疑的交易,赚很多零花钱。伯特是他寡母的独子,所以他也过得很好。他们中最穷的是小铜。

"我可以应付一先令,"小铜说,"但我们会把钱拿回来的,是吗?"

"拿回来?不行。"

"为什么不行?我们不是要把伯特的船卖给他们吗?"

阿狸的眼睛里闪过一丝光亮——那是一双大而无辜的绿眼睛,能把一只小狗卖给刻耳柏洛斯[①]，然后这一丝光亮又消失了。

"如果他们发现那张纸不见了，就不会买船。"

小铜异想天开："给他们一张小纸条，在上面写点信息，用点暗号，然后把它放在船里面。"

三个人互相看了看，不约而同地竖起大拇指，然后发出女巫般的笑声。

计划改变了。如果伯特说的那两个人中的任何一个出现在约定地点，伯特就会从藏身之处出来，试图把装有假消息的船卖给他们，然后伯特的两个伙伴就跟踪这个人到他的巢穴。

在奈杰尔·斯特雷奇威进入苏格兰场并被带到布朗特警司办公室时，伯特开始在阿狸推荐的那些光线昏暗的文具店里转悠。奈杰尔昨天晚上给布朗特打了电话，他所说的内容让他得到了一次面谈的机会。奈杰尔从未见过布朗特如此担心，他向奈杰尔打招呼说："我想让你把这个故事告诉赖特，他是分区的侦缉督察（D.D.I.）[②]，这起刺杀事件就是在他的地盘发生的。"

布朗特向奈杰尔介绍了这位又高又瘦、面色凝重的督察，他正靠在一个文件柜上，眼睛一直盯着奈杰尔，直到听他讲述完在肯辛顿花园里与那个惊恐万分的男孩会面的经过。

[①] 希腊神话中的冥府守门犬。
[②] 英文全称为 Divisional Detective Inspector。

赖特督察接着瞥了一眼警司:"这就对了,长官。"

"对,是这样。"布朗特用手按摩着他光秃秃的头皮,重重地叹了口气,"斯特雷奇威,如果你能对我们详细描述一下这个小家伙和那两个人,我会很感激。给你这个……"他指了指一个口述录音机,并把它打开了。当奈杰尔完成描述后,布朗特又叹了口气:"这就是我们想要的男孩,而你的描述让他听起来和其他十万个小男孩别无二致——灰色衬衫和短裤,棕色眼睛和头发,大约十二岁,戴眼镜,额头突出,像还在上文法学校的类型,但没有学校领带或西装外套来缩小范围。啊,好吧。那些男人呢,赖特?你认识他们吗?"

"我不认为他们是本地人,先生,但最近有很多人在搬家,特别是在诺丁戴尔地区。"

"我难道不知道吗?我们现在很紧张,非常紧张。"

布朗特挠了挠下巴,说道:"你最好告诉他,赖特,斯特雷奇威时不时会想到些点子。"

"很好,先生。一个目击者告诉我们的人,被谋杀的男子在死前给了一个男孩一张纸,让他放进刚下水的模型船里。"

"我明白了,原来如此。"奈杰尔向后斜靠在他的椅子上,盯着天花板思考,"现在轮到你了,布朗特,那个死了的男人,他是谁?他的住所是什么样的,在哪里?"

"他以前是个扒手,还是个流浪汉,名叫戴·威廉姆斯,最后居住在诺丁戴尔的埃辛顿新月公寓。"

"我想他是个士兵。"

布朗特目光茫然地看着奈杰尔。奈杰尔说："哦，得了吧，你知道我的意思。你让他加入了执法部队，他是个眼线、密探、线人、线民、告密者[①]，随便哪个现在流行的粗俗说法。"

"赖特，你看，斯特雷奇威确实有想法。"

"你把他交给谁了？还是说他受到轮流监管？"奈杰尔坚持问道。

布朗特警司把椅子往后推了推，走到窗前，对着阳光灿烂的伦敦全景沉思了一会儿。然后，他自言自语地说："我想战场总是看起来很平静，如果你离它足够远的话。"他有力的肩膀紧绷着，仿佛要重新扛起一个担子，他转向奈杰尔："我把照片给你，如果你有说梦话的习惯，那你就只能暂时不睡觉了。"

他说，就在两星期前，苏格兰场意识到了黑社会的异常活动。就像一位将军可能会通过航空照片、突袭、捕获的信息等，发现敌军的大规模行动，并知道一场重大攻势即将发起，所以苏格兰场也得到了消息，预示着麻烦的到来。起初，这不过是一些闲言碎语——谣言、私下谈论、小道消息。黑社会的联系人已经变得害怕、逃避，或者已经消失了。你总是希望从那些破旧的咖啡馆里获得有用的线索，但现在它们好象已经拉下了窗帘，闭门谢客了。除此之外，还有一些事情正在酝酿之中——不同寻常的大事。苏格兰场用来衡量其死对头动向的微妙手段，一整套复杂的例行报告、非常规的试探、不引人注目的

[①] 这里几个英语单词 nark, nose, snout, grass, squeaker 都是俚语,指警方线人,告密者。

监视，现在都在剧烈地震动，形成巨大的压力——根据判断，这是犯罪浪潮的前兆，可能会积累到海啸般的规模。

无须掌握多少情报就能推断出，这次行动的时间，与苏联人来访的时间吻合。尽管已经从各区征调了后备力量，但不幸的是，警察仍然人手不足，无法精心准备应对访问所必要的预防措施，同时也无法应对普通犯罪的爆发。警方必须监视政治上的不满分子，不管是本土的，还是外来的；必须对新到港口和机场的人员进行检查：苏联部长和他的同事们开车经过的每一条路线都必须在事前清理干净——检查无人的建筑物，悄悄占据有利位置，对代表团的一举一动都保持不懈的警惕。

警方必须防范的不仅仅是暗杀行为。正如布朗特严肃指出的那样，在目前国际事务不稳定的状态下，某些有组织的示威活动一旦成功，其危害几乎与图谋暗杀一样严重。苏联的怀疑和急躁，虽然暂时有所收敛，并派来这个贵宾代表团，但如果外交官们的耐心被糟糕的接待所破坏，这种怀疑和急躁的情绪将会全面恢复。因此，警察必须做好驱散沿途任何敌对示威活动的准备。

这甚至还不是全部。一股犯罪浪潮在代表团访问期间爆发，很可能对代表团的访问产生影响。为此，内政大臣表现出极大的担忧。代表团专程到来，进行这次微妙的谈判。他们关于西方堕落的天真想法将得到证实。他们眼中的英国将是一个黑帮和强盗猖獗的国家，而这个想法可能会影响他们对于此次谈判的态度。

"情况就是这样，"布朗特说着，再次坐到他的办公桌前，"如果能确保我们平安无事地度过这个星期,付出一半的养老金我都愿意。"

他瞥了一眼腕表,说道:"他们将在四小时后到达这里。"他就像一位胸有成竹的将军,人员调动和补给线都已经部署好,现在只能坐等行动时刻到来。

"这个犯罪浪潮,"奈杰尔说,"别告诉我,小说中的犯罪大师终于现身了。"

"哦,没有,我倒是希望他已经出现了。我宁愿赶紧有一个大洞需要处理,也不愿东奔西跑去堵住几十个小漏洞。"

"我很难把昨晚的银行抢劫案称为小漏洞。"当奈杰尔说这句话时,他又意识到赖特督察的目光正落在自己身上——这目光中有一种锐气,一种冷冽、机敏的激动情绪。

布朗特说:"是的,这是一次大胆的行动,组织得也很好。现在,这个戴·威廉姆斯,嗯,我们和他有过接触。他不是个坏家伙,但他就是忍不住要从别人那里挣点钱财。他一直在留意一个叫萨姆·博奇的人。博奇是个多面手,他有一帮……"

"妓女?"

"没错,还有其他收益。我们怀疑他收受贿赂,但我们还没能完全给他定罪。现在,几天前,嗯,我们的一个小伙子在咖啡馆里碰见了戴。戴说他有一条关于萨姆·博奇的新线索,并且正在跟进。他刚说到'一块太妃糖',就被打断了。"

"一块太妃糖?"

"他们说的'太妃糖'是暗语,先生。"赖特督察说。

"戴低头逃出了咖啡馆。有个他不想见的人来了,毫无疑问,他身边没有人陪同。那是我们与他最后一次接触,活着的他。我们已经搜查了他的住处,什么都没有。"

"他到底是怎么被杀的?"

赖特督察看了一眼布朗特,随后把法医的报告递给了奈杰尔。

"嗯,做法相当专业。你对此没有找到线索吗?"

"也许有吧。"赖特谨慎地说,"那种武器——我们想找到它无异于大海捞针。我们已经通过电台呼吁群众寻找目击者。你不会相信的,这一定是发生在看台和圆池之间的某个地方,但是那么多人中,没有一个人看到任何东西。不管是谁干的,他都是个熟手,而且肯定不会是你看到的那两个人中的一个。如果有任何麻烦的话,他们会在那里掩护凶手撤退。凶手本人不会在事后冒险陷入孩子的事件中。"

"那个男孩。是的……"奈杰尔慢慢地说,"他不就是你应该在电台上寻找的那个人吗?如果戴·威廉姆斯发现了一些至关重要的东西,以至于他们不得不杀了戴,并且假定戴把它传给了那个男孩……"

"那正是麻烦所在,先生。如果我们广播寻找那个男孩,这些罪犯就会意识到,我们对这张纸非常重视,那男孩就没命了。"

"除非我们在他们之前找到他。"布朗特说,他擦了擦他的夹鼻眼镜,相当明显地避开了奈杰尔的视线。

赖特督察说:"你是唯一能够指认他的人。"

"啊,销售谈话开始了。"

督察薄薄的嘴角抽搐了一下,他那张蜡黄的斧形脸似乎像刀锋一样对准了奈杰尔。赖特说:"还有一点,先生,罪犯们看到你和那个男孩在一起。他叫你'汤姆叔叔',他们大有理由认为,他已经给你看过那张纸,或者告诉过你上面写了什么。"

"令人不快的推论是,我最好在他们找到我之前找到那个男孩?"

赖特督察站了起来,来到奈杰尔身边,把手放在奈杰尔的肩膀上一会儿。

"警司已经把你的情况告诉我了,我想让你加入我们,先生,"赖特的微笑出乎意料的活泼动人,"而且你确实住在我的辖区。"

"好吧,大人,好吧,我会去找你那走失的流浪儿,但你指望我怎样才能找到他呢?"

布朗特放松地坐在椅子上,深深地叹了口气:"我知道他会的,你不能让斯特雷奇威远离恶作剧……"

三个小时后,黑色的大型戴姆勒轿车从机场驶入伦敦。他们前面的道路已经被清空,交通灯被停掉,执勤的警察已经接管了这里。一批骑着摩托车戴着眼镜的人,看起来就像科克托的电影《奥菲斯》中的死亡骑手,带领着车队。主干道上的观众稀稀拉拉地排列着,他们被远远地隔在人行道上,有的靠在郊区别墅的窗户上,随处可见红旗或英国国旗。整个事件有一种令人难以置信、几乎是不真实的感觉。在经历了这么多假警报和假曙光之后,公众似乎已经麻木了,毫无希望或恐惧。他们知道他们正在目睹一个历史性的事件,但在过去的二十年里,历史性事件已经多到让他们麻木了。

"这群人让他们感觉像在家里一样。"当准军事部队的车队经过时,一个旁观者说道。

"向他们展示我们能做得比他们更好。"他的同伴说。

"他们还说这是一个自由的国家,"第三个人说,"这不是很可爱吗?"

到了"牧羊人丛林"区[1],一枚烟幕弹被扔到了领头的汽车前面。扔烟幕弹的人立刻被带走了,就像耍了什么花招一样,便衣人员礼貌地没收了拍下这一事件的记者的相机,清空内容后,递了回去。乘坐第一辆车的一名警官对他的同伴们说:"幸好那不是一个真正的炸弹。"

事实上,前两辆车是诱饵,车上的人称之为"扫雷车"。相隔几百码的距离,又有三辆车尾随其后,由另一群警察骑着"嗡嗡"作响的摩托车在前面、侧翼和后面护送。

在荷兰公园路的路口,道路变窄了,侧翼的护卫队向后退去。汽车的速度稍有放缓,但也不慢。这里的人行道上人群更加密集,一个小女孩突然感到她的娃娃被人从手中抢走了,她眼睁睁地看着它从空中坠落,落在第二组汽车前。她蹲下身,从沿途士兵伸出的手臂下钻出去,跑到了路上。司机驾驶技术高超,以一个手掌的距离避开了她,转弯并用力刹车停了下来。人们看到这辆车内发生了一场不失礼貌的争执。然后,一个白头发的矮个子男人下了车,走回来,捡起娃娃,递给正被两个士兵带走的小女孩。他轻抚着女孩的头发,说了几句话,阴沉的脸上露出了非官方的迷人微笑。

---

[1] 伦敦西部的一块区域,隶属于哈默史密斯和富勒姆区。

人群发出了第一声全心全意的欢呼。苏联外交部长回到了车上，向他们挥手致意。陪同他的重要人物偷偷地擦了擦额头的汗。"最终结果是好的，但是，如果苏联代表团访问的第一个小时就发生了小女孩遇难事件，后果会怎样呢？"重要人物自言自语道。他想的不是女人的本性，而是那个同样反复无常、不可预测的东西，即公众舆论。

第三章

食人派对

伯特的两个火星人同伴喘着粗气,看着他写下他们编造的信息。他在上周日《世界新闻报》的空白处,颤抖着手用大写字母写下了这个消息,然后撕下那张纸,把它团起来,最后把它放在他的船舱里。他们认为,这条信息是一个毫不含糊且富有独创性的杰作,内容是——

"比目鱼12号准备完毕。X520。继续。"

便条以一个艺术体的、参差不齐的潦草字迹结尾,仿佛作者在写下要送往的目的地之前气力已尽。"比目鱼 12 号"是对原始信息的明智篡改;"准备完毕"使事情听起来更像行动,也更神秘;"X 520",毫无疑问,是死者在特工部门的代号。火星人们竖起大拇指,像女巫一般"咯咯"笑着,然后他们向邮政总局大步走去。

本周二晚上,诺丁山门很热闹,人们刚结束公共假期里的短途旅行回来。伯特和小铜在一家邮局斜对面的商店门口就位,邮局的钟显示时间是晚上 7 点。阿狸戴着一顶大布帽,遮住了他的红头发,坐在自己的自行车上,待在人行道对面。时间一分一秒地过去了,人群过去了,但伯特所等的两个男人,一个也没有出现。

"我打赌他们不会来,"他不无欣慰地说,"他们有顾虑。"

"估计他们还没有听说我们的广告,昨天才贴出来。"

邮局里的时钟指针移到了 7 点 25 分。伯特想:只要再过五分钟,我就可以回家了。

"看到那边的那个小混混了吗?"小铜指的是一个头发精致得吓人、嘴边叼着一支烟的人,他正靠着邮政局旁边的商店橱窗。小铜说道:"他已经在那里待了一刻钟了,去给他讲讲你的船吧。"

"但他不是……"

"你说谁有顾虑?他可能是他们派来的。"

伯特穿过马路,走近那个靠在商店门口的"不良分子"。

"你就是那个打广告的孩子?"话音从那人的嘴角冒出来,他的目光在左右两边的路人身上闪烁,"那就来吧,我等你等得够久了。"说着,他开始向地铁站走去。

"我们要去哪?"

"当然是去见那个想要买你船的先生。"

伯特僵在了原地,恐慌再一次像潮水一样袭来,尽管小铜就在附近鼓励他。

"为什么他不亲自来?我怎么能知道……"

"他是个大忙人。你还想不想卖船了?"

"我现在就卖,"伯特结结巴巴地说道,"我没时间跟你走,我妈妈还在等我回去。"

"有人和你一起来吗?"

伯特摇了摇头,抬头看着这个男人,希望自己能模仿阿狸那大眼睛流露出的无辜眼神。

"你最好一个人都没有带,"那个男人继续说道,"那么,让我看看它。"

伯特不情愿地拿出了船。男人稍微检查了一下这艘船,拆下甲板,往里面凝视。尽管伯特早有预料,也很难跟上男人的动作,他用两根手指钳出小纸团,把它藏进手心。

"好吧,多少钱?"男人问。

"五英镑,他们给我开的价。"

"别开玩笑了,这船贬值了。一英镑,不讲价。"

"不,我要……"

"我跟你说,把你的名字和住址给我们,那位先生会给你寄一张邮局汇票,两英镑的。"

"我想现在就拿到钱。"

"只要把名字和住址给我们,老大就会付钱,"那男人花言巧语道,"你不相信我吗?"

"不信。"

"那么交易结束。"

这个男人,或者说这个小混混,他把船递了回来,没精打采地走了。伯特不知道自己是感到更轻松还是更失望。他们本可以五英镑,甚至两英镑成交。

阿狸在路的另一边推着自行车,看到那名小混混走到一位戴着圆顶礼帽、穿着紧身裤和深灰色爱德华式夹克的先生面前。他正在地铁出口边的花摊上买一枚纽扣,小混混向他借个火点香烟。阿狸没有看到,但他推断小混混把某个东西递给了这位年轻的先生。伯特向小铜做了个手势,表示他要跟踪这位先生。小铜则跟踪了那名小混混,却见小混混突然调过头来,小铜很快意识到,他在跟踪伯特。

所以,他们想知道伯特的住处——虽然小铜脑筋并不灵活,但危机来临时,他的嗅觉还算敏锐。他奔跑着穿过马路,一直远远地跑到到伯特前面,然后再次穿过马路,向他的朋友招手。等伯特到他跟前,小铜一边调整步调,好和伯特保持一致,一边说道:"别到处看,那个家伙在跟踪你,你最好不要回家。到我家去吧,这将使他失去线索。回头见。"

小铜调转方向离开了。很快,这名小混混看到他的猎物走进一栋房子,他听到伯特叫道:"妈妈,我回来了。"他走过去,记下门牌号,然后继续前进。他的距离还不够近，没有看清伯特在向小铜的母亲打招呼，然后从她身边溜过，牢牢关上前门时，小铜母亲脸上流露出的惊讶神情。

与此同时，阿狸疯狂地踩着自行车追赶一辆出租车，也就是那位买纽扣的先生所乘的那辆。幸运的是，出租车没有走远。阿狸看到它停在拉德利花园一栋高大狭窄的房子外面。那位先生下了车，拿着圆顶礼帽和紧紧卷起的雨伞。傍晚的阳光映在他那头打理精致的、涂着一层厚厚发油的亚麻色头发上，熠熠生辉。阿狸看着那位先生付钱给司机，然后进到房子里面。最近发生的事情激发了他这个伦敦佬的好奇心，他很确定，那个小混混把他们伪造的信息给了这位年轻的绅士——这个诱饵确实钓到了一条非常优质的鱼。

阿狸把自行车靠在人行道上，从口袋里拿出一个球，开始对着一片木栅栏撞击。这片栅栏离年轻绅士进入的地方只隔了几扇门的距离——拉德利花园34号。阿狸打量着那些雅致的、新漆好的房子，房前的花园里种满了鲜花，以及昂贵的摇篮车和被精心照料的狗。这是个高档社区，阿狸想。34号比其他房子更高、更新，二楼有一个很大的窗户。当三楼的窗户被打开时，一阵广播音乐传来，一个光滑、圆润，顶着金发的脑袋出现了一会儿，往下看着街上的情况。当那颗脑袋收回去后，阿狸让球弹向34号的门口。当他拿回球时，他读了门边铜牌上的名字。顶层公寓的住户是一个叫亚历克·格雷的人。阿狸回头看了看停在人行道旁的宾利轿车，然后冲动地按下了顶楼的门铃。

几乎就在这时，前门向他发出了"嗡嗡"声，阿狸警觉地往后一跳。

他以前从来没有碰到过"嗡嗡"作响的门,他对着门半举起拳头,但是,门既没有攻击他,也没有在他面前爆炸,于是他小心翼翼地试了试,发现它没有上锁。他边爬楼梯边想:这是个漂亮的小玩意儿,也许可以让首脑为我父亲的前门也装一个。他按下了顶层公寓外的门铃,门开了,里面传出一阵音乐声,阿狸发现自己正和那个买纽扣的年轻绅士对视着——那是一双略微凸出的眼睛,里面有一种隐蔽且傲慢的凝视。

"你到底想要什么?"

"是亚历克·格雷先生吗?"

"是的。"

"需要洗车吗,先生?一先令,肯辛顿童子军,牛蛙小队。"阿狸口齿伶俐地说。

"不了,谢谢,再见。"

"我们是为了做好事,先生,为假日基金募捐。您有什么别的活儿需要人干的吗?"

"请你离开,好吗?"

"需要调试收音机吗,先生?"

阿狸被甩了出来,屁股上挨了一脚,他被踢到了楼梯口附近。好吧,这是他自找的,但无论如何,他已经知道了这个浪荡子的名字——混蛋亚历克·格雷先生,最好小心点,就是这样。与格雷先生交手的第一回合并没有结束。阿狸听到了上楼的脚步声,紧接着他就被这位动作敏捷的年轻绅士抓住,推进了楼道的一个大壁橱里。然后,脚步声上了楼，消失了。阿狸还没能从惊吓中完全恢复过来并喊出声，格雷先生的访客已进入了顶层公寓。由于收音机音量开到了最大，他不可能听到阿狸的叫喊。阿狸观察了关自己的空间，里面有一些装瓶子的板条箱和一堆煤。阿狸挑出里面最大的一坨煤，向门扔去，门立刻被撞开了，只见空旷的楼道。

阿狸若有所思地走下楼梯。很明显，格雷这个混蛋在客人一进公寓时就打开了壁橱的门。

因此，他把阿狸关在橱里只是为了防止他看到来访者。由此可见，来者一定非同一般。一股想要看到这个神秘陌生人的热切渴望侵占了阿狸的内心，他有一种想要隐藏身份的冲动，于是他用被煤块染黑的手抹了一下脸，然后向街上走去……

在离34号三户远的地方，一栋挂着"出售"告示牌的房子前门处，阿狸定下心来等待着。迟早，这位神秘的访客一定会出现。他将穿着全套一尘不染的晚礼服，披着带有丝绸衬里的斗篷，戴着歌剧帽和长烟嘴，就像De Reszke[①]广告上的人物一样。他或许像只大猩猩，又或许像一枚鱼雷——穿着垫肩，戴着帽檐下翻的软呢帽，眼睛像太阳照射下的蛇眼，从太阳穴到下巴处，有一道青色的伤疤。阿狸怀着愉悦的心情等待着，街上空无一人，暮色渐深。

最后，阿狸听到34号的前门打开了。他从藏身处向外看去，看到两个戴黑帽、穿黑色长外套的人上了宾利车。头顶的路灯刚刚亮起，

---

① 一种香烟品牌。

微风吹动 34 号门外的梧桐树，树叶的影子像跳舞的蕾丝花边一样投射到人行道上。阿狸把嘴唇噘起，吹着无声的口哨。这些人的特别之处不仅在于黑色的大衣和帽子，他们的脸也是黑色的，而且其中一个人的步态和身材都与亚历克·格雷先生如出一辙。另一个人，也就是那个神秘的来访者，有一种优雅、镇静、像猫一样的走路方式，阿狸以前经常看到这种走路方式——这是枪手的走路方式。汽车远去，阿狸从藏身处出来时，他的感官留意到了另一个信息：有一种微弱的、甜美的气味，好像有人在咀嚼紫罗兰味的口香糖。

阿狸丝毫没有指望今晚的神秘事件能有任何进展，他骑着自行车跟在那辆轿车后面。他看到车在远处向左转入教堂街，然后轿车被贝斯沃特路的红绿灯拦住了。阿狸再次靠近，右转跟在它后面，当交通灯变绿时，他又追了几百码，直到车驶过百万富翁区的大门。到了这里，一群警察拦住了车。当他们在检查司机递出来的卡片时，阿狸趁机丢下自行车，偷偷地从侧门溜了进去。宾利车就在阿狸之前缓缓前行，然后在一栋气势宏伟、灯火通明的豪宅边停下，停在一排汽车中间。阿狸看到两个人下了车，匆匆走向房子，跑上一段台阶，穿过前门消失了。那扇门像变魔术一样打开又关上。

在阿狸看来，这是个一目了然的案子——这是一起大胆的抢劫，盗贼由内部帮凶引进屋，而这家人在家。他幸灾乐祸地看着，令人难以忍受的亚历克·格雷先生即将完蛋。他想了一会儿，想把警察从路的尽头叫来，但想了想还是算了——警察的反应太慢了。阿狸跑上台阶，从一个管家的胳膊下溜过，穿过像魔法一般打开的门，却被一个穿着过膝马裤的壮汉紧紧抓住。

"有小偷!"阿狸大喊,至少,他是想喊的,但喊出来的声音与青蛙叫无异。

"好了,孩子,别闹了,出去!"

抓住阿狸的人正把他推向门口,这时,响起一个美妙的声音——这个声音后来使他想起了沃尔斯的巧克力棒,那么凉爽、甜美、柔滑:"稍等,安德森。这个男孩是谁?"

阿狸看到一个人从楼梯上向他走来的景象,仿佛好莱坞的美梦成真了。他有勇气摘下帽子,但却没有勇气像电影中的绅士那样亲吻这个耀眼生物的手。

她说:"我是杜巴夫人,这是我家。你有邀请函吗?"

"没有,夫人……女士,我是来……我一直在跟踪两个……"阿狸狐疑地看了看他身边那些上肢强壮的男仆们,"我能和您单独谈谈吗,女士?这是私密的。"

杜巴夫人的蓝眼睛深深地凝视着阿狸,然后她把阿狸带进了大厅外的一个小房间,在谈话和音乐的"嗡嗡"声中关上了门。

"我一直在跟踪两个恶棍,女士。您的一个下人让他们进来了。他们是来入室盗窃的,可能已经在动手了,我们得赶快行动。"

"但你怎么知道他们是罪犯呢?"

"很简单,小姐……女士,他们把自己的脸涂黑了,看到了吗?"

"像你一样?"这位女士对他迷人地笑了笑,阿狸涂黑的脸红了。

"他们把我关在一个煤窑里,我的脸才弄脏的。听着,您一定要

41

相信我……"

"哦,但我的确相信你。请跟我来,看看你能不能认出这两个人。"

杜巴夫人领着阿狸走进一个又高又长的房间,水晶吊灯闪闪发光,墙边摆着桌子,上面摆着各种各样的食物,阿狸一辈子都没见过这么多。她穿过远处开着的窗户,来到阳台上,默默地指了指他们正下方的花园。阿狸注视着下面,下巴都惊掉了,那里有一大群人在彩灯下跳舞,其中一半以上的人——不管男人还是女人,都满身黑乎乎的。

阿狸沮丧地转向女主人。她的红唇颤抖着,爆发出一阵令人愉快的、无所顾忌的笑声。阿狸犹豫地对她笑了一下,然后自己也笑了起来。

"好吧,太好了!"他说,"就像化装舞会一样,穿得像黑人?"他又盯着下面的人群看了好一会儿,觉得可能用"脱得像黑人"来描述更准确,但他不想失礼,尤其是面对杜巴夫人的领口时,这么低的领口衬着她的身材就像巴特西欢乐花园的过山车一样,使阿狸感到头晕目眩。

"这是我的'食人派对',你喜欢吗?"她问。

"听起来有点温柔。"

"我不能肯定你是错的。好吧,我们现在已经无法阻止这个派对了,也许他们会把对方煮熟吃掉。"她指了指大锅,下面燃烧着火苗,在树丛中四处点缀着。一些比较放肆的客人已经围着大锅转了起来,摇着长矛,发出杀气腾腾但有教养的叫声。

"人们是多么无聊啊,"阿狸迷人的同伴喃喃自语,"我一定是疯了。你叫什么名字?"

"我的朋友们叫我阿狸。"

"你想在这里多待一会儿吗？"

"哈哈哈！当然了，但您看，我不能……不能穿着这些衣服。"

杜巴夫人说："你可以去换些特别的衣服。来吧，我们帮你穿上。"

"哦，赫西奥妮，是谁来了？"他们身后一个低沉的声音说。

阿狸转过身来，看到一个身材矮小、肩膀宽阔的秃头男人，长着钩鼻，戴着眼镜，镜腿上缠着一条黑粗丝带。

"我的新男友，阿狸，让我把你介绍给我丈夫。哦，鲁道夫，他就是不坦诚。这完全是天堂。阿狸是来警告我们的，他看到两个黑脸的小偷进屋了！我正觉得无聊透顶准备离开，但他让我度过了一个美好的夜晚。"

"你真是无可救药，赫西奥妮。我必须和这个善于观察的年轻人谈一谈。"

阿狸坐立不安，他不喜欢主人用黑黑的眼睛打量自己。鲁道夫爵士继续说："他可能是对的，你的这个傻瓜派对，赫西奥妮，任何人都可以进去。"

"你在提议时就应该想到这一点，亲爱的。"

"你能形容一下这两个人吗？"鲁道夫爵士问阿狸，"是什么让你对他们产生怀疑？还有，不管怎么说，你为什么在外面闲逛？"

阿狸刚想开口说出整个故事。然后，出于一种谨慎的本能，一种从能与当局打游击的伦敦人祖先那里一脉相承的本能，使他改口说："只是碰巧路过，先生，看看风景。他们穿着黑大衣，戴着黑帽子，我没有注意到其他的东西。"

"他们是不是带着一个袋子？你知道，窃贼需要工具。"

阿狸瞬间决定不撒谎了："不，先生，我不觉得他们带了工具，除非他们把工具放在大衣下面。"

"现在请不要再盘问我的阿狸了，"杜巴夫人说，"他和我会搜查这个地方的。"

鲁道夫爵士发出一种"哼哼唧唧"的嘟哝声，然后转身离开了——很不情愿地离开了，阿狸认为。夫人带着阿狸穿过长长的房间，进入大厅，上了楼梯，那里有一对对夫妇在外面坐着。她到处微笑着寒暄，阿狸注意到，当她与客人或与她年长的丈夫交谈时，她的声音是不同的——音调更高，语调拉长，透露着些许疲惫。他认为这是一种社交场合使用的声音，而当她与自己交谈时，她听起来很真实，更年轻，有人性。

"为什么那个人穿得像动画片里的萨姆大叔？"当他们到达第一个楼梯平台时，阿狸问道。

"哦，他是一个富有想象力的人，一个自作聪明的人，"杜巴夫人含糊地答道，"我想，他代表着资本主义食人族集团。"

在下一层楼，有一群活泼的年轻女士尖叫着向杜巴夫人打招呼。当她们经过时，阿狸听到他的女主人喃喃自语道："哦，我的上帝，这些脸蛋肉嘟嘟的女孩子有着娃娃一样可爱的声音！"

"我认为你看起来更加魅力四射，杜巴夫人。"阿狸感到触动。

杜巴夫人捏了捏阿狸的手，她的嘴在颤抖。阿狸看到那双可爱的蓝眼睛突然起了雾。

"还是阿狸好。"过了一会儿，她说，"你看起来也不错。你是从'山'

那边来的？"

惊讶之余，阿狸猛点着红棕色的头表示同意。她是个典型的贵妇，她怎么会知道诺丁山地区的俗称？

杜巴夫人把阿狸领进了一间卧室，这间卧室让他大吃一惊。这里的东西足够装下波多贝罗路市场上的四个摊位。当她在一个很深的箱子里翻找时，阿狸就在周围四处探查。可爱的玩意儿，他拿起一个小的中国玉石神像，沉思着用手指抚摸它。

"你喜欢这个吗？"她转过光洁的肩膀说道，"拿去吧，亲爱的阿狸，我不想要它了。"

"什么，我？"阿狸迅速放下神像，负罪般地看了她一眼。

"是的，你。"她笑了，"去吧，把它装起来，留作纪念。"

"哦，好吧，我不介意……如果你真的……"

"现在，用这个把你的脸好好涂黑，还有你的手也要涂。"

阿狸涂完后，杜巴夫人在他头上围了一个头巾，并帮他穿上一款金色的袍子，长度一直到他的脚踝。然后，她用粉红色的鲸脂为阿狸涂了双唇。当阿狸在长长的镜子中欣赏自己时，杜巴夫人在一张邀请卡上写下了阿狸的名字——那是一张巨大的象牙卡，镶着金边。

"以防万一有哪个多管闲事的家伙盘问你，"她边说边把卡片递给了阿狸，"现在我必须去照顾我那些可怕的客人了。"

这一次，阿狸达成了他的目标。他握住这个神圣生物的手，深深地鞠了一躬，并把嘴唇贴了上去。夫人的另一只手轻抚着他的脸颊——以一种高贵的姿态。

"随你喜欢到处逛逛吧，阿狸。"她友好地眨了眨眼睛，"不管怎么说，这里的食物很好。"

当阿狸跟着杜巴夫人下楼时，听到她对一群人喊道："有人看到亚历克吗？"所以，她认识那个混蛋。阿狸可以告诉她一两件她不知道的关于那个混蛋的事情。一种隐晦的情绪在阿狸的胸膛里斗争着，嫉妒——当她说"亚历克"时，她的声音里有点什么东西。一种保护她的冲动，而不是去破坏她的夜晚；一种想要充分利用这个落入他自己手中的美妙机会的愿望。啊，他明天要给火星人们讲述的是多么绝妙的一个故事啊！多么希望能让多疑的小铜相信它！

阿狸走到摆放着食物的长条形房间里。现在房间里已经坐满了俊男靓女，但他蠕动着身子走到墙边的一张桌子前，花了半个小时饶有兴致地品尝了所有可用的菜肴，侍者看到都震惊了。他还喝了一两杯香槟，在最初被气泡呛得窒息的感觉过去之后，他发现自己喝的香槟比可口可乐要好得多。谈话声在他耳边"嗡嗡"作响，喋喋不休，没有人注意到他。这就是高档生活。当阿狸吃到饱得再也吃不下了，他问侍者："先生，有口香糖吗？"

"口香糖吗，先生？"侍者小声说道，"你说的是口香糖吗？恐怕没有。"

阿狸用上等阶层的语气嘲笑道："没有口香糖！这儿的服务真是太糟糕了。"随后，他走开了。

过了一会儿，阿狸溜达到了室外的花园里。彩灯在树与树之间闪烁着，他身边萦绕着珠宝的闪光，还有黑脸上那一口口白牙反射出的光芒。阿狸站在那出了神，他就是阿拉丁，对他而言这个晚上就是盗贼的洞穴。他走到其中一口大锅边，发现它下面的火焰是红纸和灯泡做成的，大锅本身就是一种麦麸桶。

"请问可以出示一下您的邀请函吗，先生？"在场的一位派对侍者问。

"当然。"

阿狸出示了他的邀请函，然后把一只手伸进锅里，从麸皮中取出一个用纸巾包裹的小而硬的东西。这是一个打火机，而且是一个高级打火机。他迅速地把它定价为三英镑，然后连同他的女主人给他的玉石神像一起，把它放在金袍子下面的口袋里。哦，天哪，这个夜晚多么美好啊——还有四五口大锅呢！当这个贪婪的想法出现在他的脑海中时，阿狸抬起头来，看到亚历克·格雷的眼睛正盯着他。恐慌喷涌而出，就像黑暗中的一根火柴被擦着一样。为了自卫，阿狸抓住了最近可利用的物体，原来是一个皮肤黝黑的少女，她穿着草裙、文胸和一点别的东西。他把女孩带进了舞池。

只听女孩说："这个派对好得不能再好，你不觉得吗？"她的声音很平淡，没有兴奋感，而且带有骑士桥地区的口音。

"好极了。"

"我想我们没见过，是吗？"

"那是我的失败，"阿狸带着一种已经顺利适应环境的感觉回答道，并且把这姑娘抓得更紧了，"你认识亚历克·格雷吗？"

"隐约知道。"

阿狸胃里的香槟受到舞蹈动作的影响搅动着，一股泡沫翻涌上来泛到喉咙口。他把一只手从少女身上移开，挡住一个嗝。"不好意思，他在骗人。"阿狸坦白地说。

"他什么?"

"算了,算了。"

"你是说——赫西奥妮?"当她根据事实进行推断后,年轻女人的眼睛里瞬间闪现出一丝活力,"要我说,你也是赫西奥妮的一个小弟弟——她一直没有公之于众的那群?"

阿狸挺起胸膛,充分展现出自己四英尺①三英寸的身高。"我是杜巴夫人的朋友。"他宣布道,同时毫不留情地踩了他伙伴的脚趾。

"噢!你这个讨厌的小……"她刚要说,但那个戴头巾的小恶魔已经溜走了。

从余光中,阿狸又看到了那个坏透了的格雷。

如果那个混蛋看透了他的伪装,他就真的要被逼上树了,此时此刻,树上似乎是最安全的地方。他在灌木丛后面飞奔,远离人群,扯下碍事的金袍,然后爬上了最近的树,藏在树叶中间。脚步声越来越近,一个他以前似乎听到过的声音开始说话,声音很轻柔。

"哦,你在这里,亚历克,我一直在找你。你把他带来了吗?"

"他在书房里。我把他锁在里面,还留了一瓶黑麦酒。"

"好伙计。"声音压低了,"那另一件事呢?"

"失败了。我们拿到了那张纸,但纸不对。"

"我不明白你的意思。"

---

① 长度单位,1英尺等于30.48厘米,下同。

"我刚才把它给这些新闻记者中的一个看了,反正上面写的东西没有意义。他说这是从《世界新闻报》上撕下来的。"

"嗯?"

"《世界新闻报》根本不是 D.W.① 读的那份报纸,"亚历克·格雷用很低的声音说着,阿狸只是刚好能够听清,"那个有船的孩子在耍花招,甚至更像是在搞恶作剧。"

"你真傻,格雷。为什么这个孩子要用一条信息代替另一条信息?"

"也许有人告诉他这么做的,"格雷用他那公立学校式冷漠的、漫不经心的声音说道,"也许是警察告诉他的。"

"那张纸上写的是什么?你费尽心思得到的那张错误的纸……"

"'比目鱼12号准备完毕。X520。继续。'廉价恐怖小说一样的东西,我不会再多想了。"

"你肯定不会的。"停顿了一下,格雷的同伴咕哝了一声,"我们得审问那个孩子。"

"这没问题,他回家时被跟踪了,随时可以把他带到你面前。"

"我不想要那个男孩,我要的是信息,请注意。我现在要去和我们的朋友谈谈。"

"这是钥匙。你知道要远离哪里,音乐会随时都会开始。"

两位交谈者要离开了。阿狸盯着他们,想要确认另一个人的身份,结果失去了平衡,"哗啦"一下从树上掉了下来。

---

① 即戴·威廉姆斯。

第四章

紧急模特

奈杰尔·斯特雷奇威的目光扫视着工作室大窗台上的一排微型马。它们的形状被简化了，口套逐渐变细，形成一个"O"形的管状喷嘴，令人感到异常的宁静。像其他人无事可做时涂鸦或弹琴一样，克莱尔·马辛格闲时几乎是无意识地用手指塑造了这些小小的泥马。此刻，她正在制作奈杰尔的头像。奈杰尔坐在那里一动不动，一声不吭，就像那边一团呆滞的黏土，克莱尔正从黏土上开始渐渐变出他的模样。奈杰尔想：对她来说，我只是一个有趣的平面和光线的排列，或者说是头脑中的一个想法，她只能通过那块黏土来实现，就像造物主对着混沌沉思那样。想到这里,他淡淡地笑了笑。

"不!不要做表情!"克莱尔·马辛格说,"我会加入表情的,谢谢。"

"只是你天才子宫里的一个小胚胎而已。"奈杰尔喃喃自语,恢复了完全被动的角色。他的思绪又回到了那个故事上,他在来的路上买了一份《伦敦旗帜晚报》[1]的早报版,故事就登在上面,说的是百万富翁之家的大劫案。布朗特所说的犯罪浪潮已经蓄势待发。那个叫杜巴的女人一定是个傻瓜:一半的客人都穿着奇装异服、脸上涂黑来参加这个派对——这是在自找麻烦。任何人都可以走进去,自由行动,尽情玩,随意拿。大家都说,收获颇丰。

克莱尔·马辛格对着黏土又拍又打,又捶又挖。出于某种交感巫术的作用,奈杰尔觉得自己好像正在做一次猛烈的面部按摩。她走过来,绕着奈杰尔转了一圈,回到她的位置上,沉思了一会儿,然后又带有侵略性地大步走到他面前,从距离六英寸的地方瞪着他的脸,接着再退回去——这大概是雕塑家的仪式性舞蹈。

奈杰尔不安地想:那个男孩在哪里?戴·威廉姆斯给他的信息是什么?他前一天大部分时间都在肯辛顿花园、圆池边徘徊,在诺丁山和诺丁谷之间到处走,一直瞪大眼睛寻找一个戴眼镜的普通小男孩。呵,还不如在养兔场里找一只特定的兔子呢!

"别皱眉头,"克莱尔尖锐地说道,"我想要让那盏灯的光打在你

---

[1] London Evening Standard,也有的译作《伦敦标准晚报》,创办于1827年,是英国每日邮报和通用信托集团(Daily Mail and General Trust)旗下的一份地方性日报,每周一至周五以小报的形式发行。

左太阳穴上。"

不一会儿,克莱尔就向他滑过来,似乎要打他的右耳垂。

"不要咬展品。"奈杰尔说。

"你知道吗,我觉得你有点不平衡,"她饶有兴致地宣布,"你的脸真的很特别,确实很奇怪。没关系,我敢说我们会有所成就的。"

她打开了一把卡尺,说道:"闭上眼睛,我准备用这测量你的眼球。"

奈杰尔感到卡尺的尖端像蝴蝶之吻一样触及他的眼皮,在眼皮上微弱地颤抖,然后收回。他睁开眼睛,看到同样的操作在他的另一个黏土造就的自我上进行。

"你有一双极其稳定的手。"

"今天早上没有。直到凌晨我还在参加一个派对。"又过了十分钟,克莱尔重重地呻吟了一声。

"你可以下来了,奈杰尔,我今天感觉不佳。我们来喝点咖啡。"

"你的狂欢派对在哪里?"

"在杜巴家。"

奈杰尔吹了声口哨:"啊,真的吗?"

"我不怎么去参加这些讨厌又愚蠢的派对,"她带着些辩解的意味说道,"但赫西奥妮·杜巴在等我。她是我的委托人,所以我想我最好还是去一下。"

在凌乱的画室里,克莱尔俯身看着煤气灶,奈杰尔仔细打量着她:脸色惨白,乌黑的头发披在背上,这会儿从她干活时戴的尖顶帽上散开来;强壮的、短粗的手指;瘦弱的身体,像弹簧一样蜷缩在地板上,充满弹性。像猫一样，她的身体可以用同一个姿势表现出完全放松和极度紧张。

"他们昨晚被盗了，你知道吧？"

她含糊地回答："哦，是吗？我从来不看报纸。放两块糖？"

"谢谢你。跟我说说派对的事。"

"糟透了！那应该是个食人派对，我跟你说，自命不凡，傻里傻气，不惜一切代价，令人羞耻的浪费！一如既往讨人讨厌的富家女、大人物和势利小人。我不知道赫西奥妮为什么要这样做，她是个相当好的女孩，真的，也很理智，骨子里美极了。我无法想象她是从哪里得到这个点子的。正如她总是说，是她丈夫把她从贫民窟里拉出来的。"克莱尔打了个哈欠，像猫一样伸了个懒腰，"哦，这么沉闷的派对啊，唯一有意思的只有男孩从树上摔下来的那一刻。这咖啡的味道真糟，再来点糖吧！"

"等一下，克莱尔，一个男孩从树上掉下来了？"

"是的，然后有人——我想是亚历克·格雷，开始发出狩猎的呼声，随后他们都加入了——人多力量大，不是吗？不过，那个男孩躲过了人群，从花园的墙上逃走了。赫西奥妮听到这个消息后非常生气。"

"他偷什么东西了吗？他在那里做什么？"

"赫西奥妮不知怎么认识了他，我不太清楚。不，她很生气，因为他们把男孩赶走了。我听到她把格雷骂了一顿。"

"格雷是谁？"

"现任相好。事实上，她很喜欢格雷，天知道为什么。他是你能看到的那种最恶心的、不入流的家伙,我的一个邻居也诅咒他。"

"回到那个男孩的话题,你亲眼看到他了吗?他长什么样子?"

"他逃跑时,他的头巾掉了下来。我觉得,赫西奥妮给他打扮了一下。他有一头明亮的红发……怎么了?"

奈杰尔站起来,在一张乱七八糟的桌子上翻找,找出了铅笔和纸:"我知道你不会画画,但只要给我画一下这个男孩大概的样貌,好吗?"

"糟糕,他的脸被涂黑了。"

"不要紧,让我们来看看皮肤下面的头骨。"

奈杰尔不知道自己为什么提出这个要求。显然,这不是同一个男孩,他不但没有找到他要找的那个男孩的线索,现在还出现了第二个男孩。当然,也许可以通过这个男孩找到另一个。

克莱尔一边又粗又快地画着头像,一边喋喋不休地谈论着派对的事。她说,后来还发生了另一件事,当时一些比较吵闹的人从乐队手中拿过萨克斯和鼓,开始演奏摇摆乐版的《红旗》。接着他们转到了《国际歌》,一些醉醺醺的客人尖声乱唱,这时鲁道夫·杜巴爵士匆匆忙忙地从屋里出来,制止了他们。

"我不知道他为什么要做那样的事。如果他邀请了那种人,他还指望什么?"

"当然,如果你从不看报纸,我可怜的爱人,你就不会指望什么。杜巴家的房子就在苏联大使馆的近旁。"

"哦,是吗?我明白了。国际失礼,非外交性的。"

"骚动是从谁开始的?"

"我不知道，那个格雷在吹萨克斯。"

这时，门上传来一阵疯狂的敲击声。奈杰尔打开门，一个男孩冲了进来——白脸红发的男孩。

"把我藏起来！"男孩啜泣着说，"他在追我，我必须躲起来！"他的目光拼命地在工作室里闪来闪去，仿佛在寻找某个可以让他消失的洞。奈杰尔立即做出了反应——他把男孩按到模特椅子上，从工作室的一个角落里拿了一个支架，支架上竖着一坨黏土。

"没事的，孩子。坐稳了，别说话。去吧，克莱尔，开始工作吧！"

克莱尔·马辛格一边皱着眉头，一边张了一下嘴唇，开始揉捏黏土。她能听到脚步声穿过院子，院子从拉德利花园34号通向她工作室的后方。

"是谁在追你？"奈杰尔问道。

"格雷先生。"

"好家伙。"克莱尔轻声说道。

"现在听好了。这位女士是马辛格小姐，她请你坐在这里当模特。听明白了吗？你叫什么名字？"

"阿狸。"

门铃响了，响了不止一下。门外的男人把手死死按在门铃上，直到门打开。那是奈杰尔第一次亲眼见到亚历克·格雷——确实是一次令人不快的会面。

一个圆头圆脑、头发光滑的年轻人，穿着诺福克外套和爱德华时代的紧身长裤，站在门口，他的手指还放在门铃按钮上。

"房子着火了吗？"奈杰尔问。

"据我所知没有，"亚历克·格雷说着，从奈杰尔身边轻轻走过，"是的，我想他一定进来了。我想和这个小伙子谈谈。"

"好吧，你可以改天再谈，"克莱尔说，她的黑眼睛闪闪发光，"我们现在很忙。"

"啊，脾气挺爆的嘛！那就在我审问的时候继续你的艺术工作吧。"这个人的厚颜无耻令人生畏，这在他周围造成了一片令人不安的区域。克莱尔·马辛格的手指在颤抖。

"我应该把这位年轻的先生赶出去吗，克莱尔？"

"如果我是你，我不会的，"格雷靠在墙上说，"我曾在突击队工作过，他们教了我们一些可怕的技巧，你懂的。"

"我相信它们对你来说是自然而然的。"克莱尔说。

格雷打量着她，好像第一次见到她似的。一丝兴趣扰乱了他目光中隐蔽的傲慢，他的目光慢慢地在克莱尔身上移动，从脚到头。

"我抓到这小子在偷窥，已经两次了。我要给他一个教训。"

在模特的椅子上，阿狸像一只小动物一样畏缩不前，克莱尔不由自主地做了一个动作，似乎是为了保护他。

"偷窥？"奈杰尔说，"他只是想找到马辛格小姐的工作室。马辛格小姐和这个小伙子定好了，今天上午为她做模特。"

"真的吗？如果马辛格小姐以前见过他，我会很惊讶的。"

"既然你来了，你最好做点有用的事，"克莱尔出人意料地说，"请把柜子里的六英寸尺子给我拿出来。"

格雷背过身去翻找着，克莱尔迅速地在画上勾勒出阿狸的嘴：她刚才不得不让它空着，因为在派对上，它被赫西奥妮·杜巴涂上去的厚嘴唇遮住了。

当格雷再次直起身来时，克莱尔又回到了展台前。

"现在，再来谈谈这个小子。昨天晚上，他闯进了杜巴家的派对，然后发生了一个奇怪的巧合，杜巴夫人的珠宝被偷了。"

"喂！我什么都没有拿……"阿狸刚要抗议，突然戛然而止。他想起了玉石神像和打火机，对啊，他们可以把这件事归咎于他。谁又会相信那些东西是那位女士给的呢？

格雷说："我认为这小子没有偷走赫西奥妮的珠宝，但是这个团伙确实有望风的人，类似雇一个看起来天真无邪的孩子来做这个实在是太高明了。所以，当我发现他在我的房子周围偷窥时……"

"我没有偷窥！"阿狸喊道。

克莱尔说道："安静点，孩子。现在，干脆点说吧，格雷先生，前几天我在花园里看到这个男孩，看上了他的脸，请他为我做模特。事实上，我当时为他画了一张粗略的素描，也许这可以打消你认为我今天早上才遇见他的幻想。"

克莱尔把草图递给格雷。从格雷说话的方式来看，相当肯定的是，他不知道克莱尔曾参加过杜巴家的派对。

"好吧，我对艺术一无所知，但我知道我喜欢什么。"他说着，目光从素描上移到克莱尔的身上。这一次，他似乎有点儿困惑，"那么，我们给个警告就放过这小子了？下次你再来，就直接来这里，不要通过我的楼梯,孩子,明白吗?"

"明白。"

"明白什么?"

"明白,先生。"

克莱尔说:"看来你已经用兵团的精神给男孩留下深刻印象,请离开吧!"

"现在我们终于见面了,我们不能疏远了,"格雷凝视着克莱尔说,"那么……"

"下次你来拜访时,先给我打电话,我会安排外出。"愤怒使克莱尔变得异常有吸引力——在这种情况下,奈杰尔却认为这并不可取。

"现在,出去吧,你这个让人难以忍受的傻瓜,我很忙!"克莱尔说。

格雷那金黄色的脸上泛起一阵红晕,充血的眼睛眯了起来。他开始向克莱尔走去,奈杰尔一下子就从椅子上站了起来,但是,在他能碰到那个年轻人之前,克莱尔已经把正在捏的那块泥巴准确无误地扔到了格雷的眼睛上。

格雷慢慢地把那块泥剥下来,站在那里。他说:"粗暴的比赛以眼泪告终。"这听起来很荒唐,不知为什么,听到他用那种公立学校的腔调说话,克莱尔大笑起来。亚历克·格雷像一头年轻的公牛一样低着头,警惕地看向周围,眼睛盯着奈杰尔。

"我听到你笑了吗?"他问奈杰尔。

"你真的必须成熟点,规矩点。"奈杰尔回答,"克莱尔和我对低级的滑稽举动没兴趣。顺便说一句,让我介绍一下自己,我叫斯特雷奇威。我相信我们有，或者说曾经有过，一个共同的熟人。"

"我表示怀疑。"

"一个叫威廉姆斯的家伙，戴·威廉姆斯。"

奈杰尔睡意蒙眬地盯着格雷，没有看到阿狸惊讶的表情，但克莱尔·马辛格看到了。格雷的脸色变得相当茫然。如果奈杰尔如此疯狂冒险射出的箭击中了他，他当然不退缩。

"戴·威廉姆斯？我唯一听说过的戴·威廉姆斯是前几天在圆池附近被杀的那个人。他们今天早上在报纸上登了他的名字。"

"他说了很多关于你的事，我是说那个小伙子，"奈杰尔说，"他称你为'浪荡子'。"

"我从没听说过他。你搞错了，一定是另一个叫格雷的人。"这个年轻人没有再看克莱尔一眼，就离开了。

"而现在，"奈杰尔对阿狸说，"你最好坦白，你刚刚到底在做什么，在格雷先生的住所周围做侦探工作？"

早餐后，阿狸去了小铜的家。他用大量的细节描述了前一天晚上发生的事情，并把玉石神像作为证据——这已经成为他的吉祥物了，小铜终于被说服了。到现在，他们俩都不知道杜巴家的抢劫案。如果他们知道，向来守法的小铜可能会推出一个不同的行动方案。这一切的关键似乎是阿狸在树上藏身处听到的对话，它清楚地表明这个格雷是头号敌人。他是试图从伯特·黑尔那里拿回那张纸的幕后黑手。格雷看穿了他们写在纸上的假消息，他还知道戴·威廉姆斯在被杀前一直在看哪份报纸。因此，格雷是凶手，或者至少是谋杀案的策划者。

不幸的是，阿狸没能看到他的帮凶——那个在树下和格雷说话的人。这个声音隐约有些熟悉，但他无法确定是谁。然后是第三个人的问题——那个有着黑帮分子步态的人，他曾陪同格雷去杜巴家，这肯定就是格雷在树下谈话时提到的那个人。"在书房里，我把他和一瓶黑麦酒锁在一起……"为什么要把他锁起来？想必是为了不让家人或客人看到他。阿狸曾因为同样的原因被塞进了格雷的储煤柜里。那为什么不允许任何人看到他呢？唯一可能的原因是，他是杀害戴·威廉姆斯的凶手——或者说是阿狸这么认为。小铜对这一推理表示怀疑：把凶手带到杜巴家，关在鲁道夫·杜巴爵士的书房里，这样格雷的帮凶就可以和他谈话，这说不过去。要承担的风险大得离谱！

然后，阿狸有了个好点子。假设他一开始就猜对了，这个人是和格雷一起来入室行窃的。格雷把他带进书房，锁上了门，以防有人打扰，然后离开他去办事。"一瓶黑麦"是当时的某种代号，而在树下与格雷交谈的那个人是抢劫案的另一个帮凶。小铜认为如果事实证明确实发生了抢劫，这是一个更有可能的解决方案。他们决定去和伯特讨论这个问题，并在路上买了一份晚报的晨间版。

就在这时，旅行推销员来了。他们听到小铜的妈妈打开前门的声音，他们跳到通道上看是谁来了。来者是一个乐呵呵、面色发红的人，胳膊下夹着一箱样品。

"这些是你的孩子吗，夫人？很棒的小伙子们。我自己家里有三个孩子，妻子还怀着一个。"

"这是我的儿子,"小铜的妈妈回答说,"这位阿狸是他的朋友。"

小铜瞪了一眼这位健壮的来客,后者现在正拍着他的头:"您所有的孩子都在这儿了吗,夫人?"

"他还有个妹妹。"

"啧啧……好吧,我总是说,孩子想要多少个都可以。"

不知为何,小铜和阿狸觉得这个红脸的人看起来不那么和蔼可亲了,他们对了个眼色,然后溜走了。当他们单独在一起时,小铜说:"你知道吗?我跟你打赌他是冲着伯特来的。昨天那个小混混看到伯特来到这里,那帮人就派这个家伙来侦察。"

他们听到外面那个旅行推销员还在和小铜妈妈说话——他在为男孩们推销一条廉价的皮带。如果小铜妈妈能介绍其他有孩子的朋友给他,他将非常感激——这句话印证了全部。

"来吧!"阿狸拉着小铜冲过那个红脸男身边,跑出屋子,去警告伯特。

一刻钟后,从伯特家的地下室窗户望出去,孩子们看到一辆老式莫里斯车停在外面,那个红脸男从车上走下来。这是一个令人发怵的时刻。伯特已经提前从后门离开,但不知道他的母亲会不会泄露什么信息。然而,虽然黑尔夫人在伯特的手中是蜡,但她对旅行推销员来说却是花岗岩:他们听到她在前门的台阶上,毫不含糊地拒绝了推销员的哄骗。不久,那个男人就从台阶上退了下来。在开车离开之前,他对这所房子详细检查了一番,并在他的地址簿上打了个叉。阿狸透过窗帘的缝隙看着他,感觉到一种令人不快的疑虑:那一刻,那个人的表情死沉死沉的，看上去，他不太可能就此罢休。

然而，伯特暂时是安全的，他的朋友们决定继续调查格雷这个混蛋。他们商定，下一步是设法追踪前一天晚上去过格雷公寓并被他带去参加杜巴家派对的那个人。他或者住在公寓里，或者可能很快就会再次造访。伯特他们认为，必须持续对该公寓进行监视。他们抛硬币决定谁第一轮值班，阿狸赢了，小铜将在中午时分接替他。

于是，阿狸又一次来到了拉德利花园。宾利车没有停在34号门外，但收音机的声音仍然通过敞开的顶楼窗户高声传出。在待售房屋的大门口观察了十来分钟后，阿狸开始感到厌烦。他对格雷的私怨涌上心头，幻想着通过那扇敞开的窗户往里投掷石头或发射火箭，但他既没有石头也没有火箭。一个邮递员走了过来，把一些信放进34号的信箱里。阿狸计上心来，他等了几分钟，然后飞快地跑到门口，按了一下二楼公寓的门铃。门"嗡嗡"响了一下，他就进去了。他掏出放在34号公寓信箱里的几封信，看到它们都是写给亚历克·格雷的，就把它们装进了口袋。一个女人的喊声从上方传来："是谁？"阿狸什么也没说。他听到脚步声正在向下逼近，他注意到在他所站位置右边有一扇门，于是他穿过了那扇门。他从另一条通道来到一个小院子，院子外有一座低矮的建筑。当那个女人的脚步声再次上楼时，阿狸出现在走廊里。他打开了前门，宾利车就停在那里，而亚历克·格雷正一步步走向他。

格雷的嘴角快速闪过一丝冷酷的微笑："这是你自找的。"他只说了这一句话，就信步朝男孩走去，步伐并不急促。阿狸感到一阵恐惧，仿佛胃里有把刀。他发出一阵呜咽，当着格雷的面把前门重重一摔，跑进大厅右边的门,随后把它关上,飞快地穿过院子,走向唯一可能的避难所……

"你刚刚到底在做什么,在格雷先生的住所周围侦察什么?"

阿狸有时间恢复理智,但是,尽管是这位女士和先生相救,他还是处于防御状态。你无法理解的事情会让你感到不安和怀疑。这位女士直到十分钟前才看到他,她怎么可能有时间为他画像?而所有关于与他约定为她做模特的说法——对那位喜欢他的女士来说,这太突然了。作为一个很少对可信的谎言感到迷惑的人,他对这两个人如此巧妙地编造故事来帮助他充满了疑虑。为什么?这背后有什么原因?

那位先生仿佛看出了他的心思,他说:"我不知道这一切是怎么回事,但我们是站在你这边的,你可以相信我们。"

他的声音中似乎带着坚定的信念。阿狸张开嘴,想要句句实言,全盘托出。但是,当他在椅子上挪动时,他听到口袋里传来一阵微弱的"噼啪"声——那是他偷的两封信;另一个口袋里放着玉石神像,没有人会相信他没有偷过东西。如果他说出真相,他会被关进监狱。

在那头蓬乱浓密的红发下,在那张苍白而消瘦的脸上,阿狸的绿眼睛睁得大大的,一副天真无邪的样子。"是这样的,你明白吗?"他大胆编造出几个不堪一击的事实,然后告诉他们,他前一天找格雷先生为童子军募集捐款,被踢下楼,今天早上回来要求其他单元的人订阅,然后……

"哦,好吧,如果你不想告诉我们,你就别说。"奈杰尔打断了他。

阿狸的愤怒涌上心头："我跟你说的是真话！如果你不相信我，就让你看看我的伤痕。"

"上帝保佑！"克莱尔说，"听着，这里有五先令，这是你的模特费。明天这个时候再来，你会得到同样的报酬。"

阿狸向她表示感谢，爽快地从椅子上跳起来。他向门口走去，然后明显地动摇了。奈杰尔再次读懂了他的想法，并委婉地说："要不要我带你出去，阿狸？"

"好的，先生。"他宁愿死也不愿意乞求别人保护自己通过格雷的地盘，但是，既然有人免费提供给他……

奈杰尔回到了工作室，仿佛在思考着什么。在前门，他突发奇想地问阿狸，他的朋友中是否有人拥有一艘快艇模型。这个温和的问题产生了惊人的后果：男孩愣了一下，然后飞快地跑开，跳上一辆靠在路边的自行车，一口气蹬了出去。视线范围内一辆出租车都没有，甚至连自行车也没有，无法去追赶他。奈杰尔开始跑步追赶那个男孩，但这不仅是没有希望的，而且可能是一场可笑而滑稽的追逐。如果奈杰尔知道这个在他前面教堂街转弯的男孩就是整个谜团的答案，他会跑得更快更远。当他往回溜达的时候，他在脑海中复盘着他所掌握的拼图碎片。

戴·威廉姆斯被杀时，正在追踪一个"浪荡子"。

格雷是个浪荡子。提到戴·威廉姆斯，格雷突然离开了工作室，没有再向克莱尔示好。

格雷参加了杜巴的派对,杜巴夫人显然是他的情妇。昨晚在杜巴家发生了一起重大抢劫案,这需要内部信息。

戴·威廉姆斯声称,他通过某位"浪荡子"得到了萨姆·博奇的线索。苏格兰场怀疑博奇是赃物的接收者。

那个叫阿狸的男孩不知怎么混进了杜巴家的派对。今天早上,他被抓到在格雷家附近闲逛,这不是第一次了。

阿狸在被问到关于一个有快艇模型的朋友的事情时,一溜烟跑了。

奈杰尔回来时,克莱尔·马辛格也在沉思,他说:"可以肯定的是,你的邻居是个做事极端的人。"

"这确实发生了,是吗?我觉得我好像在做梦一样,"克莱尔慢慢地说,"那个男孩,还有……你说的那个戴·威廉姆斯是谁?"

"你真的必须订阅一份日报,亲爱的。"

沉默了一会儿,克莱尔说:"我必须承认,我确实比较明白赫西奥妮的意思。是的,那种绝对的、全副武装的无赖确实让我们这些女孩着迷。"

"你觉得有种要改造他的冲动,是吗?"

"天啊,没有!他已经过了那个阶段。不,我们是想找到他盔甲上的薄弱环节,或者解开它,看看下面有什么。毫无疑问,对我们来说这是出于一种性和好奇心的结合。"

"我不会感到惊讶的,"奈杰尔沉思着说,"如果你很快有机会能继续你的研究。"

第五章

早上好,博奇先生

萨姆·博奇先生向电梯服务员说了句亲切的话,走出来,到了阿罕布拉宫的门厅。他从鲜花亭的女孩那里买了一支红色的康乃馨,小心翼翼地从他浅灰色西装的扣眼里穿进去。他满意地环顾了一下四周,然后离开了那个地方。他那张肥胖的脸上洋溢着笑容,小眼睛和玫瑰花蕾一般的嘴几乎消失在肉褶里。柔软的绒毛地毯,闪着低调光辉的桃花心木,精致的粉色窗帘和吊饰——这些对他来说是奢华的,他站在那里,深深地吸了一口气。萨姆·博奇喜欢奢华,因为他从东欧贫寒的地方出来,经历了艰辛的历程。他喜欢他的舒适生活,而且他无意放弃。他希望每个人都能快乐，但自己的利益是第一位的——这是唯一正确和自然的生活法则。

"早上好，博奇先生。"门卫说道。显然，博奇先生对生活的热情传给了他，他的职业微笑几乎带了些人情味。博奇先生向门卫晃了晃金色的马六甲手镯，笑容满面地走到阳光下。

萨姆·博奇达到现在的富裕程度，虽然不是没有起伏，但都是通过对供求规律的不懈关注实现的。无论是在南美还是在梅菲尔区[1]，绅士们都需要女性的陪伴。博奇先生认为他们没有理由不需要，而且他有能力满足他们非常自然的需求。还有些绅士，如果他们拥有贵重物品、珠宝、毛皮、艺术品，并希望将它们处理掉，他也同样愿意为他们提供服务。这一切都使博奇先生得到了普遍满意的评价，也使他得到了特殊的好处。他常常认为，以他的方式，他是公仆，但最重要的是，他是一名商人。

就这样，他通过严格遵守几条简单的规则而获得了成功。首先，只有最好的才是够好的，无论是女性的肉体，还是他所经营的其他商品，上等的质量是服务令人满意的必要条件[2]。第二，不要因小失大。博奇先生对他准备购买的东西给出好价钱，正如他对他要出售的东西要价高昂一样。第三，所有具有某种性质的交易都要严格使用现金。第四，个人魅力是成功的秘诀。博奇先生始终坚持与他的联系人保持

---

[1] 伦敦的上流住宅区。
[2] 原文是拉丁语 sine qua non，表示必要条件，要素。

联络，始终愿意倾听他们的希望、恐惧和计划，在他们需要时提供建议，在应得的地方给予信任——尽管作为一个明智的性格判断者，他确实非常谨慎地选择他的联系人。第五，也是最后一点，少量中意的东西对你有好处，但永远永远不要把一个秘密告诉一个漂亮女人。

萨姆·博奇走在公园大道上，心情非常愉快，用低沉的男中音哼唱着《希望与荣耀的土地》[1]。最近的生意特别好，当然，也有竞争对手，但萨姆对他们没有怨恨——垄断从来都不是他的野心。

博奇先生走向一个报摊，然后彬彬有礼地说了一句"先生，您先请"——他为另一个同时到达报摊的人让路。这个陌生人没有表示感谢，只是要了一些漫画书。善于观察的博奇注意到，这个陌生人说话带有美国口音，但并没有穿美式裁剪的衣服；他还注意到，当这个陌生人走开时，有一股相当恶心的紫罗兰的气味。随后他以一种像猫一样灵巧轻盈的步态，进入了附近的一家豪华酒店。

博奇先生叫了一辆出租车，上了车，打开了他那份早版晚报。一个标题吸引了他的目光，他满足地轻笑起来：原来他们把那件事也完成了。事情进展得很顺利，他可以期待另一笔令人满意的交易了。业务量在不断堆积，几乎达到了令人尴尬的地步。尽管如此，繁荣不会永远持续下去，做人必须趁热打铁。博奇转向另一栏，他的表情发生了变化：他没有忘记在波兰被占领的第一年里他家人的遭遇。

出租车停在了"高立方"夜总会的入口处，这家夜总会是萨姆的

---

[1] 英格兰的一首爱国歌曲，由爱德华·埃尔加作曲并由 A.C. 本森于 1902 年作词。

一处利益所在。戴·威廉姆斯在这家夜总会后门听到的谈话片段，最终置他于死地。萨姆的入口不是那个隐蔽的后门，而是正儿八经的前门。博奇先生自己走进去，对清洁工兴高采烈地说了一声"早上好"，然后上楼走向他经理的房间。里面有两个人正在和经理谈话，博奇先生一眼就认出他们是警察。他迈着坚定的步伐，穿过房间走向他们，伸出一只胖乎乎的手。

"早上好，先生们。我希望一切正常。"

博奇先生清楚得很，就"高立方"俱乐部而言，一切都很正常。他每年付给经理乔治·安特罗伯斯一千五百英镑，以确保这一点。他常说，"记录天使"[1] 本人都找不到这里的任何污点。

"你是博奇先生吗？萨姆·博奇先生？"其中一位警官说，听起来很不吉利。

"是我，我不认为我曾有幸……"

"不，我们对你来说是新面孔。我是分区督察赖特，这位是巡佐艾伦。"

"我希望没有什么问题，先生们。"

"我们一直在做一些常规的调查，安特罗伯斯先生在其中协助了我们。现在我想和你私下谈谈，先生。"

"当然，当然。乔治，如果你可以……"

经理离开前看了博奇先生一眼，大概意思是到目前为止一切正常。

---

[1] Recording Angel，教会术语，指据说记录每个人好坏行为的天使。

"我们正在调查戴·威廉姆斯的谋杀案,他上周日在肯辛顿花园被杀。"赖特说着,眼睛紧紧盯着博奇先生,充满警惕,一眨不眨。博奇先生不解地扬了扬眉毛。他从不像大多数罪犯那样犯错,说得太多,或是义愤填膺,又过分热心,但赖特感觉到他的态度有一丝放松。

"你遇到过这个人吗?"赖特督察问道,拿出一张照片。萨姆·博奇研究了一会儿,然后把它翻过来放到一旁的桌子上。

"没有,从来没有。他是谁?"

"赫伯特·詹姆斯。他在某些圈子里被称为'庸医'。他以前是个医师,几年前因伤人而被判刑——那是一场种族帮派的聚众斗殴。他也是个瘾君子。"

"好吧,督察,我的确在我的业务范围内遇到过一些奇怪的人,但是……"

"是你的各种业务,博奇先生。"

"您太客气了。"

"有人看到一个符合赫伯特·詹姆斯特征的人在戴·威廉姆斯被杀的五分钟后,离开肯辛顿花园。我们想对他进行检查。"

"但他不见了吗?"

"就是这样。如果你能留意这件事,我们会很感激,先生。你有能力收集到一些奇怪的信息,而且如你所说,即使是在管理最严格的夜总会,也会有一些奇怪的顾客。"

"我会记住的,"博奇先生说着,抿了抿他玫瑰花蕾似的嘴,"但我不认为我们这里的任何一位客户在那种圈子里活动。"

赖特督察仔细地打量着博奇先生。赖特以前从未对管理警察调查和讯问的规则感到如此恼火。他是一个才华横溢的人，他非正统的思想需要非正统的方法：还有什么方法能撼动萨姆·博奇这只老奸巨猾、精心防守的老狐狸？赖特已经教会了自己要有耐心，拒绝走捷径，这是一名优秀警探最基本的素质，但今天情况特殊，时间严重不足。在斯特雷奇威和调查鲁道夫·杜巴爵士家抢劫案的人把信息告诉他之后，赖特迫不及待地想走捷径。

同时，他示意艾伦巡佐让萨姆·博奇就过去几天的行动，回答一些"例行问题"。赖特知道——也知道博奇知道他知道，博奇的主要收入来源是什么。从道义上讲，他肯定会从本周爆发的大规模抢劫中获利，而且他与抢劫组织者有关的可能性至少占五成。但是，普通的侦缉方法从未能成功地找出他的联络渠道。

博奇先生抽着雪茄，面带配合的微笑，或皱着眉头思考，愉快地回答了艾伦警官的问题。他现在处于非常安全的境地，而且他很享受发挥他作为演员才能的机会。

赖特督察说："嗯，非常感谢你，先生。我想就是这些了。"他那张警惕的、灯笼似的脸放松了下来。

"哦，还有一件事。你认识一位亚历克·格雷先生的吧？"

博奇先生胖乎乎的拳头，攥着雪茄，慢慢贴近他的嘴，他的拇指指节在下垂的下唇上来回摩擦。

"格雷先生？哦，是的，他经常来这里。他是俱乐部的一个老成员，一个非常有活力的年轻绅士。"

赖特督察站在门边，仿佛在思考，什么也没说。这是一场沉默的考验，一分钟后，一滴汗珠从萨姆·博奇的额头上缓缓流下。

"我希望他没有惹上什么麻烦吧？"博奇先生说，他浑厚的声音中透着一丝关切。他打开了一台电风扇，"今天可真够闷的。"

"是的，是的，先生。我敢说过不了多久，天气就会回暖了。我想格雷先生不时地会带客人来这里吧？"

"是的，杜巴夫人经常和他来，还有……"

"请问，格雷先生是你的私人朋友吗？"

过了片刻，博奇先生回答说："我们的关系很好，督察。但是当然，我和他并不亲密，如果您是这个意思的话。"

"请问我可以看看您的访客簿吗，先生？"

"随时欢迎，督察。"

博奇先生按了一下铃，派经理去取访客簿。赖特督察注意到，在他一周前的最后一次访问中，兴致勃勃的格雷先生带来了四位客人——杜巴夫人、费利西蒂·斯迈思小姐、福克斯先生和斯大林先生。他指着最后两个名字，严肃地说："这根本行不通，博奇先生。"

"我完全同意。安特罗伯斯先生，怎么会允许这种事发生？你知道我的指示。"博奇先生气得几乎喘不过气来，"你很清楚，我们这里不允许有任何不正当的行为。"

"我非常抱歉，博奇先生。我会跟门卫说说这件事。"

"那么，实际上，采用这些假名的人是谁？你记得他们吗？"

博奇先生敲了敲桌子，犀利地看着安特罗伯斯，后者非常乐意帮忙。福克斯和斯大林原来是两个年轻的小伙子，一个是《卫报》的，另一个是劳埃德银行的，他们的面孔在《闲谈者》杂志上经常出现。

赖特督察又来到外面的街道上，对着一个正在对面人行道上消磨时间的人摇着小手指。与艾伦巡佐一起离开时，他说："好吧，我的小伙计，你对他有什么看法？"

"是个相当配合的家伙，长官。"

"我不介意告诉你，"赖特用一种冷酷而暴力的语气说道，这使警长猛地抬起头来，"我想把他一脚踩进人行道里。"

好吧，他们把他激怒了。而且，如果斯特雷奇威的预感是正确的，博奇很快就会试图与格雷取得联系。交易所会留有两端的电话记录——赖特为此做了安排。而且，如果博奇亲自登门拜访，琼斯就会跟在他后面。在这一点上，如果运气好的话，他们可能会找出一个环节，并开始拖动这根链条。如果两人之间存在某种犯罪联系，博奇势必会提醒对方注意警方的调查。

萨姆·博奇向安特罗伯斯先生询问了在他到来之前警察说了些什么，然后就把他解雇了。他的手伸向了电话，但又收回。走下楼，他穿过空荡荡的厨房，又下了一层台阶来到酒窖。他从口袋里拿出一串钥匙，打开门，走进去，又在身后把门锁上。他弯下腰，走到一个酒柜前，酒架上的瓶子从地板一直延伸到天花板。他漫不经心地抚摸着其中的一个瓶子——这不是一款上楼待客的葡萄酒，而是保留给他自己在私人房间享用的。博奇先生弯下腰，摆弄了一会儿，然后用隐蔽的铰链将整个架子的框架从墙上摇开。在它后面的墙上有一扇门，它本身是看不见的，只有专业的检察官才能看出来。博奇先生穿过这扇门，进入一条狭窄的拱形通道，上了几级台阶，打开了另一扇门，来到了一家二手衣服店的里屋。他吹了几小节欢快的小曲子，一个看起来很体面的女人从店里走进来，对博奇先生正站在她的里屋没有表现出明显的惊讶。

"你想出去吗，先生？"她带着非英式的口音问道。

博奇先生点了点头。那个女人回到她的店里，从挂在橱窗里的衣服后面向外瞥了一眼，沿着小巷左顾右盼。

"一切正常，先生。"她说。

博奇先生走出通道，从商店窗户右边的私用门走了出去——这是他的逃生通道，除了他自己和他的几个线人之外，没有人知道这个秘密。外面仍然阳光明媚，但博奇先生并不像今天上午早些时候对阿罕布拉宫的雇员们所表现出来的那样满面春风了。他快步走到巷子里。巷子与街道相连的地方有一个电话亭，但博奇先生忽略了它。相反，他乘坐两便士的公共汽车，从牛津广场的另一个电话亭打电话，那里离他的俱乐部位置最佳，有一英里远。关注细节是博奇先生的口号之一。

十分钟后，他再次进入二手服装店，走上了他在"高立方"俱乐部的房间，又点了一支雪茄，并适时地从俱乐部的前门走了出来。便衣男子琼斯百无聊赖地从对面商店放一先令的托盘里拿出书来读，然后保持着距离，跟在博奇先生身后。博奇先生很清楚自己被跟踪了，他抿着玫瑰花蕾一般的嘴，开始吹口哨——这是一个令人振奋的想法，那家伙会报告说他等赖特督察离开后在俱乐部待了半个小时,然后漫步到常春藤酒吧。更令人欣慰的是,他在那里吃了一顿丰盛而漫长的午餐,而外面的那个家伙却在耐心地消化着他的灵魂……

当天下午——8月5日星期四,也就是克莱尔·马辛格工作室事件发生的第二天,奈杰尔·斯特雷奇威正在和赖特警官谈话。像伦敦的其他高级警官一样,赖特正感受到以有限的人手完成大量调查的压力。他必须守住防线,应对敌人进攻点众多且方式大胆的攻击。此外,尽管苏联代表团的安全具体是属于政治保安处的事务,但苏联大使馆在赖特的辖区内这件事还是给了他不小的压力,因为那里的官员都很棘手,有些苛刻,很难对付。

在对杜巴宅邸和本月3日参加派对的人进行长时间的调查之后,警方确定了这起抢劫案只能靠非常特殊的内部信息来完成。简而言之,杜巴夫人卧室里一个隐藏的保险箱被打开了,时间是在当晚7点到第二天凌晨3点15分之间,当时她去放回她在派对上佩戴的珠宝,发现价值约五万英镑的贵重物品被盗。保险箱没有被撬开,因此罪犯肯定不仅知道它的位置,而且知道锁的密码。窗台、墙壁或地面上都没有可疑的痕迹。除了杜巴夫人和她丈夫的指纹外,保险柜上没有其他指纹。让调查人员更加难办的是,她说除了她和她丈夫之外,没有人知道密码。她的私人女仆和其他工作人员都已经和这个家庭相处了一段时间,所以几乎不可能对他们产生怀疑。

诚然,一个技术高超的操作员可以通过反复试验和犯错,并在不限时的情况下，找到密码组合，但警方所知的仅有的两个罪犯——拥有这种非凡的触觉和听觉的敏感性并可以通过倾听翻转器的落地声来破解密码的人，他们都安全地待在监狱里。此外，一个罪犯不可能指望自己有无限的时间去犯罪，因为卧室没有上锁，客人们在房子里到处闲逛，有些人自己也进来看了一眼，想见识一下房间里传说中的辉煌。警察最累人的任务之一，就是通过询问两百多名客人，整理出卧室没人的大致时间。

当赖特提供了一份最新的调查报告后，奈杰尔问道："这场闹剧派对是谁的主意？"

督察迅速对他报以赞许的微笑："这正是我在想的。鲁道夫爵士说是他妻子的主意，杜巴夫人认为那是丈夫的主意，但她是那种含糊其辞、心不在焉的人，一个糟糕得令人震惊的证人。"

"你有没有听说格雷是她的情人？"

"我听说过，"督察干脆地回答，"所以他很可能知道保险箱的密码？"

"而杜巴夫人为了保护他，说他不知道。此外，他还可以向夫人建议举办一个派对，让客人们把脸涂黑，穿上奇装异服。他是否与其他抢劫案有关联？"

赖特督察咬了一下食指内侧，说道："格雷是过去人们所说的'浪荡公子哥'。在本周发生抢劫案的五所大房子中，他或多或少地去其中的四所做客过，但其他许多人也是如此。他们形成了一种内部圈子，那一套——总是在同样的地方转悠。"

"还有同样的女主人，别忘了。格雷显然对女性很有吸引力。"

"哦，我们会拆穿他的，别担心，只要我们能合理地确定挖到什么消息，与博奇联系就够了，但我估计我们在这一点上已经失败了——自从我询问了博奇之后，他们之间就没有过任何交流。"

"你确定吗？"

"这世上没有什么是确定的，但从那时起，萨姆·博奇的行为像积雪一样清白。我们离开后，他在俱乐部待了半个小时，没有从那里打过电话。在常春藤吃午饭，独自一人，也没有打电话——我的伙计证实了这一点。然后他回到了阿罕布拉宫，等等。你会认为他已经发誓不再使用电话了。另一头也一样——格雷有几次通话，但没什么可疑的。"

"那么现在怎么办？"

"所以现在你要找到那个从你手中溜走的红发男孩，"赖特督察面无笑容地说。他不会掩饰自己或别人的无能，"杜巴夫人似乎有点迷上他了，她可能会给你奖赏的。"

"那个男孩认识拥有快艇模型的男孩，是吗？顺便说一句，他今天早上没有再出现在马辛格小姐的工作室里。"

"你把他吓跑了。"赖特愠怒地说。然后，他的声音中带着异常强烈的恳求，那双黑眼睛盯着奈杰尔，像要把他催眠一样，又说："找到他，斯特雷奇威先生。我们必须找到那个拿到戴·威廉姆斯所传信息的男孩，他一定会有危险。他的生命是……"督察的手掌朝下，迅速地左右翻转，就像天平上的什么东西在颤抖一样……

在一所豪华公寓里，埃尔默·斯泰格收起了他一直在研究的伦敦街道地图，开始清洁和装填他的左轮手枪。他收到的新指示虽然出乎意料，但并非不受他欢迎。无所事事使他感到厌烦，虽然他远不是一个善于交际的人，但长时间待在公寓里，会使他感到不快，无论公寓布置得多么豪华。甚至连漫画也开始变得乏味——在这个该死的小破国，漫画并没有什么看头。现在，他可以继续营生，并赚取额外的补贴。斯泰格先生确实是个收入很高的人。

他仔细检查自动步枪的弹匣，露出一丝微笑，就像阳光照在冰柱上一样，然后伸手去拿另一块紫罗兰的口香糖。

第六章

旅客之家

小铜严厉地说道:"伙伴们,强行破门而入,这不行!"

阿狸一听,忍不住骂了一句。

"但我们就是这样计划的,而且也不一定是闯进去,"伯特争辩道,"我是说,窗户上没什么玻璃了,我们只要……"

"有意闲逛。"小铜说。

"有啥意思呢,我的好伙计?你知道那些房子里已经没有什么可偷的了,所以我怎么可能是为了偷窃而进去闲逛的呢?"

小铜被这种逻辑动摇了片刻,他说:"你可能是去故意破坏房屋,或者纵火,或者滋扰。"

"利索点,伙计。"阿狸说。

"好吧,你的建议是什么?这不就是我们选择这栋房子的原因吗?你有什么更好的主意吗?会议上欢迎讨论。"

"我只是告诉你们,仅此而已。"小铜冷淡地说。

阿狸打了个响指:"那又怎样?如果首脑真的因为闲逛或任何这样的理由而被抓,那又有什么关系?他在牢里会很安全,比在那个该死的废墟里要安全。"

伯特敲了敲桌子:"先生们,请不要说难听的话。你说的那些都很好,阿狸,但我母亲不希望我进监狱。"

"如果你被绑架了,或者让他们割断你的喉咙,你母亲也不会喜欢的。"

"你说得很有道理……"小铜说。

他从法律的角度反对一个计划,那就是让伯特在坎普登山路附近一排被炸弹炸毁的独栋住宅里躲几天。对这位火星人协会的主席来说,事情已经变得很棘手。那个假的旅行推销员没有再来,但是昨天,在他访问的几个小时过后,又有一个人来,想要在此住宿。黑尔夫人告诉他没有空房了——她当然不会说,他是自己不愿意接待的那一类房客。不幸的是,这个男人的坚持最终让他进入了一楼的密室,一个装饰着伯特照片的密室。当访客离开时,伯特从地下室的书房里往上看,看到了他的身影:那是在花园里和自己搭讪的两个人中的另一个——带着指虎的讨厌人物,叫弗雷德。

毫无疑问，事到如今，伯特应该把整个故事告诉他母亲。如果由他自己决定，他肯定会这么做，但此时，他的火星人伙伴们已经屈服于侦探热的致命攻击。而伯特，他作为一个男孩，对现实的认知是有限的，同时他与朋友反目的恐惧也被夸大了，当他是他们公认的领导者时尤为如此。他知道，他对阿狸和小铜的影响是靠头脑而不是靠体力，只要他有任何严重的软弱迹象，他们就很可能废掉他，甚至联合起来对付他。

让伯特躲起来的决定是在一刻钟前才做出的，而这个决定是他的朋友给他带来的信息促成的。很碰巧，他们看到这个红脸的旅行推销员今天下午早些时候从一家小酒馆走出来。他们以一定的距离跟踪他，从诺丁山门经过水塔沿着坎普登山路一路向上。他现在向左转，走到一排被炸毁的房子旁边，在其中一栋房子对面停下来点烟。然后他继续前行，在教堂街搭上一辆公共汽车，躲过了进一步的追踪。

伯特收到这件事的报告后，构思了一个计划。这个计划应该可以一举缓解自己对这个红脸男人的深深恐惧，同时在他的朋友们心中树立自己坚毅无畏的形象。红脸男人离开酒馆前不久有一段对话，如果伯特的朋友们能够把这段对话报告给伯特，他原本会更加坚定地坚持自己暂时消失的必要性。那人通过友好得体的举止和丰盛的款待，从黑尔夫人的一个房客那里获得了一些关于房子的有用信息——其中包括伯特卧室的位置。

因此现在，小铜的反对意见被抛在一边。三个人想出了一些方法和手段，最后得出结论，伯特应该藏在一个废弃的房子里，作为紧急情况下一个很好的藏身之处。火星人协会关注这些房子已经有一段时间了，他们事先选择了一栋房子作为理想的藏匿点，并决定当晚将伯特藏在其中。这栋房子和大路之间隔着一个灌木丛，火星人的朋友们经常把它作为一个非法游乐场，因为它是那一排废弃的房子中最容易闯入的。事实上它很容易进入，阿狸已经通过测试证明了这一点。在房子后面的荒地上，有一个小小的、可供进入的、没有钉上木板的窗户，它通向一个储藏室。阿狸进进出出，并报告说里面什么都没有，适合作为一个隐藏地。

他们决定让伯特从家里带上毛毯和物资，阿狸会在夜幕降临后帮助他进入储藏室的窗口，而小铜则在外面守着。

小铜疑惑地问："你妈妈会怎么说？当她发现你抛弃她时，她会大发雷霆的，不是吗？"

伯特也已经想到了这一点。他很喜欢自己的母亲，不希望给她带来不必要的焦虑。

"我会留下一张纸条，说我们去了巴特西乐园，我会晚点回来，让她不要熬夜等我回家。"

"对，但明天怎么办？"

"我会再给你一张纸条，明天一早放在信箱里。我会说……"伯特沉吟片刻，"我会说我已经出海去了。"

"别这么优柔寡断，"阿狸说，"为什么不说你坐着火箭去月球了呢？那也一样有可能。"

"你少说两句吧，阿狸，我的伙计。"小铜很容易意外地站在伯特那一边,"当你有胆量在闹鬼的房子里呆一晚上时,你就有发言权了。"

"闹鬼?"伯特停顿了一下,问道。

"嗯,我估计那里曾有人意外死亡。有颗地雷,彻底把那些房子的灯炸掉了。无论如何,那地方看起来阴森恐怖,就像我们看过的那部恐怖电影里的房子。"

"你真是个滑头,不是吗?"阿狸评价道。

到此为止,这个计划对伯特来说是一个大胆且令人愉快的幻想。现在他意识到自己被寄予厚望去实施这件事,而现实并不那么令人愉悦:鬼屋的阴影开始笼罩着这个还在成长中的男孩。然而,他摆出一副既坚决又漫不经心的表情,说:"我会告诉她我在乐园遇到了詹姆斯叔叔,他邀请我在他家留宿几夜。我以前去过那里。"

刚说完,伯特就意识到自己有一个明显的疏漏。虽然他确实曾在旺兹沃思①与詹姆斯叔叔住过一次,但他知道,他的母亲会立即去打听,一旦发现他不在那里,就会去报警。这样一来,他就不得不说出整个故事,但又要有技巧地说,不给他的朋友们指责他思虑过多的余地。这样一箭双雕,既保住了名誉,又平稳了心态。伯特有点内疚地抬头看了看阿狸和小铜,但他们正带着难以掩饰的钦佩之情看着他。

"还是首脑有办法。"小铜说道。

会议接着回到了格雷先生和他的信件问题上。在阿狸前一天偷来的两封信中,一封是一个叫"高立方"夜总会的印刷公告;另一封更

---

① 英格兰东南部的一个城市。

令人费解，它是用打字机写的，没有地址也没有签名，上面写着——

D 街[①]派对结束。太危险。为金斯威做好一切准备。

火星人们把这封信件又读了一遍，完全摸不着头脑。它不可能是一封清白的信——那样的话它至少会有一个签名。

"听我说，"终于，伯特说话了，"假设这家伙是个犯罪大师……"

在巨大的炸弹乘着降落伞轻轻落下之前，这所迷人的房子是维多利亚时代早期家庭建筑的典范。在一条安静的道路上，这是一处合法的小房产，坐落在月桂树和开花的灌木后面，白色灰泥粉刷的正面外墙上缠绕着紫藤花，后面有一个朝南的阳台。爆炸掀掉了大片的屋顶，把曾经优雅的阳台和栅栏的铸铁扭曲成不同的、异常的图案，吸走了窗玻璃，留下一片断壁残垣。外面的灌木葳蕤，杂草丛生；里面则是一片死气沉沉，仿佛房子还在因为惧怕那个恐怖的夜晚而流汗。

值得捞走的家具早被房客们搬走了。那场爆炸中留下的瓦砾已经被清理掉，孩子们在附近的废墟上玩耍，他们互相鼓着劲进入房子，不时地把房子进一步拆解。由于房东已经去世，他的事务陷入混乱，谈判直到最近才结束。根据谈判协议，这所房子和快要散架的几栋邻屋都计划由区议会打理。

[①] 即 Downing Street，唐宁街。

而那个红脸男就选了这所房子作为杀了戴·威廉姆斯之人的临时住所。他也意识到这是所有废弃房子中最隐蔽的。它不如普通的死刑犯牢房干净，但也不失为一个温馨的家，而且它的好处是，一个死者尸体可以在那里躺上几个月，也几乎没有被发现的危险。这个红脸男只是一个中间人，是整根链条中的一个环节。他接到命令，要找一个合适的地方，安排那个庸医在规定的时间到那里，他甚至不知道刽子手是谁。他所知道的是，对组织而言庸医已经失去了作用。事实上，现在警察正在追捕他，他可能会成为组织致命的威胁——也许，他给组织带来的威胁大到就像他谋杀的那个人给组织带来的威胁一样。不管怎么说，现在卡姆登镇太危险了，留不住庸医。在很短的时间内，他必须被转移——先转移，再永久抹除。还有什么地方比荒路上废弃房屋群中的一间屋子更适合呢？这里没人能偷听到庸医的临终遗言，房子周围还有很多漂亮的灌木。

红脸男人对今天下午的自己很满意——首先，因为他找到了可以处置庸医的理想地点；其次，现在看来，似乎不会有什么麻烦通过黑尔家的孩子找上门来。他认为，如果这个孩子把他的故事告诉了警察，警察就会对黑尔夫人的住处和那里的任何陌生访客产生浓厚的兴趣。他和弗雷德都去了那里，却没有被警察发现。这当然是一种冒险行为，但他们是拿着高薪去冒险。他们对警察的恐惧比对自己组织的恐惧要小，而且无论如何，警察要做的就是证明他们所做的一切，而不仅仅是知道他们试图从一个小孩那里买一艘船。

那么，有个男孩收到了戴·威廉姆斯的遗言，而他们比警察早一步了解到这个男孩的下落。现在只需要获取那条信息——真正的信息，而不是那个小流氓拿来骗他们的假消息。不择手段也要办到这件事，这样他和弗雷德就可以尽情享受应得的退休生活了。早就该和小黑尔安静地聊一聊了，黑尔夫人的房子不是最方便的地方，所以这个孩子将被带到其他地方。这一切都安排好了……

庸医在坎普登山路附近一栋废弃房屋的餐厅里被安顿了下来。从餐厅可以直接望见房前的花园——或者说，人们本可以从餐厅看到外面，如果窗户没有被钉死的话。他在夜幕降临后毫不费力地从侧面的窗户进来——钉在上面的木板已经松动了。他选择了现在的房间，因为在这里他能窥视到街道，而且跟一楼的其他房间相比不那么潮湿。他的最后一针毒品和新生活的前景使他感到兴奋不已。在腐烂的房子里待上一两个小时，对换来的安全来说是很小的代价，更不用说该组织为他规划了在另一个国家的未来。现在，报纸上已经出现了警方对他的描述，显然是时候淡出了。他将在这里被接走，得到证件和钱，然后被偷运出国。他可以把这一切都交给组织，对组织充满信心。事实上，他对组织的感觉就像他小时候对父亲的感觉一样，如果他的父亲没有在他出生前去世的话。在他看来，组织是全智全能的。组织对他提出了严厉的要求，他必须服从，不许质疑；组织为他反复无常、分崩离析的生活提供了某种框架；组织照顾着他。当他被告知要在某个时间到这里，口袋里不能留任何可以辨认的东西时，他接受了，虽然有点神秘，但他觉得这是一种明智的家长式作风。

作为一名前公立学校的学生，庸医保留了某种准则的痕迹——他有一种心态，完全排除了被同伴背叛的想法。这给他安慰，也让他毁灭。

那天下午，小铜被派去调查这个地方，以确保一切都正常。他一路小跑到储藏室，注意到厨房的水龙头没有出水，通往一楼的楼梯上少了一个踏板，在厨房墙上潮湿的石膏上，除了其他不那么隐蔽的文字外，还有一条公告："达德利·贾维斯和丽塔·布洛格斯在一起。"他找到了通往地下室的侧门，门没有上锁，但拴得很紧。他用一些带来的自行车油精心处理了螺栓，但是发现它无法移动。在房子周围搜寻了一会儿后，他闻到一股令人不舒服的焦味，好像是有人烧了火，潮湿的火很快就熄灭了。小铜在墙上写下"阿狸爱杜巴夫人"，然后就离开了。

大约五个小时后，伯特和阿狸从后面进入房子。小铜在外面的路上守着入口，他将为他们看守五分钟，然后回家。他们点燃了阿狸买来的防风灯，把毯子铺在厨房的瓷砖地板上，然后打开行李袋——里面有四瓶可口可乐、一块面包、两罐沙丁鱼、一些朱砂糖衣的蛋糕、一块巧克力，还有一本科幻小说，这些足够伯特坚持到他们明天晚上给他补给为止。阿狸已经同意和伯特待上一个小时，这样伯特就可以适应新环境了。

"你这地方真不错，阿尔伯特爵士，"阿狸说，"给管家打电话，给我们来点儿香槟。"

"希望我们能生点火，"伯特说。虽然还没有完全被房间里的潮湿寒气所侵袭，但他已经在发抖了。

"为什么不呢？旁边放着好多木材！"阿狸说着，用手电筒照了照那间脏乱的屋子。

"别傻了，他们会看到烟的。"

他们仍在用嘶哑的嗓音轻声说话，好像屋里可能还有其他人。

"那是什么？"阿狸问。他的手电筒光束照到远处墙上有一个壁架和嵌板。

"那是一扇服务窗，另一边一定是餐厅。"

"游手好闲的富人，我们的妈妈通常都在厨房里洗碗。我想知道杜巴家今晚的金餐盘里有些什么……"阿狸做梦般地说道，"漂亮的姑娘，杜巴夫人。我可以疯狂地追求她。"

"她不是在演舞剧什么的吗？我妈妈说……"

"杜巴夫人没有问题，我打赌你妈妈是挑剔她。"

"女人都很好，但我不会结婚，这会妨碍我的科学研究。男人必须把事业放在第一位。"

"这样的幻想对我而言就够了。在闹鬼的房子里露营，会让你感到饥饿。"

伯特掰开一个蛋糕，说道："你可以吃一半，这是我的军用干粮。"

阿狸接过来咬了一口，喊道："军用！你说对了，把我最好的一对假牙都咬坏了！"

他们俩都"咯咯"地笑了起来，然后，外面传来的叹息声、敲击声开始填满寂静——雨点在月桂树的干叶上敲打着，速度越来越快。某处窗户上一块松动的木板发出一声响亮而蛮横的叩打声。

"邮递员今晚迟到了。"阿狸说。

"那是风,把灯点上。"

"是的。"阿狸响亮地打了个嗝,说道,"不要点灯,有煤气泄漏!"

过了一会儿,伯特的决心破灭了,他开始狼吞虎咽,阿狸也帮忙一起吃。当他们把补给吃了一半时,伯特看了看表。令他沮丧的是,他发现他们在这里待了不到一个小时,时间似乎过了很久,剩下的夜晚在他面前延伸,仿佛无穷无尽。

"好吧,我要撤了。"阿狸说。

"我们先去探索一下这所房子吧!"只要能让朋友和他在一起多待一会儿,在这个黑暗、潮湿的坟墓里,做什么都可以。

伯特拿起防风灯,他们大步走进通道,爬上楼梯,小心翼翼地踩着小铜报告说的那缺失的楼梯踏板。在第一个楼梯平台上,伯特突然停了下来,吓得倒抽了一口冷气。微弱的灯光映出了一扇门,那扇门转动了一下,又停住了。

"看到那个了吗?"

"那是风,"阿狸低声说,他的自信不比往常,"这是个四处透风的老地方。"

风的确刮起来了,一把一把的雨点打在百叶窗上,把气流吹得像老鼠一样在通道上窜来窜去。男孩们互相推搡着走进已打开的房间——这里曾是客厅,宽敞而优雅,三扇高大的窗子从阳台的顶部望向花园。穿着裙撑、以孔雀一般尊贵气质示人的女士们,在那里玩着槌球。

"有趣的气味。"伯特说。

"是尸体。"阿狸说。他用手电筒照了照墙壁，墙纸上褪了色但仍然过于繁复的图案，是爱德华七世时代某个房客留下的遗物。墙上到处都是撕下来的纸，像一片片褪了色、被剥落的皮一样挂在那儿。

"如果你饿了，你随时可以吃这些东西，"阿狸无情地说着，指了指墙角踢脚板上长着的一种看起来有害的菌类，"我们走吧。"

他们检查了这层楼的两个小房间，除了空旷和腐烂，什么都没有。通往下一层的楼梯非常摇晃，他们决定不再走了。的确，在这里，感觉好像整个房子都在摇晃和倾斜，就像他们映在落地墙上的影子一样。阿狸扭摆着跳了几步，欣赏着自己的影子，地板"吱吱"作响，客厅的门也紧紧地关上了。他们开始下楼。

"我看到周围都在变化和衰败。"阿狸用嘶哑的女低音唱道。下一刻，他忘记了缺失的踏板，绊了一跤，从剩下的楼梯上滚到大厅里。空荡荡的房子像铁匠铺一样"哗哗"作响，一些石膏片掉了下来，然后，又回归了寂静。这份寂静是如此强大，如此具有吞噬性，伯特的心脏似乎在它的影响下停止了跳动。他张嘴想问阿狸是否受伤，但寂静扼杀了他的声音。

更糟糕的事情还在后面。阿狸自己站了起来，在餐厅门口晃了晃脑袋。

"里面有什么？"他问。

伯特试着推了推那扇门，门先是晃了一下，然后就不晃了。事实上，门似乎在推他。他说不出话，使劲咽了口唾沫。

"不好，"伯特说，"门卡住了。"然后，他迅速摸索着回到厨房。他知道，"在门的另一边究竟是什么"这个谜解开之前，他不能在这里过夜。那一定是他的幻觉。"伯特是个想象力丰富的孩子"，他母亲总是这样说。

"试试那个滑动板，阿狸，那个服务小窗。如果它能动的话，你可以通过它看到房间。"伯特低声说。

与餐厅的门不同，嵌板没有粘住，它轻快地张开了。阿狸的手电筒光束飞速穿过，打在一张死白的脸上，离自己的脸有两码远，嘴巴张着，有一点唾液从一边的嘴角淌出来，眼睛全白了，像死尸一样瞪着他。

阿狸吓得大叫一声，撞到了身后的伯特，把他手里的灯也撞掉了。当他们捡起灯，正朝进屋的那扇窗户走到一半的时候，身后传来一个声音："孩子们，等一下，你们急什么？"

一只手落在阿狸的肩膀上，阿狸在这个手掌下扭动，然后很快不动了，因为那人的另一只手握着一把剃刀。

"别紧张，"那人说，"我们会好好地、安静地谈谈。我说的安静，就是安静。"

剃刀在空中轻柔地划过，离男孩们的脸只有一英尺。他俩谁都没有气力喊出声来，那些尖锐的瞳孔，那沙哑而锋利的声音，抽空了他们的肺部。那人做了个手势，他们就跟着他进了房间，房间的门奇怪地抵制着伯特开门的力量。伯特开始意识到有种气味，与房子里潮湿、焦煳的气味不同，但也是一种近似腐烂的气味。他知道自己以前闻过这种气味，但他太害怕了，不记得在哪里，也不想记起在哪里。

"坐下，孩子们，靠那边的墙坐好，然后把灯放在你们的面前。这就对了。"

那人退到了阴暗处，在孩子们和门之间。

他说："你们不会害怕我的，是吧？"他的声音现在像是在说服，几乎有些不确定。

"不怕，先生。"伯特回答。

"你们在我的房子里做什么？"

"露营，"阿狸说，"我们不知道这是你的房子。我是说，我们以为它是空的，明白吗？"

"啊，一个男孩惯用的借口。你们是为了打赌才来的，对吗？"

"是的，先生。"

"我听到你们中的一个在楼下摔倒了，对吗？没有受伤吧？我希望没有。我曾经……我是个医生，所以如果你有任何割伤、扭伤、擦伤，你算是来对地方了。家里有医生吗？我估计你在这屋里最不愿意看到的就是医生。"

那人发出一声轻笑。男孩们挤在一起，背对着墙，感到彼此都在颤抖。

"是的，先生。不，先生，我是说……"伯特颤声说。

"你在哪里上学？"

伯特如实回答了他。

"我自己是公立学校出身，当然是在我成为外科医生之前。有趣的是，你知道，我一直想成为一名外科医生，即使是在学校。他们曾经叫我'庸医'。你们俩有绰号吗？"

"我是阿狸，我们叫伯特'首脑'。"

"啊，聪明的类型，嗯？你擅长的学科是什么？"

"嗯，我热衷于科学，先生。"

"好样的，科学是有前途的。我记得有个教师对我说……"

事后，阿狸告诉伯特，让他感到震惊的是那个人滔滔不绝的说话方式——他就是停不下来，这就像听一个疯狂而无聊的童子军团长在篝火会上说话。这家伙显然是疯了，你可以从他的眼睛里看出来，他的眼睛激动得发狂，但似乎什么也没看；他的脸也耷拉着，抽搐着。好吧，唯一的办法就是逗他开心，他不可能永远这样说下去。

与此同时，伯特的反应则不同。他的惊恐暂时消退了，这允许他的思想再次开始运作。他首先想到的是，这个人一定是被他们吓坏了，就像他们被他吓坏了一样。否则，当他们在楼上走动时，他为什么要潜伏在这个房间里？刚才为什么要把门关起来？也许是纯粹的解脱使他这样滔滔不绝。这个人显然不希望被他们发现自己藏身在这栋房子里，但是，现在他们已经发现了，他小心翼翼地不让他们发出警报。毫无疑问，他发现他所听到的走动声来自两个男孩时，松了一口气。那个人一定是藏身在这里，就像伯特一样。他不可能只是一个流浪汉，他是……

然后，在一个可怕的瞬间，伯特意识到这个人是谁。房间里的气味陈旧而腐烂，正是他上周日去圆池的路上闻到的那种味道，当时一个男人迈着大步从他身边擦过。那次邂逅已经被忘得一干二净，就连今天早上报纸上刊登的那张照片，也没有引起伯特的注意。那张照片上的人与戴·威廉姆斯谋杀案有关，警方希望讯问他。但是现在，当庸医不停地说着话，回忆着学生时代和在医院的日子时，伯特偷偷地瞥了一眼庸医，才意识到他正在一栋人迹罕至的废屋里，和一个杀人犯共处一室。

伯特拽了拽阿狸的袖子。那人飘忽不定的眼神捕捉到了这个动作。

"别烦躁！"他尖锐地说道。不过，伯特注意到，他自己也够烦躁的：他说话的时候，在房间里来回走动；或者靠在门上，头不停地抽动，拿着剃刀的手拨弄着自己的下嘴唇。他活像一个不安分的木偶。

伯特甚至不敢对阿狸耳语。他不敢传达的信息在他心中痛苦地膨胀，胀得他恨不能立刻喊出来，或者原地爆炸。终于，当这个口若悬河的人讲话稍稍暂停，伯特举起了手，就像在课堂上一样，问道："请问，先生，我们现在可以回家了吗？"

"还不行，孩子们，我有个朋友要来接我，随时会到。希望你们能见见他，我想你们一定想知道我在这里做什么。好吧，伙计们——首脑和阿狸，让我来告诉你们。"那人的舌头在嘴唇上闪了闪，"我曾经住在这里，你们看，那是我一生中最快乐的日子，当我在你们这个年纪的时候。我要出国了，你们看，要开始新的生活了。我想，在我离开之前，我应该去老地方做最后一次朝拜。"

"这个地方被炸毁时你在这里吗？"阿狸问。他可以说任何话来迎合这个怪人。

那人又开始说话了：炸弹故事现在开讲。阿狸放松了，而伯特没有。伯特能感觉到他的神经在一点点断裂，仿佛他内心的秘密像锯子一般在锯着他的神经。突然，当庸医来回踱步离开门边时，伯特发出一声呜咽，他站起来，向门外飞奔。一只手臂，似乎像影子一样拉长，快速伸了出来，把伯特甩回了房间。伯特的头撞到了墙上，他觉得自己要吐了。

"不，你不会的，我的首脑。"那人的脸，灰里发白，像真菌一样，在伯特头上晃来晃去。阴暗处有几道光，伯特头晕目眩，无法立刻辨认那是什么东西发出的光。

"别再挥那把剃刀了，你这个混蛋。"阿狸大声而清晰地说道。无论如何，这转移了庸医的注意力，他转向阿狸。

"你以前做过扁桃体切除术吗？"

"你再说一遍。"

"你的扁桃体被切了吗？"

阿狸摇了摇头。

"嗯，会给你做的，该死的小家伙。如果你和你的小朋友不听话，很快就给你做，不上麻醉剂。"

在随后的沉默中，一颗声音的种子开始发芽，是汽车引擎。那辆车一定是沿着坎普登山路上来的，然后汽车停了下来，离得有些远。

"我敢说那是我的朋友。如果是的话，我们就得把你们锁在这里。如果你们保持绝对安静，我们就只会把你们锁起来。我规定要绝对安静，你们明白吗，从始至终都要安静，否则我就不得不给你们做手术了。"

伯特和阿狸愣住了,他们能感觉到自己太阳穴里的脉搏像巨大的钟表一样在"嘀嗒"作响。又过了很久,百叶窗上传来一阵敲击声——轻轻的敲击声,但它让男孩们惊愕不已,仿佛那是一场爆炸。

"记得我说过什么吗?别动,别出声。"

"是的,先生。"

那人在窗前,用手拨弄着百叶窗。透过缝隙,他嘀咕着什么,他们听不出来,可能是个口令。

"好了,庸医,开门。"从外面传来一个低沉的声音,不过对男孩们来说,这个声音还不算太低,没有低到听不出说话者的美国口音。庸医带着威胁的眼神看了他们一眼,收起了百叶窗。他们看到一个圆柱形物体从夜色中突然探出头来,他们听到它发出一声急促而沉重的"咚咚"声。庸医的双手紧紧抓住百叶窗,仿佛在抵御吹进房间的旋风。他的头猛地向后一仰——似乎被打得变了形。然后,像山体开始滑坡一样,他缓慢地倒在了地板上。

第七章

长剑与短棍

那是8月6日星期五的早晨,奈杰尔·斯特雷奇威漫步走向克莱尔·马辛格的工作室,细细品味着赖特督察刚刚告诉他的话。自从戴·威廉姆斯遭到谋杀以来,伦敦地区报告失踪的男孩有四个,但已经找到了三个,而且四个男孩中没有一个与奈杰尔在花园里见过的男孩联系过。在研究了他们的照片后,他确信这一点。推论似乎很清楚:杀害戴·威廉姆斯的凶手或者是发现了这个男孩,并在得到消息后恐吓他,使他保持沉默;或者他们还在找这个男孩。前者更有可能。戴·威廉姆斯肯定会在自己的留言中表示,此事应当转交给警方。那么,那孩子为什么不这么做呢，难道是被吓走了？嗯，也许他和他的年轻朋友们正在尝试一些业余的侦查，那个叫阿狸的小伙子可能也参与了。但是，这个阿狸在与亚历克·格雷相遇后，没有再回到工作室。

赖特督察更直接的目的是想知道庸医为何消失了。他的照片登报了，全国每个警察都获知了他的外貌特征。他的行踪被追查到卡姆登镇的一家寄宿所，但这是他两天前离开的地方，痕迹逐渐消失了。警方只从一位普通公众那"收到信息"，说目睹一名男子在谋杀案发生后不久离开肯辛顿花园，说当时是被他奇特的走路姿势和外表所吸引，并从苏格兰场的档案中认出了他。只是，庸医已经从地球表面消失了。

想起最近对萨姆·博奇的问询，赖特督察感到很不安。他依赖直觉，尽管他自己并不承认这一点。当他向博奇询问赫伯特·詹姆斯的情况时，没有感觉到博奇有任何恐惧、内疚或保护性防备的迹象。根据赖特的经验，如果一个罪犯的痛处被碰到，总会有某种明显的反应：可能是一阵粗鲁的咆哮，或者只是身体轻微的颤动，仿佛敏感的触角。一提到亚历克·格雷，博奇就产生了这样的反应。然而，提到关于庸医的事却没有。戴·威廉姆斯、博奇和格雷之间应该有一种联系。威廉姆斯为什么会被杀？

细细思索，奈杰尔发现自己理不清头绪。戴·威廉姆斯在寻找萨姆·博奇，发现一个他称之为"浪荡子"的人。格雷很适合这个角色，他至少是城里的年轻人，在提供各家内部消息方面很有优势。事实上，最近就发生了盗窃案，博奇被怀疑是收赃人，而格雷经常光顾博奇的夜总会。想到这儿，还算清晰，但戴·威廉姆斯之死真的与此相关吗？

有一个团伙，或者不止一个团伙从事这些盗窃，但通常情况下，参与入室盗窃的团伙不会将暴力行为发展到有计划谋杀的地步。他们会棒打一个守夜人，当然也会恐吓一个有嫌疑的告密者——殴打他或用剃刀刮他。他们似乎不太可能用一个吸毒成瘾的医生来杀死这个告密者。戴·威廉姆斯被谋杀的方法排除了任何恐吓的可能性，只是意外做得太过火了。那么，戴·威廉姆斯的秘密难道与另一件事有关？在追踪罪犯的过程中，戴偶然遇到了更凶恶、更危险的罪犯？

当克莱尔·马辛格让奈杰尔进入她的工作室时，奈杰尔发现椅子上坐着一位如同王室成员的人物。赫西奥妮·杜巴夫人也许比她演戏剧的时候胖了一些，但她有一种在休息时充满活力的天赋。她那深蓝色的眼睛没有露出被宠坏了的富家女人的任性和厌倦，无情的北面光也没有照到她肩膀的瑕疵。她的肩膀裸露着，像雪堆一样匀称纯洁。显然，她很享受生活。而且，奈杰尔很快意识到，她是一个喜欢男性陪伴的人。克莱尔一介绍奈杰尔给她，她就开始和男人调情——非常隆重地调情，就像舞后对某个大国的大使一样，眼睛睁得大大的，像要把他吞没。可爱的金发女人抬起头，有意识地摆出姿势，等待他的赞赏。

克莱尔尖锐地说道："注意，你没摆对姿势，请把头低一点，这样更好。"

赫西奥妮·杜巴向奈杰尔使了个眼色，显露出庄严外表下的妖娆。奈杰尔注意到克莱尔用比平时更粗野的态度在捶打泥土。她对这个问题敏锐而细致的观察，有一种女巫似的感觉。

"当心别把我的耳朵打肿了,亲爱的。"杜巴夫人说。然后,她对奈杰尔说:"你试过这种'面部按摩'了对吧,斯特雷奇威先生?"

"是的,我当时坐着等克莱尔,看着自己的替身从一团黏土中钻出来,真是一种奇怪的经历。你又见到阿狸了吗?"

"阿狸?哦,那个闯进我派对的小天使。你也碰到过他,是吗?"

"你知道他被一个粗人追赶,然后在第二天早上闯进这里的事吧?"

克莱尔警告地瞥了奈杰尔一眼,奈杰尔当作没看见。

"是的,克莱尔家的一个年轻邻居。他叫什么名字?"

"格雷。"克莱尔插嘴道。

"那不就是亚历克吗?他来这儿干什么?"

"哦,抱歉。您认识他吗,杜巴夫人?他似乎有一种错觉,以为阿狸在监视他。他非常冲动,克莱尔还被迫向他扔黏土。他为什么认为有人在监视他呢?"

"你从来没有告诉过我,克莱尔。"杜巴夫人说。

克莱尔不安地回答:"嗯,没有。"

"现在我必须把事情搞清楚。我一无所知,所以请你简要解释一下发生了什么事,好吗,斯特雷奇威先生?"

斯特雷奇威先生开始解释。杜巴夫人聚精会神地听着,红色的嘴唇微微张开,露出整齐的小牙齿。

"这太奇怪了!亚历克到底在想什么呢?"奈杰尔讲完后,杜巴夫人说。她的声音听起来很假,很做作——女演员的口音盖住了她自然的语调。奈杰尔想，她似乎比这个故事所说的还要心烦意乱，这使她的脸上露出一种愚蠢的表情。

克莱尔放下了手中的工具，说道："我想我们最好停下来。如果我们要开座谈会，我就不能工作了。"

"对不起，亲爱的，这是我的错。这样吧，你把斯特雷奇威先生一起带来吃午饭，好吗？"

"嗯，实际上……"克莱尔想说什么。

"我们很乐意，杜巴夫人，你真是太好了！"奈杰尔打断了克莱尔的话，暗暗地使了个眼色。

"你干什么啊？"见恩主已经摇摆着走了出去，克莱尔问道，"你先是破坏了我的一次约会，然后又叫我参加一个我根本没时间去的午餐聚会。"

"我对迷人的杜巴夫人很感兴趣。"

"我注意到了。"

"你看起来很漂亮，你怒气冲冲地走来走去，头发都跟着飞舞。"

"你说话小心点，你不知道亚历克·格雷是夫人的心上人吗？"

"我当然知道，我引起了她的好奇。这就是为什么她一时冲动邀请一个完全陌生的人共进午餐。"

"你真自以为是。好吧，我想我还是跟你好好相处，尽管你赶走了我的贵客。不过，你真的很让人恼火，奈杰尔。"

过了一会儿，奈杰尔坐在赫西奥妮·杜巴空出来的椅子上，克莱尔正在刮头上的一小块黏土，奈杰尔说了一句话让她吃惊："你对杜巴家的入室行窃案特别感兴趣。"

"我?"克莱尔心不在焉地回答。

"是的,吃午饭的时候你会觉得很无聊的,你不可能不谈这个话题。"

"为什么?"

"因为我给你的是一个明星角色,美丽、苗条的密探。"

"下巴抬起来一点,头靠左一点……你在胡说些什么呀?"

"我要把你带进现实,我的小象牙塔狂人,我马上就会给你全面的指示。"

"专横的老混蛋!"克莱尔抱怨道。

奈杰尔喝着马提尼酒,打量着鲁道夫·杜巴爵士。这位大人物仰靠在沙发的一端,对克莱尔非常和蔼。他有魅力——这点毫无疑问,但是人们觉得这种魅力是培养出来的,而不是与生俱来的。这种魅力并不是完全打开的,而像是铺设出来的,就像这座豪宅的其他设施——这是生活模式的一部分。例如,奈杰尔想象,鲁道夫爵士正在指示他的秘书为杜巴夫人的生日挑选一件合适的礼物。对一般人来说,鲁道夫爵士是个神秘的人,他的游艇、华丽的房子、妻子们参加的聚会、庞大而又低调的慈善事业……凡是看报纸的人对所有这些都熟悉,但只有少数人知道他的出身,或者知道他在欧洲、美国和中东各地"利益"的确切性质和范围,了解他本人的就更少了。在财富和权力的外表下,他像革命者一样匿名工作。他并没有以他那种传统的方式,通过个人的禁欲主义或过分的卖弄来引起人们对他的注意。他的嗜好，正如他的意见，似乎是适度的。如果要用"世界主义者"这个词来形容这样一个人——他在任何地方都逍遥自在，却无处不受拘束；有无数的交往，却没有忠诚可言。那么，这个词同样适合他。他看上去并不迷恋工作，也不是为了寻欢作乐。奈杰尔并不是第一个研究人类本性的人，他发现自己越来越想知道鲁道夫·杜巴爵士的动机是什么。

一位秘书走了进来，小心翼翼地对他的雇主耳语道："鲁道夫爵士，纽约来电。"

"什么？不，现在不行。告诉他们，我午饭后再回电。不，等一下……查尔斯，你来处理，你知道情况。"

这是相当令人印象深刻的——态度随意而宽松，说话轻快而洪亮。奈杰尔幻想有一笔巨大的合并生意悬而未决，被扔给得力的秘书去处理。

"难怪我们快破产了。"杜巴夫人低声说着，声音里透着一种深情的骄傲，"鲁道夫讨厌有人在吃饭的时候打电话来。"

"德雷克讨厌别人打断他玩保龄球。"

杜巴夫人拍了拍他的胳膊，这是她从未成年时代遗留下来的习惯，随之而来的是一阵刺耳的、粗俗的大笑。"哦，德雷克是个老海盗！"她抗议道。

奈杰尔想，这话的意思是说她也有点把鲁道夫爵士当成了老海盗。

鲁道夫爵士在关注克莱尔，正与她激烈地争论爱泼斯坦最近一幅作品的技术价值。他那宽阔的方肩，紧紧地贴着脑袋，脸上有着结实的鼻子和深陷的眼睛，加上古铜般的肤色——所有这一切都造成了一种雕塑般的效果，一块石雕的质量和质感，原始而又微妙。奈杰尔想知道，赫西奥妮·杜巴怎么能在粗鲁、野蛮的亚历克·格雷身上，找到一个可以接受的替代品，更想知道鲁道夫爵士会不会允许。其他人怎么也想象不出他被蒙骗了，另一方面，他对赫西奥妮的态度让人没理由认为他们的关系已经结束，或者爵士鄙视她，不在乎她做了什么。

午餐时，克莱尔开始滔滔不绝地谈论这次抢劫，奈杰尔意识到鲁道夫爵士用沉思的目光望着自己。这样的目光有点傲慢而又极其精明，让人觉得他可以毫不费力地超越任何对手，成为一个强大的敌手。

"但是，亲爱的，"杜巴夫人说，"任何人都会认为是我犯了重罪。那些了不起的警察一直唠叨，说我们开了个食人派对，他们说这是自找麻烦。"

"就是这样咯，亲爱的。"她丈夫愉快地说。

"警察问了我五十次，每一次都问，这是谁的主意。现在保险公司的人对此也很反感。"

"他们必须调查这些事情。"

克莱尔问道："你的意思是，提议这场化装舞会的人可能是窃贼的帮凶？"

"没错！这很愚蠢。这不是鲁迪的主意，就是我的——我们谁也说不准是谁的主意。"

"然后警察就开始找亚历克，是亚历克给我出的主意吗？亚历克知道保险箱密码吗？"

"哦，得了吧，亲爱的，他们可不是这么说的。"

"嗯，很明显他们指的是谁。家里的任何亲密朋友，或是常客，你知道的，惯用的旁敲侧击。"

"那他是吗？"克莱尔直截了当地问道。

"是什么？"

"亚历克知道密码吗？或者其他人？"

杜巴夫人啜饮着摩泽尔酒，双手捧着杯子，像个孩子。

"我不知道。"她漫不经心地说。

"你真是不可理喻。"她丈夫笑着说。

克莱尔说："我相信你一定很佩服你的妻子，因为她对这一切都那么不在乎。"

"也许是的。"

"鲁迪做得很好。"杜巴夫人和丈夫看着对方，看了好一会儿。

"嗯，毕竟是你的珠宝。"鲁道夫爵士说。

谈话停顿了一下，接着又传了一道菜。然后，克莱尔又开始发问："有警察在场一定很奇怪，他们来做什么？采集每个人的指纹？"

鲁道夫爵士急促而低沉的声音插了进来："你应该问斯特雷奇威先生，他对警察的工作了如指掌，马辛格小姐。"

克莱尔的惊讶同样令人信服，因为相当真诚。这也是一件好事，奈杰尔想。

"你知道警察工作的一切？"她惊奇不已。

"不是一切，是一点。"

两个女人都用明亮而激励的眼光注视着奈杰尔，就像阿姨们在一个资质平平的小侄子身上发现了意想不到的天赋。

"你为什么从来没告诉过我？"克莱尔又追问。

主人和蔼地说："斯特雷奇威先生，是个很不张扬的人。"

"但显然对你没有。"克莱尔说。

奈杰尔说："鲁道夫爵士消息灵通。"

"你知道吗，你应该让斯特雷奇威调查你的这起抢劫案，如果他现在不忙的话。大家都说他很厉害。"

"嗯，当然。可是……"杜巴夫人水汪汪的蓝眼睛里露出困惑的神色，"我的意思是，你是把它当作一种爱好吗？"

"哦，不，我有报酬。"

"多少？"克莱尔问，其他人都笑了起来。

谈话转到苏联代表团的访问上。鲁道夫爵士再次证明了自己是个消息灵通的人。他有一些身居高位的朋友，他从这些朋友那里获知很多关于谈判范围和进程的信息，也许了解得太多了。他讲话有见地，精辟。他精明地总结了主持那些讨论的人的个性，尽管表面之下隐藏着一丝粗鲁和轻蔑——这是商业大亨对政客的态度。这些政客假装指挥世界事务，但实际上他们自己却是更高权力手中的棋子。有人推断，这种更高的权力已经成为历史，通过万能的金钱运作。据说鲁道夫爵士和杜巴夫人今晚要去参加一个招待会，苏联部长也要出席。

"是的,"杜巴夫人高兴地说,"当鲁迪接受邀请时,真让我大吃一惊。"

鲁道夫爵士并不觉得好笑。他沉重的、古铜色的脸涨得更红了,他对妻子说:"亲爱的,别犯傻了。"然后,他又不那么唐突地说:"你们不明白这些事情,一个人总是无法选择自己的伴侣。"

"鲁迪有观察委员的特质,"杜巴夫人稍稍停顿了一下,对客人们说,"他有时仍然觉得我惹人厌恶,但他是真的喜欢这样——是吗,亲爱的?"

过了一会儿,奈杰尔说:"我认为,任何迈向世界和平的成功行动,都必然会带来新的经济问题。"

鲁道夫爵士怀疑地瞪了他一眼,但什么也没说。奈杰尔接着说:"看看去年,就在国际关系有可能改善时,钢铁和镍市场是如何暴跌的。"

鲁道夫爵士把雪茄的烟头咬掉,然后看着奈杰尔问:"你研究市场问题?"

"我注意到它们和女主角一样敏感。"

鲁道夫爵士含糊地咕哝了两声,把雪茄对准桌上的一个大的打火机。

奈杰尔继续说:"还有刚才说的,尤其是对和平的想法。你只要提出来,他们就会昏倒。我想这就是为什么报纸用引号把世界'和平'括起来的原因——为了防止可怜又昂贵的市场受到冲击。"

"你是说那些可怜的、亲爱的金融家吗?"

奈杰尔耸耸肩说道:"我想,解除武装会对其中一些人造成很大的打击。"

鲁道夫爵士匆匆地看了奈杰尔一眼,似乎估量了一下他,又恢复了神色。

在客厅里,杜巴夫人把奈杰尔叫到自己旁边的沙发上,那深蓝色的眼睛全神贯注地看着他。

她问:"怎样呢?你愿意来帮我找到那些窃贼吗?"

"但是,你知道,警察对付这类事的装备要好得多。"

"即使是他们所说的内奸?"

"你认为是吗?"奈杰尔迟疑了一会儿,问道。

杜巴夫人的目光从奈杰尔身上移开。他注意到那条手帕,在她的左手里被捏得紧紧的,还有一股香味。"我就是不知道,"她低声无助地说。接着,她又低下头,仿佛在对自己说:"我不介意失去珠宝,只要我不失去我的信心……"她的声音完全消失了。

"你的信心?"奈杰尔鼓励地说道,"你怀疑到了什么人对吧?好吧,不管怎样,知道总比担心好,不是吗?"

"是的,"她孩子气地重复道,"我想知道,我一定要知道。"

"好吧,那么……"

"可是我不能——我不能把这一切都告诉警察。"她的声音又变得洪亮有力了,最后一个字有轻微的重音。

"你们俩在密谋什么?"鲁道夫爵士在房间的另一边问道。

"我想让斯特雷奇威先生对一起重大的抢劫案感兴趣。"

"他感兴趣吗?"

奈杰尔捋了捋额头上双色的头发，露出一副忧心的样子，说道："我有兴趣，但我手头有一份全职的工作要做。"

"哦，告诉我们吧，"杜巴夫人说，"还是必须保密？"

"我在找一个男孩。"

"他是被绑架了，还是怎么了？"

"还没有。"

"听起来好阴险啊！"

"你是说那个阿狸吗？"克莱尔问道。

"不是，我说的这个男孩掌握了一些消息，也许会带警察找到凶手。"

奈杰尔停顿了一下，他的听众正聚精会神地听着他说话。

"哦，可怜的小男孩。"杜巴夫人喊道。

"那么，他失踪了吗？"她丈夫问。

"不完全是，但要在整个伦敦找到一个男孩是很困难的。"

鲁道夫爵士身体前倾，问道："我想，你的意思是只有你一个人能认出这个男孩？"

"唯一站在法律这边的人，是的。还有两个暴徒在追他，他们知道他长什么样。"奈杰尔继续向他们讲述了他在肯辛顿花园救出的那个男孩的故事，但有所保留。他讲完之后，鲁道夫爵士拍了拍膝盖。

"这一定是那天你在报纸上念给我听的那桩谋杀案，亲爱的。那家伙叫什么名字？威廉姆斯，戴·威廉姆斯，但我以为他们现在知道是谁干的了，斯特雷奇威。他们昨天发布了关于他们想讯问的那个人的简介，是不是？"

"嗯，男孩收到的这条消息，警方认为可能是一个相当大的阴谋的关键。"

"那么，他们为什么不登广告找这个男孩呢？"

"我想，恐怕这会导致他被干掉吧。"

克莱尔的眼睛，像三色紫罗兰一样黑亮而柔和，奇怪地注视着奈杰尔："那你呢？这一切都是荒谬的情节剧，但你应该想到你自己也有危险。"

"我想是的。"奈杰尔平静地回答。

正在这时，秘书进来说有人找鲁道夫爵士。

"哦，是马奇班克斯，是吗？我最好和他谈谈。我失陪几分钟好吗？"

鲁道夫爵士回来时，奈杰尔和克莱尔站起来告别。爵士要求他们多待一会儿，看看他的一些画。他会让克莱尔坐他的车回去，这样她就可以按时上班了。奈杰尔他们拒绝了这个提议，奈杰尔说看完画像后他会护送克莱尔回家。这两幅画陈列在一楼的长廊里，还是颇有价值的，虽然没有一幅能比得上鲁道夫爵士从另一间屋子里拿来的凡·戴克[①]的佳作。

他说："真想不明白，窃贼们动手时，为什么没有对这两样下

[①] Van Dyck（1599-1641），佛兰德画家，查理一世统治时期任英格兰宫廷画师，以其贵族肖像画闻名。

手呢？"

"我想，很难出手吧！"

他们沿着教堂街往回走的时候，克莱尔沉默不语。最后她说："太棒了，我断断续续认识你四年了，没想到你……"

"亲爱的，你为什么要这样？你是一个艺术家。你对与之相关的一切都感兴趣，而你把其他一切都拒之门外。这非常正确，非常得体。艺术家现在已经够分心的了，不管怎样，我不希望你涉足犯罪。"

"但这正是你逼我做的，不是吗，让我去打听杜巴家被盗的事？"

奈杰尔笑着说："哦，那不是犯罪，那不值一提。"

"好吧，如果你不告诉我，你就别告诉我了。"克莱尔噘着嘴，看上去比二十六岁年轻得多。过了一会儿，她说："你似乎对你应该寻找的这个男孩没做多少事情。"

"还有待观察。"奈杰尔的回答有点神秘。

从某种意义上说，事情很快就发生了。当他们俩从过道里出来，进入克莱尔家的院子时，一只手捂住了她的嘴，一根短棍狠狠地砸在了奈杰尔的头上。克莱尔看见那个打奈杰尔的人俯身又打了他一下。她用尽全身的力气挣扎着精瘦的身体，设法挣脱了那个抱着她的男人，然后拼命地向袭击奈杰尔的人扑去，大声尖叫。她从来不知道自己会这样发狂。她抓住一个垃圾桶盖，站在已经躺倒的奈杰尔身前，就像古代战斗中披着饰带的亚马逊女战士。两名袭击者都用手帕遮住了下半张脸。她还在呼救，狠狠地踢了其中一个，用垃圾桶盖砸了另一个的眼睛。

打斗很快就结束了。一个意想不到的人帮了忙——亚历克·格雷跳到院子里,对着一个人头部侧面狠狠一拳,打得那人东倒西歪,然后他又与另一个人激斗。他们在短暂的搏斗后挣脱了,两个人穿过门,格雷追了上去。

不一会儿,格雷回来了,他说道:"没办法,那些家伙在外面有辆车,干净利落地逃走了。他们抢劫你们了吗?"

克莱尔默默地摇着头,指着奈杰尔,愤怒地哭了起来。他们把一件外套放在奈杰尔的脑袋下面——他的心脏还在跳动,虽然有点虚弱。格雷去打电话叫医生和警察,克莱尔黑发飘飘,眼睛里噙着泪水,跪在奈杰尔身边。她像做了一场噩梦,她听到有人一遍又一遍地说:"上帝啊,求求你,别让他死吧!"后来才发现,那是她自己的声音。

一个人的反应是如此难以想象。当亚历克·格雷回来时,他们确信奈杰尔还活着,克莱尔说的第一句话是:"你晒太阳晒伤了。"

"什么?哦,是的。我今天早上从南安普敦开车过来,刚回来吃午饭。这就是他们说的千钧一发吧!"

格雷的衬衫在搏斗中被撕破了,克莱尔看到他喉咙左边的位置有一个鲜红的三角形印记,是"太阳晒伤"的结果,他右前臂内侧也是同样的颜色。在这种时候,还会注意到这种事!她想,讨厌的、以自我为中心的艺术家,我的小象牙塔狂人。哦,上帝!奈杰尔就是这么叫我的。观察一个人的皮肤颜色——当他躺在那里时,或者临死时。

"别那样瞪着我,我的宝贝,不是我干的。"

"对不起。"克莱尔说,她跪在奈杰尔身边,手指从他的脸上划过,"不是针对你。"

亚历克·格雷说:"我去给你拿杯烈酒。"

第八章

余波

就在这个星期五的上午,奈杰尔离开后,赖特督察一直在忙着处理一大堆日常工作。在他读的许多报告中,有一份引起了他的注意。昨晚 11 点 49 分,特警队接到一个电话,开车驶往拉德布鲁克广场附近的一所房子。住在这里的是一个名叫黑尔的寡妇,她一直在等她的儿子,一个 12 岁的男孩,他和两个朋友去了巴特西欢乐花园。大约 11 点 30 分,她听到楼下有动静,便离开了房间,以为是儿子回来了——他有后门的钥匙。她走进地下室,也就是儿子的卧室,大声喊道:"是你吗,儿子?很晚了。"没有人回答。她试着打开卧室的门,但发现门锁着。然后，她去叫醒一个房客，帮她破门。然而，当他们再次下楼时，却发现门没锁，卧室里空无一人。很快，他们就发现房子后面有一扇窗户被强行打开了。黑尔夫人立马打电话给警察。

在这份看似微不足道的事件报告中，引起赖特督察注意的是黑尔太太的陈述。她说他们一进卧室就闻到氯仿的微弱气味，房客也证实了这一点。特警队的人问她有没有什么东西丢了。她说，也没什么，只有男孩床上的几条毯子和几罐肉。自然推断，是有个流浪汉闯进来，然后又被吓跑了。孩子还没有回来，黑尔太太有些苦恼，虽然他留了口信让母亲不要熬夜等他。然而，按照警察的指示，她今天给警方打电话，说她的儿子已经安全到家，是在凌晨时分回来的。男孩说累坏了，因为错过了末班公共汽车，不得不和朋友们一路步行，至于毯子和一袋食物，他说那是他带着去欢乐花园野餐用的。

看到陈述的最后一部分，赖特督察立刻扬起了眉毛。不过，小男孩的方式有时让人难以理解，于是他放弃了。让他感兴趣的是氯仿的气味——这通常不是流浪汉会携带的物品。当他的母亲进入卧室时，这个男孩已经在外面待了几个小时，说他喜欢化学，显然不能解释。特警队的人也没有在房间里发现漏水的瓶子或浸过水的破布，倒是有百分之一的可能是发生了绑架未遂事件。

于是赖特派了一名巡佐去黑尔太太家。赖特还打电话给奈杰尔，发现奈杰尔出去了，就留言让他一到家就回电话。之后，赖特不住地责怪自己没有亲自去调查这件事。然而，任何人都很难责怪他把一项任务交给了下级——一个疲惫不堪的人，与犯罪浪潮中的一群人做斗争，力量快要耗尽，而这项任务无论如何都是徒劳的。

不幸的是，这位警官虽然是一个有价值、有责任心的人，却有两点不适合他目前的工作：他缺乏一种特别的想象力，而这种想象力可以感受一个男孩的反应和思维过程。另外，在他升入侦探部门之前，多年的巡逻经历使他具有一种沉闷、令人生畏的专业态度。

当他走进房间时，一眼就看到伯特·黑尔还躺在床上，浑身发热，惊恐万分。

"好吧，孩子，你遇到麻烦了吗？"他心存善意地问道，但举止像上帝。

对于一个男孩来说，他在坎普登山路边那座腐烂的房子里待了几个小时，被那个猥琐的庸医吓得魂飞魄散，然后又被那个人在眼前被射杀的场面吓得目瞪口呆——头被打得不成样子，血流满地，所以警官的这个问题让他不知所措。伯特当然知道，事实上，他并没有谋杀那个庸医，但他觉得自己被卷进去了。鲜血、罪恶感、焦虑像浓雾一样渗入他的脑海，他的头脑努力维持着平衡，从压在他身上的一大堆毫无理性的罪恶感中，选择了一种虽然微弱却真实的——那就是，他闯进了一所房子，对他的母亲撒了谎。他可以为此感到内疚，为此责备自己。只要他专注于此，他就可以避免重大的恐怖事件，但是这个警察的出现，似乎重新打开了水闸。伯特确信警察是来逮捕他的，因为他闯入了一所房子，也许是因为谋杀。他蜷缩在被窝里，说道："没有，没有，先生。"

巡佐问道："你昨晚在外面玩，是吗，孩子？"他天真地以为这是一种愉快的语气,但对伯特来说,这听起来像是末日的"噼啪"声。

"是的,先生。我、我们错过了末班车。"

"我想你妈妈一定很担心你。"

听到这话,伯特的嘴唇不由地颤抖了一下,他回答不上来。

"好了,伯特……你叫伯特,对吗?我不是来谈这个的。过去的就让它过去吧,我总是这么说。"巡佐坐在床上,表现得非常放松,"我听说你有点像个工程师,做船模,诸如此类的,嗯?"

"是的,我喜欢模型。"伯特迟疑地回答。

"我想,是在圆池上航行的那种吧?"

伯特的眼睛像豚鼠一样明亮,却又透着害怕,他从床上看着巡佐,点点头。

"现在我来问你,老兄,我们接到投诉说,有两个粗鲁的顾客想偷几个男孩的船。不知道你有没有遇到过这种麻烦?"巡佐笑了,对自己的绝招感到沾沾自喜,而在伯特看来,这就像一只饥饿的鳄鱼在咧嘴笑。

一连串可怕的事情浮现在伯特的脑海里,只要他承认其中的一环,他就会被绑住手脚。他对这件事就是不能理智,他确信一旦他把快艇的事情告诉了这个警察,其他的一切都会浮出水面。由于他对自己渺小生命所累积的种种恐惧,他在这样的想法面前退缩了。

"哦,没有,警官。"他说。

"你确定吗,孩子?没必要害怕,我们不会让他们对你做任何事的,如果你担心这一点。"

"我很确定。"伯特撒了个谎,使劲咽着口水。

"你的年轻朋友中有人被缠着吗?"

"没有,警官。"

巡佐又问了他许多问题,但伯特已经开始感觉到自己对局面的某种掌控。带着一个小学生了解老师弱点的致命本能,他现在感觉到巡佐的询问背后并没有真正的信心。如果这位可敬的人把伯特当作心腹,告诉他整个伦敦的警察都在寻找戴·威廉姆斯的消息,也许英国的命运就取决于这条消息,伯特就会把自己看作是这篇报道的英雄,然后全盘托出。巡佐却没有丝毫的幻想。现在,他也永远摆脱不了那种正统的观念:警探的工作就是提问,而不是提供情报。他和黑尔夫人聊了一会儿,向她借了一张伯特最近的照片,然后就走了。

伯特躺回床上,又感到浑身发抖。昨天晚上发生的事情,像一支舞台上的军队,在他的内心不断闪现。他们留下了什么线索吗?枪声一响,那个可怕的人蜷缩在他们的脚边,伯特和阿狸愣了几分钟,以为暗处的凶手会进入屋子。这是最要命的,因为一旦他发现他们在那里,一定会开枪打死他们——他不能让两个犯罪目击者活着。但是,几分钟过去了,似乎是几小时过去了,他们没有听到任何致命的脚步声——只听见一阵阵雨打在半开的百叶窗上,屋子里发出一声闷响,风从钥匙孔和门底下发出呜咽声,就像微型的防空警报器。不久,他们俩鼓起勇气,蹑手蹑脚地走出房间。阿狸拿着防风灯,进了厨房。他们一句话也没说,就收拾好了干粮袋,拿起毯子,沿进屋的路走了出去。

伯特现在想起来，他们一定是在地板上留下了面包屑，肯定还有那些他们忘记拿走的空可乐瓶子，还有指纹。在他们回来的路上，阿狸已经向他发誓要保持沉默。阿狸会给警察写一封匿名信，告诉他们在哪里寻找尸体，但除此之外，他不会冒险。

黑尔夫人走了进来，她的儿子看起来有点发烧，像是中邪了似的。她希望伯特昨晚没有因为淋湿而着凉，温度计却还是显示出了轻微的体温上升。最好的办法是把伯特打发到在埃塞克斯的姨妈那里去度周末，呼吸一下乡村空气，吃点农产品。这一次，伯特对这个安排表现出了相当大的热情。黑尔太太心不在焉地捋了捋他的头发，就去打电话了。她是个忧心忡忡的女人，警察在这里进进出出的，对房东太太没有好处。昨晚，流浪汉破门而入，伯特又把她吓了一跳，这些都让她心烦意乱。嗯，伯特就像他可怜的爸爸一样，行事诡秘，从不告诉你任何事情，除非他觉得合适，所以没必要对他唠叨。他那古怪的脑袋里在想些什么，她一丁半点都不知道，但儿子品行端正——她可以就此发誓。

那天刚过中午，阿狸来了，女仆告诉他，黑尔太太带伯特去乡下的一个亲戚家，黑尔太太自己要到晚饭时才会回家。阿狸对女仆说："不要告诉任何人他去哪了，明白吗？这很重要，尤其是不要有乱七八糟的人上门。"

女仆对他说："今早我们这儿来了个警察，啰里啰唆。昨晚还来了个窃贼。"

"酷，你不明白生活吗，玛德琳！现在记住我告诉你的，不要对任何人说伯特的事,否则我不会为后果负责。再见吧!"

在他身后的女仆目瞪口呆,但深深地被打动了……

克莱尔·马辛格今天下午什么工作也没做。先是医生来了,他似乎对奈杰尔的情况一点不乐观,说他可能只是严重的脑震荡,但也可能是脑损伤。然后救护车来了,奈杰尔被送到医院,仍然昏迷不醒。一个警察正拿着笔记本,慢吞吞地记录下克莱尔关于斗殴事件的叙述。他们谈话时,之前显然不在场的邻居们围了过来,兴奋地互相询问、议论着,或者张大嘴巴望着克莱尔。警察要求主要证人到克莱尔的工作室集中,然后开始打电话。亚历克·格雷坐立不安,把克莱尔的小泥马捡起又放下,直到克莱尔差点冲他大喊。克莱尔不得不承认,亚历克表现得很好,但她只能想到奈杰尔,想到他躺在阳光明媚的小院子里,躺在月桂树下,脸上那种湿冷的感觉。

一个脸型瘦削的男人,和那个警察一起走了进来,他衣着整洁,面容疲倦,眼睛像螺丝钻一样锐利,自我介绍说自己是赖特督察。

"马辛格小姐是吗?听到这个消息我很难过。别太担心,斯特雷奇威先生是个顽强的家伙。"

克莱尔感激地向他微笑。

"那你就是亚历克·格雷?"

"完全正确。"

"幸好你在现场,先生,你动作一定很快。"

"必要时我可以的。"格雷的公立学校口音很明显。

"这么说，你听到这位女士呼救时在公寓？"

"你说对了。"

"你的公寓在顶楼？"

"我的公寓在顶楼。如果你允许，我想回公寓。"

"当然可以，先生。如果你觉得方便的话，我半小时后来和你谈一谈。"

亚历克·格雷向克莱尔挥了挥手，然后离开了。

"一个非常冷静的年轻人。"督察评论道。

"可以这么说，但是你知道，他确实救了奈杰尔的命。那些人是来杀人的，他们会再次袭击他……"克莱尔打住话头，打了个寒噤。

督察笑了笑，说："幸好你击退了他们。哦，是的，史密瑟斯警官把你对这件事的叙述告诉了我。这事肯定已经闹得沸沸扬扬，我们非常感谢你，我们对斯特雷奇威先生印象很深。"

"我以前都不知道他和警察工作有什么关系，这个还是吃午饭时，鲁道夫·杜巴说出来的。"

"鲁道夫先生？你们刚才在那儿吃午饭吗？你们两个？"

"是的，我第一次听说奈杰尔在找一个男孩。我今天似乎在补常识。"

督察皱起眉头，问道："你是说，他在午餐时谈过吗？还有谁在那里？"

"只有杜巴一家和我们，怎么了？"

赖特督察站了起来，心不在焉地把布从奈杰尔肖像头上取下来，盯着它，仍然皱着眉头，好像在等待那个黏土捏出的嘴唇做出解释，然后他又坐了下来。

突然，他语气犀利地问道："你记性好吗，马辛格小姐？"

克莱尔一时不知所措："好……嗯，还好吧。"

"你能尽量告诉我午饭时每个人说的话吗？"

"每个人说的每句话吗？"克莱尔问道，有点诧异。

"别着急，这没那么难。你是个雕塑家，那就从他们的脸开始。闭上眼睛，专注于他们的脸，张嘴和闭嘴的样子，还有表情、说的话……可以吗？来吧，说吧！"这位了不起的人说。令克莱尔自己吃惊的是，她一开始结结巴巴，但很快就说得越来越流利，她发现自己在重复午餐会上的话。赖特督察不时地向她提些问题，她不明白这些问题的意义，尤其是当他紧紧追问午餐快结束时的情形。

"这么说，杜巴夫人没有陪你去看那些画？你在画廊待了多久？"

"哦，大约二十分钟，也许还差一点。"

"但她送你出来了是吗？"

"是的。"

"那她的举止有什么变化吗？"

"我不太明白……"

"她是不是心烦意乱，礼貌地急于摆脱你？或者异常健谈？有类似的表现吗？"

"没有，我没发现她有什么变化。"

"确定是鲁道夫爵士邀请你来看画的吧？在他打完电话回来

之后？"

"是的，是的，但他回房间时，赫西奥妮确实跟他说了什么，不过我没听见。我猜赫西奥妮可能建议他带我们转转，看看那些画。"

"现在让我看看这些动作是否完全正确。午饭后，斯特雷奇威先生谈到了他要找的男孩，鲁道夫爵士被叫到了电话旁，回来后邀请你看画。和你在一起大约二十分钟，他一直和你在一起？"

"是的，不是。他跑出去几分钟，去别的房间取了一幅凡·戴克的画。"

"然后你回到客厅，杜巴夫人还坐在那里，你跟她道别？"

"是的。"

"好吧，我也该说再见了。我非常感谢你，马辛格小姐。"赖特拉着克莱尔的手说，"不要担心，他会受到最好的照顾。医院一做完检查，我就把报告给你。"

一小时后，赖特和布朗特警司在总部开会。

"所以这件事就是这样，长官，"赖特说，"世界上的巧合比人们所相信的要多，但我不能把这看作是一个巧合。斯特雷奇威刚宣称只有他能指认我们正在寻找的男孩，半个小时后，他就被人砸了脑袋。"

"原来如此，但你不会是说鲁道夫·杜巴爵士策划了这一切吧？"布朗特苦笑了一下，说，"如果这是你的思维方式，你将会遇到很多麻烦。"

"不，是他的妻子，赫西奥妮夫人。她有消息、有机会，也有动机。"

"动机？"

"她和格雷这个家伙的关系。为什么她拒绝承认格雷知道她保险箱的密码？除非她受其控制，她在保护格雷。"

"甚至在格雷偷了她的珠宝之后？"

"她只能在最坏的情况下怀疑他，长官。你知道一个女人，一个被迷惑的女人会闭上眼睛，假装眼前的现实不存在。"

"嗯嗯，好吧。"

"鲁道夫爵士一打发客人去看画，杜巴夫人就打电话给格雷。嗯，我们正在调查她是否打过电话。格雷让她把斯特雷奇威的事情告诉他，或者她只是闲聊。不管怎样，格雷现在知道斯特雷奇威对他来说是个危险，他有足够的时间来制定对策。"

"然后在他的暴徒干掉斯特雷奇威之前冲上去营救，毁掉这些计策？"

赖特有些恼火地说："那只是个幌子，不是很聪明的幌子。他是个强壮的家伙，前突击队队员，但他让他们从他身边逃走了。他出现的方式实在太巧了。马辛格小姐估计，在她第一次尖叫求救大约十秒后就出现了，因为她不可能拖住两个男人很久。十秒钟下三层楼梯，然后沿着通道走。真不敢相信，我估计他在附近等着，更近一些。"
布朗特警司挠了挠下巴，深深地叹了口气说："一切都很好，赖特，但是未知因素太多了。我们没有证据证明格雷就是戴·威廉姆斯要找的人，没有证据证明他是这些抢劫案的幕后黑手，也没有证据证明他和那些试图抢走那个男孩船的人，或是和萨姆·博奇有染的人有关。"

"我知道，长官，"赖特不耐烦地插嘴说，"但你无法解释对斯特雷奇威的袭击。为什么那时候会发生这种事？因为他在杜巴家故意泄露了什么，没有其他合理的解释。你也别告诉我杜巴夫人或鲁道夫爵士有一帮短棍流氓在等着他们的电话。在这起盗窃案中，我们调查了他们的朋友，我们唯一有理由怀疑的就是格雷。"

"但是也没有证据表明格雷与罪犯有关联。"

"我们得找到证据。"赖特急切地说。

他们讨论了在这个方向上已经采取的步骤，但无可否认，没有任何结果。到目前为止，格雷的档案还不太能说明问题：他上过一所好的公立学校，参加过战争，父母都在几年前的一场车祸中丧生，他的一个叔叔留下了遗产，他在伦敦有一套公寓，他在汉普郡河口还有一所小屋，他就是在那里航行的。他似乎是个无业有钱的花花公子，在某种社会环境里，人人都认识他，但除了跟他一起生活过的女人之外，谁也不认识他。由于目前资源紧张，刑事侦查局还没能对格雷的职业生涯进行全面或深入的调查。他的生活水平似乎高于他的遗产收入所能提供的，但他可能不仅靠资产生活，也靠女人生活。

申请搜查令是不可能的。格雷将尽可能地受到监视。赖特会再次拜访杜巴夫人，试图从她那里旁敲侧击地了解更多格雷的事。

他说："我认为我们现在必须冒这个险，长官，向公众发出呼吁，让这个男孩站出来。现在斯特雷奇威已经停止行动了……"

"这表明他们已经准备好了，阻止我们得到戴·威廉姆斯的消息。"

"我知道，长官，这就是问题所在。我们之所以没有发出公开呼吁，只是因为我们不想强调我们对这一信息所设定的价值。那个理由消失了，现在我们知道对方对它的重视程度，不管他们是谁。"

"很好，我同意。"

赖特说："我希望今天早上就能看到它。"他告诉布朗特在黑尔夫人家发生的事情，以及他派巡佐去探视的情况，"结果却是一条死胡同。我们留了一张伯特·黑尔的照片，以防万一，但是，如果他就是那个男孩，他为什么要表示对这件事一无所知呢？"

两人开始工作，起草新闻和电台的呼吁书。电话铃响了。

"找你的，赖特，从分局打来的。"

赖特拿起了听筒。

"你说什么？"他立刻叫了起来，"稍等。"他拿出纸和笔。

"好吧，重复一遍。"当他记下留言后，给了一些指示，然后挂掉电话，把纸递给布朗特，说道，"跟着邮局最后一批邮件来的。匿名。"

纸条上写着——

在西八区丽城街6号，发现一具尸体，死者外号叫庸医。他昨晚被谋杀了。去吧，伙计们。

第九章

寻找男孩

法医已经作了初步报告,尸体已被拍照、搜查并移走,采集指纹的人还在工作。赖特督察靠在废弃厨房的墙上,看着艾伦巡佐小心翼翼地把地板上的面包屑舀进信封里。

"你知道刚才你往总部打电话给我时,我跟布朗特警司说了什么吗?"

"不知道,长官。"

"巧合。"

"是吗,长官?"巡佐一边在信封上潦草地写着,一边礼貌而心不在焉地回答。

"现在又死了一个，"赖特把头朝隔壁房间的方向一转，接着说，"昨天早上我们问萨姆·博奇是否知道关于庸医的事。昨晚，庸医被谋杀了。"

"可疑，长官。"

"毫无疑问，我们会发现博奇昨晚有很好的不在场证明。"

"别管博奇和他的不在场证明。"

"请注意，那时所有的报纸上都有关于庸医的描述。有人怕他被发现后泄密，这个人不一定非得是博奇。"

"你认为他藏在这儿有一段时间了吗，长官？"

"动动脑子，艾伦，他口袋里什么都没有，只有一把剃刀，没有毯子，没有大衣，没有钱。"

"这里有食物的痕迹，长官，还有空的可乐瓶。"

"我们一会儿就去找他们，但我给你一个月的工资，可不是只让你在瓶子上找到他的指纹。不行，没用！谁会在这么破的地方藏身呢？它只适合一种房客居住——死人。你是怎么反思的，艾伦？"赖特在他的部下中很受欢迎——至少是那些有抱负的部下，因为他鼓励他们独立思考，认真学习。

"从地板上的血迹来看，他是在隔壁房间被枪杀的，而不是死在这里。尸体的位置，加上在附近地上留下的脚印，说明他是被人从窗户射杀的。还有，长官……"

"打开的百叶窗？"赖特提示。

"他不会对任何他不确定的人打开,所以他一定是在等同伙。"

"为什么,艾伦,为什么?"

"嗯,长官,不是给他带补给品的——您说得对,他不打算待太久。我觉得他在等一个能带他离开这里的人,也许是离开这个国家,而这个家伙出卖了他。"

"够好了,艾伦。"

巡佐沾沾自喜,开始修饰主题。

"庸医以为这是个中转点,结果却是个终点站。"

"艾伦,别添枝加叶了,还是你已经开始写回忆录了?"

巡佐显得局促不安。

"其他的活动痕迹,"赖特继续说,"楼上的小脚印等等,对你有什么启发?"

"有孩子闯进来,长官。"

"我是说关于谋杀。"

艾伦想了一会儿说:"他不是本地人,否则他就会知道有孩子发现尸体的危险。或者,他并不太在乎尸体是否被发现。他只是匆忙选了这个地方,因为这里人迹罕至——对他来说比较安全。"

"安全,嗯,也许他是不幸的。这又是一个巧合,还是?"

"长官?"

赖特那张敏锐的脸就像一只躲在老鼠洞里的小猎狗一样机警:"我对三件事感兴趣,侧门的门闩已经上了油,但没有拉开;地板边,不久前有人放下了某种煤油灯;还有,这些食物的痕迹,巡佐,用牙试一试吧！"

"嗯，庸医不太可能会带一盏防风灯，因为他什么也没带。"艾伦慢慢地说，"我懂了！他的一个同伙昨晚闯进来了，把螺栓抹上油，以便庸医必要时可以快速逃走，又给他留了一些食物和一盏灯。"

"还有一盒火柴？"

"您说什么，长官？"

"火柴，艾伦，尸体上没有火柴，屋里没有盒子，风灯在哪里？杀人犯在枪杀了人之后，会浪费时间到屋里把灯拿走吗？"

艾伦咧嘴一笑："我想这次我搞错了。"

"但是，假设一群孩子决定在这里露营，来个大冒险，这就可以解释一切，包括门闩——他们给门闩上了油，但没有力量把它推回。这一定是最近发生的，可能是昨晚。他们可能听说了枪击事件，甚至是目击者。面包屑还是新鲜的，墙上还有字迹。"

艾伦巡佐吓了一跳，抬头看了看督察手指的地方，好像有点期待看到一个移动的手指在写字。

"在那儿，'阿狸爱杜巴夫人'。阿狸就是斯特雷奇威向我们提过的那个男孩。阿狸不认识杜巴夫人，直到他在三天前的晚上闯入了她的愚蠢派对。这些字很可能是阿狸或他的某个年轻朋友写的。"

"长官，这是另一个巧合吗？"

"该死的巧合！在这种情况下，无论我们走到哪里，都会发现这帮小子在妨碍我们。"

"转动石头，张开小天使的翅膀，长官。"

"小天使？简直是该死的小流浪汉！"赖特激动地说，"我告诉过你不要再看文学作品了。"

"对不起，长官，您刚才说什么？"

"我说，该死的巧合！那封匿名信是谁写的？凶手？他的帮派成员？肯定不是。这是男孩写作的方式。我们现在一定要找到这只小阿狸，或者他的一个可爱小玩伴。"

几条街外，警察正在调查，亚历克·格雷打开了6点钟的新闻。有一条警方公布的消息，数百万的听众从来没听到过这么奇怪的消息。8月1日（星期日）下午，一个男童驾驶一艘快艇模型在圆池上航行，其后两名男子走近他，要求购买他的船只等等。

亚历克·格雷关掉收音机，站在那里沉思了一会儿，然后匆匆换上晚礼服，打电话叫了一辆出租车。便衣警察琼斯听到他叫出租车司机去"高立方"夜总会。几分钟后，琼斯在教堂街上自己打了辆出租车，在格雷进入夜总会后不久，琼斯也到了那里。格雷的出租车司机告诉琼斯，他的乘客在路上停过一下，去公共电话亭打过电话。琼斯指示一名巡警为自己接通电话，然后坐下来看着夜总会的入口，等待接班。他对周围的一切感到厌烦，但他是个有纪律的人，并没有放松警惕。

亚历克·格雷在这里找到了博奇先生。他们讲了几句话。不久，博奇先生陪着格雷穿过地窖，上楼来到那家旧服装店后面的房间。俱乐部里还没有客人，博奇先生小心翼翼，不让已经来的几个服务员看到他的同伴离开。格雷穿上从店里借来的大衣，戴上帽子，走到巷子里，向左转,坐上等在一百码外的车。他给了司机一些指示,然后解开了放在后座上的一个包裹。包裹里装着一套警察制服和一双统靴,另外还有一两样物件,也适合乔装。

虽然昨晚抓捕伯特·黑尔的企图失败了,但组织并没有因为伯特被送到埃塞克斯而放弃行动。警方通过电台广播发出的呼吁使处理这个男孩成为当务之急。这一次不能出一点差错,这就是格雷亲自动手的原因。当然,即使是现在,也可能为时已晚。不过,农民们都是行动缓慢的人,假设这个男孩第一次听到广播呼吁,就向他的姨妈和姨父坦白,他们很有可能明天早上才联系警察。格雷主要指望的是,既然男孩可能还没有把快艇事件告诉他的母亲——否则她肯定会去报告,那么他现在也不会告诉他的姨妈或姨父。

汽车摇摇晃晃地驶离车流,沿着东大街加速驶向切姆斯福德。

伯特·黑尔确实在 6 点钟的新闻中听到了电台的呼吁。他的姨父正在外面挤牛奶,他的姨妈正在准备下午茶。这一呼吁在伯特心中激起了一种矛盾的情绪:他觉得自己像个被追捕的罪犯,想象着自己会因为今早对警察撒谎而受到惩罚。一想到英国广播公司邀请他说出他的秘密,他就觉得自己相当了不起。最重要的是,他感到一种压倒一切的宽慰,因为不久之后,这个秘密将不再像诗里的信天翁那样挂在他的脖子上了。

"你脸色苍白,亲爱的,"姨妈说,"你必须好好吃一顿晚饭,早点睡觉。"

伯特张了张嘴，想了想，又塞进一块涂了黄油的烤饼。

"电台的消息真有趣，是吧？不知道那个人干了什么。一定是什么坏事，我敢肯定，否则他们不会用电台找他的。"

伯特喝了一口牛奶，噎住了，然后弯下腰抚摩着猫，掩饰着脸上必然流露出的内疚。姨妈那慵懒惬意的声音继续响着，在这个小农场里，她感到很孤独，有个人说说话感觉很好，尽管小伯特看起来不像平时那么聪明了。

不久，他们听到伯特的姨父到了后门，脱下他的威灵顿靴，在水槽里洗手。姨妈从烤箱里为他拿了一盘热菜。他一边吃，姨妈一边告诉他广播里的消息。

"孩子，你是做船模的吗？"姨父对伯特说。然后，他向男孩眨了眨眼睛："不过，我们不会向警察透露的，好吗？"

伯特的脸涨得通红，迟疑地笑了笑。时间一分一秒地过去，他似乎越发不可能说出自己的秘密，就像不得不承认自己是杀人犯一样。这个念头使他想起了昨天晚上的种种恐惧，过去几个小时里，他一直把这些恐惧藏在心里。

8点30分，伯特的姨妈让他上床睡觉。他很高兴地去了，因为他已经决定第二天早上承认一切，与此同时，和他的姨妈姨父坐在一起，预期着他们随时都能提起广播的话题，一点也不好玩。伯特没有马上脱衣服，他从低矮的小窗户向外望去，看到农场的建筑物，白嘴鸦在白蜡树上烦躁不安，深深的车辙穿过平坦的田野通向农场的大门。

几分钟后，他看见一个穿制服的警察沿着这条小路走来。农场里的狗在叫，白嘴鸦在榆树顶乱飞，天色渐暗。

"哦，麻烦！"伯特漫不经心地说。他确定是警察来找他了，但总的来说，他很高兴主动权将不由他掌握。

听到敲门声，伯特的姨妈去开门。

"约翰逊太太吗？"那警察问。他年轻，面色清新，留着金色小胡子，谈吐得体，后来伯特的姨妈这样描述他。

"有个小男孩和你住在一起，夫人。他的名字叫黑尔，我想。"

"是的，我希望他没惹上麻烦，他是我的外甥。"

"警方有理由相信他可能就是电台呼吁寻找的那个男孩。也许你听到了，夫人？"

"是的，我们听到了，但是伯特应该……"她打住了，想起伯特对电台呼吁的反应显得很不自在。这时，她丈夫走到她旁边的门口。

"你外甥没有跟你说过广播的事吗？约翰逊先生，也没有跟你说过？"

农夫和他的妻子摇了摇头。

"也没评论什么？"

"没有。不像他，我觉得。他通常是个很健谈的小家伙。"

"我想和他谈谈。"

"哦，但他已经上床睡觉了。明天不可以吗？"

"恐怕这件事相当紧急，"警察冷淡地补充道，"否则我们不会发出广播呼吁。"

约翰逊先生朝楼上叫了一声，伯特马上就下来了，身上还穿着外衣。

约翰逊先生说："警官想问你一个问题，别害怕，亲爱的。"

"我们接到伦敦来的消息，要求我们询问……"

警察不必再多说。伯特脸色发白，但直挺挺地站了起来，说道："是的，我就是你们要找的男孩。我听到广播了。"他结结巴巴地补充道："我原打算……明天早上告诉姨父。"

"好吧，真想不到！"约翰逊太太叫道，声音有点尖，她的目光探向她的丈夫。

"恐怕我得请求你让我把你的外甥带到切姆斯福德去，我们警长需要询问他一些信息。别担心，夫人。我们有辆车停在车道上，不想把它开到这条路上来，一小时后他就会回来的。"

约翰逊先生说："喂，听我说，这是怎么回事？我们怎么相信你？"

警察把他叫到一边，在他耳边低声说："这是宗谋杀案，先生。那孩子无意中得到了一些可能至关重要的情报。"

姨妈和姨父看着伯特在警察的身边，沿着小路渐渐远去。伯特挥舞着双臂，看上去是一副快活的样子——当然他也可能因为他心里的负担已经减轻了。他转过身来，向他们挥手。警察也转过身来，高兴地举起手来敬礼。

"看来是个很正派的年轻人。"

"是的，不过，我想不是本地人。"

"莉莉知道了会怎么说呢？你知道她是怎么宠伯特的。我总是说，对这个孩子太温柔了。"

"看你说话的口气,别人还以为伯特被捕了。他们只想知道谋杀案的真相。"

"谋杀案,鲍勃?"约翰逊太太轻声地尖叫起来。

伯特坐进后座,坐在友好的警察旁边,便衣司机开车离开了。小路上满是夏末的落叶,暮色低沉,空寂无人。警察问伯特船上的纸条上是否有什么信息。

"哦,是的,"伯特热情地说,"那两个坏蛋一定是来找这个的。"

"上面说什么,孩子?"

"嗯,这是件了不起的事,上面只写着我的名字和年龄。"

"继续说!"警察说。

"是真的!我还试过找隐形的文字。一定是用密码写的,你觉得呢?"

"我想一定是这样。让我们来试一试吧,我对密码很感兴趣。"警察拿出铅笔和笔记本,说道,"在这里写下来,准确地写在纸上,如果看到这些字,就容易多了。"

伯特开始写。汽车的运行使得这个过程变得困难,写到某一处,铅笔抖动,改变了一个字母。他写完了,然后又看了看他写的东西。

"天啊!"他喊道,"看看……"

还没等警官细看,伯特感觉到汽车重重地刹车,让他猛地抬起头来。他们刚拐过一个弯,前面还有一辆车,停着不动,几乎堵住了狭窄的车道。

"这是抢劫!"伯特尖叫道。

"趴着，保持安静！"警察命令道。伯特照做了，他先镇定自若地把纸从笔记本上撕下来放进嘴里。他一边疯狂地咀嚼着，一边倾听着打斗的声音。没有动静。他身后露出了一副蓝色的哔叽袖口，一双手用胶布粘住伯特的嘴巴，还有一条围巾蒙住了他的眼睛。他觉得自己被人从车里抬了出来，然后又被扔了下去，手脚都被捆住了。接着，他躺着的地面剧烈地震动了一下，他意识到那是一辆车的车厢——另一辆车的车厢。这一切发生得如此迅速，他连害怕的时间都没有，他甚至还没来得及把纸吞下去。他的嘴被胶布粘住，动不了下颚，但他最终还是把纸吞了下去。

他这样做了之后，才意识到这是一个无用的动作，因为现在他已经镇定下来了，他清楚地想起了蓝色的哔叽袖子——是那个友好的"警察"出卖了他，堵住了他的嘴，蒙上了他的眼睛。他看到了伯特抄在笔记本上的信息——不管怎么说，他有时间看到它，就在那假抢劫之前。当然，这根本不是抢劫。由于某种原因，伯特清楚地意识到，这伙人事先已经安排好要把他转移到另一辆车上。"警察"和原来的司机现在会带着戴·威廉姆斯的秘密，全速赶回伦敦或他们来的地方。

伯特的推理是正确的。夜里将近 11 点时，亚历克·格雷又穿上晚礼服和借来的大衣，打开二手服装店旁边的门，走进"高立方"，向萨姆·博奇楼上的包间走去。一小时后，在看门人的帮助下，酩酊大醉的亚历克·格雷从俱乐部前门出来，由一辆出租汽车送走，琼斯终于松了一口气。

与此同时，伯特开始担心——与其说是担心他自己的困境，不如说担心他的失踪会给姨妈、姨父和母亲带来的影响。他认为那帮人不会杀了他，如果他们想的话，他们早就可以这么做了。他想，这么做的目的肯定是为了阻止他把戴·威廉姆斯的消息传给其他人。他们不知道的是，阿狸和小铜分享了这个秘密。毫无疑问，他的朋友们一听到他失踪的消息就会去报警，但另一方面，他们不明白戴·威廉姆斯那张纸上留言的重要性，警察很可能也不会发现。

汽车先是在崎岖不平的道路上弯弯曲曲地行驶着，现在行驶得更快、更直，路面更平整了，不时有其他汽车呼啸而过。他们一定是在一条主干道上，但伯特根本不知道他们是在向北、向南、向东还是向西行驶。他又扭动了一下手腕和脚，但绑得太紧了。汽车后座似乎没有其他人，如果司机有同伴，他一定是个哑巴或睡着了，因为没有人说一句话。这种沉默开始让伯特感到不安，这就像坐在一辆空车里，一辆失控的车，在黑夜里狂奔，迟早会撞上什么东西，会着火，而他就出不来了。

伯特一时被这个可怕的幻想搞得心烦意乱，想要大喊大叫。胶布残忍地封住了他的嘴，他反而大声呜咽。

"安静，孩子，"传来一个男人的声音，"离得不远了。"

声音并不刺耳，几乎让人安心。伯特的脑海里浮现出一幅历史和小说中所有粗犷狱卒的合成形象，年轻俘虏的恳求使这形象变得柔和起来。但是他无法恳求，除非把这个肮脏的东西从他嘴里拿掉，在车停下来之前，似乎是一段黑暗和痛苦的漫长岁月，一扇门打开了，然后他们继续前进，车轮在粗糙的道路上颠簸。

伯特仍然一声不响，有人把他抬上楼梯，沿着一条过道，最后放在一张床上。脚步声来了又走，有双手解开了缠在他头上的围巾和绳子。一个女人俯身向他，使劲地按摩着他的手腕和脚踝，发出"啧啧"声。这是个相貌平平的老妇人，完全不同于他想象中的那个歹徒的同伙。

"我去拿些热水来，宝贝儿，"她说，"这样胶布就容易掉了。要我说，这是痛苦的耻辱。"

一时间，伯特有个疯狂的想法，他一定是获救了，而不是被绑架了。这时，他听到妇人出去后，钥匙在锁上转动的声音，他看到房间的窗户上了闩。借着顶上有罩的灯泡发出的光，他还看到了一匹摇摆木马，红红的马鼻孔在房间的一个角落里对他冷笑。墙纸上绘有诺亚方舟和动物的图案，在一个蓝色普鲁士橱柜上放着一排怪物和泰迪熊——他这是在育儿室。

不管绑架他的人想要达到什么效果，伯特所处的环境让他怒不可遏。把他——火星人协会的主席，放在一间满是儿童玩具的屋子里，而且都是全新的，这是多么有失尊严啊！他们以为他是谁啊？

他的怒火可以帮他忍过揭胶布的痛苦过程，他眼中流出来的不是悲伤而是愤怒的眼泪。老妇人端着一盆热水进来，说道："好了，伯特少爷，在我们把那讨厌的东西取下来之前，你必须答应我，不要大声叫喊，也不要做任何傻事。没人会听见的，所以你还是省省力气，平静一点吧。你向我保证，伯特少爷，不淘气。"

伯特不敢说话，点了点头。胶布剥下来之后，男孩只发出了几声窒息的呻吟。那妇人从围裙口袋里掏出一袋糖果。

"真是个好孩子,"她说,"你这么勇敢,可以吃一颗糖。"

"你是谁?"伯特一边吮吸着糖,一边问道。

"你可以叫我奶奶。"她用一种慵懒而嘶哑的声音说,这让伯特想起了姨妈的声音。伯特本想把愤怒的目光投向这个愚蠢的老巫婆,但他忍住了。老妇人显然是脑子有问题,伯特戏弄成人弱点的本能立刻被激发了起来:如果那个老傻瓜把我当小孩,就让她这么想吧,也许这样她就不会担心了。伯特用一种自己都感到恶心的婴儿腔调问:"我这是在哪儿,奶奶?"

"啊,会告诉你的,宝贝儿。不提问,就听不到谎言。"她轻声说道。

"为什么我被绑架了?"伯特继续问。

"听着,伯特少爷,这是个很遭糕的词,我不喜欢听到我的孩子说这种话。"

伯特猛地一颤。

"这可怜的小家伙觉得冷,"她说,"给他的小肚子里塞一顿温暖的晚餐——这才是他想要的。"

"嘎,嘎,嘎。"伯特有点夸张地应着。

老妇人退了出去,锁上了门,不一会儿又出现了,端来一盘还算过得去的食物。伯特一边吃着,一边问他是否可以给母亲写封信,母亲会担心,只是为了告诉母亲自己安全到达了。

"等等吧。"妇人回答,她苍老的灰色眼睛里闪过一瞬间的困惑,"明天吧,如果你乖乖的话。"

当她拿着托盘出去时,伯特检查了他的"牢房"。供婴儿享用的东西很充足，但供他消遣的却很少。他从书架上拿了一本书，和玩具一样，书也是全新的，但是伯特发现这是一个令人恶心的故事，关于一些邋遢的兔子，他放了回去。他把所有的书都翻了一遍，不是为了阅读，而是为了寻找线索。然而，这些书中没有一张扉页上有主人的名字。

伯特觉得很困。也许他是睡着了，睡了好几个小时，整件事就像一场梦，逼真而疯狂。他开始脱衣服。床上的被子已经掀开，枕头上放着一件睡衣，伯特拿起睡衣，一阵恐惧使他发抖。睡衣还不到两英尺长，是件婴儿的衣服。他控制住了自己，他也许是在做梦，也许不是，不管怎样，他对此无能为力，至少他还活着。他在屏风后面找到一个脸盆，往脸上泼了点冷水，然后穿着裤子躺在床上。

他很容易就睡着了。他梦见自己是个年迈的妇人，戴着老式的帽子和围裙，在肯辛顿花园被一群光着身子、怒气冲冲的婴儿追逐，全都在朝他胡乱射击。当他跨进他的快艇模型，加速穿过圆池时，那些赤身裸体的婴儿留在岸上发怒狂跳。引擎爆炸了，伯特一觉醒来，天亮了，爆炸的声音还在他耳边回响。他揉了揉眼睛，他站在床上，听到不远处又一声枪响……还是有人在挥鞭子？

第十章

波多贝罗路生意兴隆

伯特在"育儿室监狱"醒来的同一时间,奈杰尔·斯特雷奇威也在医院的一间私人病房里醒来。他在前一天晚上恢复了知觉,但很快就自然入睡了。当他试图移动时,感到头骨里有个不熟练的雕刻家在敲打,不过他还是恢复了理智。这是思考的时候,而不是行动的时候,所以他静静地躺着,耐心地摸索着昨天的袭击事件使他脑海中消失的那些碎片,并把它们拼凑起来,结果非常有趣。然而,就像一个错误构思的命题结果,它似乎只适合最终被贴上"荒谬"的标签。

一个护士进来,面无表情地量了量他的体温,然后走了。不一会儿，医生来了，有一个护士陪着。他们拆掉奈杰尔的绷带，仔细检查他的头部，并做了几项测试。奈杰尔全神贯注于思考问题，几乎不知道他们在做什么。

最后，医生说："你会好的，休息几天，然后慢慢过一周……"

奈杰尔说："我得见个人。"

护士不以为意地看了他一眼，医生则十分尖锐地看了他一眼。关于这个案子的背景，他已经知道了一点。

"我想斯特雷奇威先生可能需要见访客。给十分钟吧，你想见谁？"

"克莱尔·马辛格小姐。"

护士说："她打过电话来打听你的情况，还有杜巴夫人。"

"如果赖特督察过来，我也必须见他一面。"

护士对病人指令性的语气大为恼火。她习惯了病人只听命令，而不是发号施令，但医生只是说："如果你愿意承受病情恶化的风险，斯特雷奇威先生。"

"现在我得冒险。"

"我明白了，我们会为您安排的。"

10点30分，一束华丽的鲜花送来了，上面还有杜巴夫人的卡片。半小时后，克莱尔·马辛格进来了。

"哦，奈杰尔，你看起来像死而复生的拉撒路[①]。"这是她说的第

---

① Lazarus，马利亚（Mary）和马大（Martha）的兄弟，患病而死，耶稣行神迹使他复活，见《约翰福音》。

一句话。她只是摸了摸扎在奈杰尔头上的绷带，然后在他身边坐下，问道："你真的好些了吗？这些庸俗的花是从哪儿来的呢？"

"杜巴夫人送的。"

"哦。"

"听着，克莱尔，我们只有十分钟。我要你告诉我，我挨棍的时候到底发生了什么事。"

"你见到我不高兴吗？"

"高兴，亲爱的，当然啊，但是……"

克莱尔转过头去："好吧，你本该这么说。如果你真的病了，你就不应该……"

"亲爱的克莱尔，为什么女人在男人生病的时候总是那么急躁、恼怒、不讲理、还多疑？"

克莱尔停了一会儿，然后仍然看着别处，说："因为我们怕你会死。你把我们吓了一跳，而对于你喜欢的人来说，吓一跳之后总是会变得暴躁。"

"医生说，如果我严格按照他的指示去做，我会好的。他说，我一定要吻第一个来的客人。"

"那些讨厌的花是赫西奥妮自己送来的吗？"

"不是，我仍然需要按照规定治疗。"

克莱尔的嘴唇贴在他的嘴唇上，飞蛾似的，颤抖着，柔软得像天鹅绒，两颗眼泪落在他脸上。

"好了，我的守护天使，告诉我发生了什么事。"

克莱尔神情恍惚地说："我真的爱你，当你一本正经、精神振奋的时候。"然后，克莱尔告诉了奈杰尔那天在院子里打架的事和亚历克·格雷的介入。

"所以你救了我的命？"

"我想是的。"

"你和那个不讨人喜欢的格雷先生。"

克莱尔心不在焉地玩弄着奈杰尔的手指。

"我一直在想，"她说，"打完架之后，我对他说了一句他被晒伤的蠢话。"

奈杰尔笑了起来，但头疼如刀割。

"他解释说，他那天早上从南安普顿开车回来。他的右前臂内侧被晒得发红，在他的喉咙底部有一个三角形，其中一条边延伸到他的脖子左侧。所以他一定是在撒谎，不是吗？"

"抱歉，我的脑袋不能正常思考。"

"我可怜的笨侦探，早上，太阳从东向南移动。"

"太阳不动。"

"闭嘴，你知道我的意思。所以，如果你驾驶一辆敞篷车，卷起衬衫袖子，从南安普顿到伦敦，它会晒到你的脖子右侧和左前臂内侧。"

"天哪，克莱尔，你说得对，你是个奇才！这几个部位被晒伤，他一定是从……让我想想……"奈杰尔坐在床上，手抓着一个想象中的方向盘比画着，"东海岸方向开过来的，来自诺福克或萨福克。他没说什么时候出发的吧？"

"没有，但是他告诉我他刚回来吃午饭。"

"晒伤得这么严重要花几个小时。不管他做了什么坏事，他肯定至少开了一百英里，可能更多。如果他早饭后从萨福克的某个地方出发，比如说10点钟，他就能赶到伦敦吃午饭。"

"但他也可能从蒂斯河畔斯托克顿来，开了一整晚的车。"

"别难过了，我是个病人。报纸上有没有关于康斯特布尔郡或蒂斯河畔斯托克顿发生惊人抢劫案的报道？"

"嗯，事实上，我今天早上确实买了一份报纸。"克莱尔说，语气自豪但有些迟疑，就像一位郊区家庭主妇向丈夫宣布，她为丈夫的晚餐买了一些异国风味的佳肴。她在包里翻找了一下，给了奈杰尔一张折叠好的纸，然后走过去看杜巴夫人随花送来的卡片。

卡片上写着："祝你早日康复。我必须很快见到你。"

克莱尔转过身，看到奈杰尔脸色灰白，盯着报纸的头版。

"亲爱的，怎么了？"她迅速地站到奈杰尔身边。

"他们抓住他了，"奈杰尔指着一张照片说，"这就是我要找的男孩，他被绑架了。他住在埃塞克斯郡靠近切姆斯福德的姨妈家，但那是昨晚……"

护士进来说，马辛格小姐十分钟的探访结束了。当赖特督察在午餐时间过来查看时，报纸还在奈杰尔的床上。

"这么说你已经看过了，伙计。"

"是的，就是那个男孩。我们错过了。"

赖特痛苦地说："昨天早上我们还找到了他。"他把自己的预感告诉奈杰尔，以及巡佐与那男孩失败的面谈。"一定有人跟踪他和他母亲到了埃塞克斯。然后，当电台发出呼呼——是的，我们昨天决定为找那个男孩发广播，他们知道必须迅速行动。一个小伙子打扮成警察去到了农场寻找男孩。小伯特承认他就是那个要找的孩子——他为什么早上对我的警员撒谎，但晚上就坦白了，我不知道。伯特没有对他的姨父和姨妈提起这件事，那个假警察说切姆斯福德的警长想了解几个问题，警车在车道尽头，一小时后把他送回来。时间过了，男孩没回来。姨父给切姆斯福德警方打了电话……完蛋了，本来这么顺利的事，现在怎么办？"

"去找另一个男孩吧——阿狸，我相信他认识这个伯特，他可能知道戴·威廉姆斯的留言。毫无疑问，那帮人，不管他们是谁，现在已经从伯特那里取到了，所以我们更有理由拿到它。"

"阿狸，是的，如果阿狸是伯特的朋友，黑尔夫人一定认识他。她今天早上去找她在埃塞克斯的妹妹了。"督察告诉奈杰尔，发现了那个庸医的尸体，还有墙上的字。奈杰尔告诉他克莱尔的探案发现。

"格雷昨晚在哪里？"奈杰尔问道。

"在'高立方'，从6点30分到半夜。很遗憾，因为除了胡子，他大致符合姨父对假警察的描述。我们先不管他的不在场证明，我们还会调查他周四晚上的行踪。马辛格小姐干得漂亮。有什么想法吗，伙计？"

"我们必须假设戴·威廉姆斯、庸医、格雷、伯特·黑尔和阿狸之间有联系，否则我们会发疯的。我们知道格雷周四下午在伦敦。那天晚上，或者说是夜里，他一定离开了伦敦，驱车一百多英里——这距离足以让他第二天早上开车回来时被严重晒伤。他说是南安普顿，我们认为不是。如果格雷是戴·威廉姆斯要找的人，那么格雷就是凶手。一定有某个组织，当杀害戴的凶手对其构成威胁时，组织就把他杀了。我认为格雷自己并没有杀死庸医，他不会开一百英里的车就为了把左轮手枪扔进北海。但是，那天晚上他很可能把真正的凶手从伦敦开车送到哈里奇，比如说，在那里他可以搭一艘船去欧洲大陆或斯堪的纳维亚半岛。"

"伙计，我们必须安排你定期接受检查，"赖特说，脸上带着浅浅的、迷人的微笑，"这似乎让你头脑清醒了。好吧，我想我已经掌握了所有要点，足够让五十个人忙的，而我已经……"督察耸了耸肩说："你该睡觉了，伙计。我先走了。"

"等你找到阿狸，让我见见他。我什么都还没做。你知道，赖特……"

"什么事，伙计？"

"一定有比一帮入室抢劫犯得手更重要的事情。"

"这就是我担心的……"

小铜的父亲，那个巡佐，几周前已经被调到另一个部门去了。他的家人一直住在诺丁山，直到他在新辖区找到一所房子，他只有在不定期休息的几个小时里才能见到家人。今天早上，他瞥了一眼报纸，认出伯特是他儿子的一个年轻朋友。如果儿子不知道伯特失踪的事，似乎不需要采取紧急行动，他打算晚些时候回家，然后再和儿子讨论这件事。

乡警找到在农场的黑尔太太,她把阿狸的名字和地址告诉了他们。赖特督察一收到消息,就派了个警察去那里。阿狸的母亲说,她的儿子正在波多贝罗路帮他父亲照看售货手推车。她从几个孩子中挑了一个叫格洛丽亚的红发孩子,带警察去地摊市场辨认阿狸。

那天早些时候,阿狸和小铜就预先想到了,他们要处理报纸上关于伯特失踪的报道所引起的问题。阿狸不知道小铜写在这所废弃房子厨房墙上的玩笑话已经出卖了他,他主张采取一种巧妙的不作为政策。阿狸对待警察队的一般态度是,如果他们不能待在营房内,就应该待在指挥交通和其他无害的必要活动上。他现在拥有从亚历克·格雷那里偷来的信件和玉神像,他肯定会被指控从杜巴夫人那里偷窃,而在小铜看来,阿狸无论如何都不愿意与警方有任何接触,因为他犯有入室行窃罪,并且隐瞒了他所目击的一起谋杀案的相关信息——如果不是事后从犯的话。而且,他跟小铜争论过,现在告诉警察对伯特又有什么帮助呢?阿狸一开始就说戴·威廉姆斯的消息是警告伯特会绑架他,现在他被绑架了。那又怎样?

"所以我们应该把他们的事告诉警察,那个红脸人,还有邮局外面的那个小混混,以及那个戴胸花的年轻绅士。"小铜抗议道。他们不必再多说什么,但上述人物在绑架事件中肯定是混在一起的。他们是,或者应该是通缉犯。阿狸说一件事会导致另一件事,如果你开始对那些警方混蛋喋喋不休,接下来你就发现自己会进监狱。一向尊重父亲的小铜开始动摇了。他又忍不住怀疑戴·威廉姆斯的那个留言。

一个垂死的人写下一个他从未见过的男孩的名字和年龄，然后把这张纸交给这个男孩，这实在让人难以接受。一定是伯特编的，这也不是伯特第一次用他强大的想象力催眠他的朋友们，让他们相信不可思议的事情。小铜私下里决定要把这个留言告诉父亲，并强烈地提出自己的观点，认为伯特一定是替换了他收到的那张便条。

吃过午饭，两个男孩沿着波多贝罗路走去。周六的下午，波多贝罗路不再是一条大道，而是一个充满活力的东方集市，成为伦敦生活的一个密集剖面。路的前半段摆满了各种现代风格的古董摊位，维多利亚时代的珠宝、餐具、蕾丝和丝绸方巾、钟表、书籍、花瓶，从丑陋的到美得不可思议的，品质不一。一长串的垃圾中，偶尔有些优雅的东西在鉴赏家的眼中闪闪发光，就像粪堆上的钻石。

在这里，人就像出售的物品一样五花八门。订了婚的夫妇想买便宜货；美国人对大量真正的古董感到困惑；穿着瘦腿裤的芭蕾舞学生；毛发浓密的年轻画家和他们邋遢的情妇；年老古怪的女士们，从贝斯沃特区的卧室出来，似乎把所有的衣服都穿在了身上，边走边嘟囔着，疯狂地凝视着前方深不可测的景象。在人群中，你可以看到那些男孩们穿着宽大的褶皱西装和醒目的领带。孩子们在人群中相互追逐，本能地避免碰撞。在摊位上坐着的商人们，以一种不可思议的眼光注视着潜在的顾客，用他们长期积累的经验把绵羊和山羊——真正的买主和那些只会指手画脚的买主区分开来。

阿狸和小铜穿过弯曲的山坡，朝着他们的目标走去。随着人们往下走，市场的性质也发生了变化：装饰品逐渐让位于纯粹的实用主义，小摆设逐渐让位于家庭必需品，硕大的花瓶逐渐让位于二手束身衣。男孩们停下来看了一会儿艺人表演——他们在一条小街上，让一排坐在人行道和栏杆上的孩子们受益。表演队伍包括一个小提琴手、一个鼓手、一个短号手，还有派对的生命和灵魂——一个身材矮小、脸色黝黑的男人，戴着一顶装饰着羽毛的大礼帽，穿着牧师的领子和礼服外套，套着马裤和帆布鞋，不停地逗乐观众，讲一些不适合他穿着的笑话，并引导他们唱社区歌曲。孩子们挺吃这一套。阿狸和小铜瞪了大家一眼就走开了。

现在人群比先前更密集了，伦敦所有的家庭主妇似乎都聚集在这里，所以卖蔬果的手推车生意兴隆。在下一个十字路口，正在举行一场集会。在两个打哈欠的警察和一个伪装成混混的政治保安处人员的注视下，演讲者向至少二十名听众大声疾呼，他们是不可抗拒的工人阶级。

阿狸对这样的演说多少有点动容，他买了一个蛋筒冰激凌，挤到讲坛前，放在演说者的手掌上，演说者伸出手来，摆出一副浮夸的姿势，说道："这对孩子有好处，伙计。"

男孩们现在去了阿狸父亲的手推车那里。一连串红头发的孩子——阿狸的兄弟姐妹们，像是被印刷出来的一个循环数字，跟他打招呼。他父亲挥了一下手，阿狸开始为顾客称货品，小铜把它们装起来。阿狸在这里是个有名的人物：手推车旁的男孩对他眨眼，或者做出神秘的手势来召唤他；过路的人都听出了他那嘶哑刺耳的声音，他是在为家什做广告。大约二十分钟后，在生意冷清的时候，阿狸点燃一个烟蒂，朝街上扫了一眼，看见他的妹妹格洛丽亚走过来，她还牵着一个人。他训练有素的眼睛立刻认出这人是个便衣警察，阿狸立刻躲在手推车底下。

他听见便衣在问话，还有他父亲困惑的声音："他刚才还在这儿。"便衣说他愿意等。阿狸敏锐地意识到自己的一个口袋里有个小玉像，另一个口袋里有他从格雷那里偷来的信。同时，一只黄蜂正把注意力从压扁的李子转向阿狸的鼻子。该逃走了。他从手推车下面爬了出来，正对着便衣的靴子，然后混入了人群，接着响起了格洛丽亚难以言状的喊声："他在那里！嘿，阿狸，有人找你！"阿狸从一个呆头呆脑的小伙子头上抢过帽子，那小伙子正盯着一个卖尼龙衫和胸罩的摊位，阿狸用帽子遮住他橘红色的头发，然后机灵地往山上爬，在人群中冲来撞去。

在波多贝罗路市场，博奇也是一个大家熟悉的人物。像其他许多靠自己的努力从穷变富的人一样，他也喜欢讨价还价，常常为了一件他并不真正需要而他又买得起的东西没完没了地闲扯。此外，他还是个略知一二的行家。当萨姆·博奇走近时，摊贩们放弃了他们惯常的叫嚣，准备好了一场激烈的争斗。但是，在这里和在其他地方一样，博奇先生把娱乐和生意结合在一起。反社会的人可以在特定的时间找到他，在拥挤的人群中，当说话的人在审视摊位上的物品时，彼此低声交谈几句，是一种安全且有效的交流方式。目前更是如此，因为博奇先生意识到警察已经开始施压，他觉得最好暂时关闭一些其他的交流渠道。

今天下午，博奇是在寻找信息，而不是在寻找美的艺术品。在他的世界里，或在他的周围发生了一些事情，使他感到困惑，尤其是庸医的谋杀案。他对庸医的职业兴趣不大，但是，警察在"高立方"打听到这个人的情况后，这么快就查清了，这使他很不安。这种事在官方心中引起了严重的怀疑。事实上，关于这个问题，他已经接受过讯问。虽然他在案发的几个小时里有一个可靠的不在场证明，但这并不能完全消除他的不安。简而言之，他觉得事情比平时更不容易控制了。

事情远没有博奇先生想象中那么容易。此时此刻，一个观察员和刑事侦查局的人正在监视着他，盯着博奇先生那张亲切的大脸。他那珍珠灰色的汉堡帽和西装，还有他的马六甲手杖，让人以为这是一个身在世界之巅的人。同样，人们可能会羡慕一张桌子的坚固和富丽，而实际上这张桌子遍布白蚁，很快就会在主人眼前化为灰土。刑事侦查局插手调查博奇先生的收益构成已经有一段时间了，然而他的垮台，并不是由于抽象的、正义的力量，而是由于那些激情，正如诗人明白无误地告诉我们，激情编织了情节。

博奇先生漫不经心地走向地摊市场，穿牧师领的人和他的乐队正在那里逗孩子们玩。当他们唱起歌时，一个看起来很不健康的人跟着飘了过来，博奇先生和那人说了几句话，嘴唇几乎没有动。然后他又回到集市上，因为他看见一个红脸人，旅行推销员类型的，朝他的方向做了一个几乎察觉不到的手势。他的动作并非无人在意，他在其他场合出现在市场上也引起了人们的注意。结果，就在博奇先生接近那人时，他感到一阵剧烈的震荡使他眩晕，帽子也被撞掉了。一个男孩全速撞上了他。博奇先生的表情变了，他举起手杖，狠狠地削了那个男孩的屁股。阿狸发出痛苦的号叫。

顷刻之间，人群围住了他们。看到这一事件的少数人对博奇先生怀有敌意，其余的人一知道这是怎么回事，就都准备好站哪边了。博奇先生拿起帽子，说："请让我过去。"然后他试图走开。

"急什么？"

"你以为你在推谁？"

"他打了那个男孩，给他点颜色瞧瞧！"

"小流浪汉把他的帽子撞掉了，好好招呼那个小混蛋！"

"你这么认为？你想怎么样？"

那个红脸人现在已经走进了人群，身后还跟着几个胖子。

"别说了，"他威胁道，"让这位绅士过去。"

阿狸脸色苍白，痛苦而愤怒，他指着新来的人，高声喊道："明白了！就是他试图绑架伯特·黑尔，警察正在抓他！"小铜在此时出现，也认出了在黑尔太太家附近闲逛的那个"旅行推销员"，喊出来："没错！他被警察通缉了！"

"住嘴，你这个小……"

"他说什么？"

"伯特·黑尔，报纸上失踪的孩子，是那个家伙干的。"

那些痞子迅速拿出了剃须刀和自行车链条，紧紧围着博奇先生。这是他最不想要的公开方式，会有更糟糕的事情发生。

那个红脸的男人伸出手抓住阿狸。小铜从一个货摊上抓起一个花瓶，朝那人的膝盖挥去，男人痛得大叫起来，放开了阿狸。从街道的远处传来警笛声，跟踪萨姆·博奇的是刑事侦查局的人，但他发现无法突破人群。暴徒们开始躲避哨声，向山下移动。博奇先生被迫跟着他们走。人群被剃刀和抡起的链条吓到了，退到了街道两旁。几个货摊被压垮了，摊主开始用他们的货物轰击那些痞子，旁观者立刻加入进来：一连串的西红柿、李子、卷心菜飞向敌人。

博奇先生的萨维尔街[①]西装很快就毁了。他一直在拼命抗议，虽然前后不连贯，但人群现在明白了——并非完全没有根据，暴徒正将他强行带走。一些顽强的人上来营救他，逼近明显要抓他走的人，一场恶劣的肉搏战开始了——这是阿狸的机会。他跟博奇先生过不去，当血气上涌时，他就没法控制了。在小铜的协助下，阿狸飞快地穿过混战的人群，向博奇的脸上扔了一个西红柿，又抓起他的马六甲手杖，狠狠地抽了他的屁股。博奇现在看起来像是一场重量级比赛的输家，他踉跄着走开，又被小铜的脚绊倒。阿狸在博奇先生的肚子上跳上跳下，打算造成永久性的伤害，但被"旅行推销员"的一记重击打倒，后者虽然受到了小铜对他膝盖的猛击，但仍在战斗。他一瘸一拐地冲上来，小铜从父亲那里学过柔道，他插手进来，用自己的推力，把那个红脸人打飞了，随着优美的抛物线，红脸人落在了饱受磨难的博奇先生的腰部。

---

① Savile Row，位于伦敦 Mayfair 区，以传统的男士定制服装而闻名。

警笛声近在咫尺,人群开始从边上散开。虽然被打得头晕目眩,但阿狸还是保持了足够的理智,他知道必须处理掉手中的罪证,以免被警察抓住。博奇先生和那个红脸人,难解难分地滚在一起,挣扎着站起来,受到周围摇摇晃晃的人影捶打。当阿狸向他们爬过来,从自己的口袋里把某些东西转移到他们的口袋里时——他们根本不会注意到。另外,阿狸还狠狠地在最疼的地方踢了他们一脚,然后飞奔回人行道。

那两个一直在监视集会的警察,连同那些跟踪博奇先生并抓捕阿狸的便衣人员,现在已经控制了局势,其中三名歹徒已被拘留。博奇先生和那个旅行推销员都因为扰乱治安而被捕。一辆黑色的警车带着增援人员,很快就到了。冗长的工作开始——需要收集目击者的证词,有些人需要医疗救助……波多贝罗路之战已经结束,阿狸和小铜天真地吹着口哨,看上去像受伤的小天使,从战场上走开了。

第十一章

医院访客

第二天早上,赖特督察来看奈杰尔时,眼里闪着一丝光芒。他说,事情终于发生了变化。

"事情终于有进展了,"他说,"那个油滑的老家伙,博奇,我们已经在希望他去的地方逮住他了。"

赖特向奈杰尔讲述波多贝罗路上的骚乱。警方逮捕了几个人,有三个小混混和两个大人物,一个萨姆·博奇,还有一个叫珀西·查莫斯的人,他自称是个旅行推销员。这两个人都被搜身了,在博奇的口袋里发现了一个小的玉石雕像。这件物品并没有被列入最近任何一起抢劫案的被盗品名单中，但赖特还是派了一个人去找失主，只是走了两家，仍一无所获。接着，杜巴夫人的贴身女仆认出了那个神像，它曾经被放在杜巴夫人卧室的桌子上。房间里摆满了各种各样的小摆设，女仆之前并没发现这件东西不见了，主人估计也没在意。

"我们可以申请搜查令。我们控制了博奇，明天就去'高立方'，还有他的私人公寓。"

"博奇大佬怎么说？"

"一副义愤填膺的样子，指责我们陷害他，说他以前从没见过这个小神像。"

"他碰东西了吗？"

"他是收赃者，不是小偷。"

"我是说，上面有他的指纹吗？"

督察看了奈杰尔好一会儿，说道："伙计，听听你都问了什么尴尬的问题。"

他的笑容闪了一下，就像一盏信号灯。

"没有指纹吗？"

"有他的指纹。呃，博奇在局里对质时就拿着那件东西。"

"我明白了，我们的警察真机智啊！所以，理论上他只是随身携带了一件赃物？尽管他肯定知道自己被监视了？"

"博奇是个鉴赏家。也许他爱上了这个物件，无法离开它——丑陋的小动物神像。我从来不喜欢这种吉祥物，但他们告诉我它很值钱。"

"吉祥物啊，"奈杰尔用推测的语气说，回忆起在克莱尔的工作室里阿狸脸上的内疚表情,问道,"那个叫阿狸的男孩和波托贝罗路事件有牵连吗?"

赖特督察的眼睛又亮了起来,说道:"是的,我派了一个人去找阿狸。他被带到阿狸父亲的售货车那儿,阿狸之前就在那里。目击者说,这起争吵始于一个红头发的男孩不小心撞到了萨姆·博奇,博奇用手杖打了男孩的屁股。"

"盗窃案当晚,阿狸在杜巴的房子里到处跑。男孩对吉祥物充满热情,但如果警察把他逼得太紧,他会想把它处理掉的。"

"看来我们得再找阿狸面谈一次,等我们把萨姆·博奇收拾妥当后。"赖特带着意味深长的语调说。

"那你见过阿狸了吗?"奈杰尔急切地问。

"哦,是的,伙计,我们昨晚找到他了。"

"你得到戴·威廉姆斯的留言了吗?"

赖特督察用手指在空中划了一下,说道:"我们一无所获。"

当阿狸和小铜被带到警察局时,他把孩子们的故事摘录了下来:伯特如何给他们看了一张纸,他们如何成立了自己的侦探组,在船上放一条假消息,然后把它交给骗子。最初的留言已经被毁,但他们都看到了——"伯特·黑尔,12 岁。"小铜现在确信伯特一直在欺骗他们,戴·威廉姆斯给了他一张纸,上面写着一条更有趣、更神秘的留言。伯特很擅长做这样的事——两个男孩都同意。

"你同意吗?"奈杰尔问。

"不然就说不通了,不是吗?我给孩子们看了戴的笔迹样本。他们承认，根据他们的记忆，这就像是伯特给他们看的那张纸上的字，但伯特可以粗略地模仿真实的留言。"

"所以在找到伯特之前，我们就不能再有进展了？"

"我不这么认为，伙计。我们现在和格雷的联系更紧密了，你的阿狸相信他看到格雷从那个小混混那里收到了伯特他们捏造的假消息，伯特没能把船卖掉，所以他们才跟着格雷。"

"当阿狸跟着格雷走进杜巴的派对时？"

"是的。阿狸对聚会本身的事不愿透露，但他向我描述了陪格雷去那里的一个人，以及他无意中听到的格雷和另一个陌生人之间的对话，这使他以为抢劫是格雷的同伴干的。我可不这么认为。"

接着，赖特复述了阿狸在藏身的树上听到的对话。

"我的天！"奈杰尔惊呼道，"所以他听到格雷说在伯特的船上发现了假消息，想从他那里得到真消息？在我看来，格雷已经在我们的掌控之中。"奈杰尔顿了顿，又补充道："你不会贸然逮捕他吧？"

"绝对不会，伙计。今天下午我会问他一些精心准备的问题，给他轻微的敲击和充分的约束，看看他会把我们引向哪里。"

"他得带我们找到伯特，我很担心那小子。阿狸描述的角色和格雷一起参加食人派对的那个……"

"走路像个美国黑帮，用紫罗兰味的润发油，或者嚼紫罗兰糖……阿狸只能告诉我这么多。那家伙在派对上脸都涂黑了，但是……"督察停顿了一下，说，"开枪打死那个'庸医'的人说话带有美国口音。当然，这个国家有一半的年轻人会说美国口音，至于走路姿势嘛……"

"你从哪里知道这个的?"

"还是你的朋友阿狸。庸医被杀时,他和伯特在场。阿狸给我们写了一封匿名信,告诉我们在哪里找到尸体。他的密友小铜让他坦白了此事。"

赖特把整个故事讲了一遍,接着说道:"不过是什么让他们选了那栋房子让伯特藏身呢?又是他们该死的侦探游戏吧?他们正在跟踪一个红脸人,那个人一直在阴险地打听小伯特的下落。就在庸医被杀的几个小时前,他在房子外面停了下来,点了根烟。毫无疑问,他是在探查。"

"这个红脸男人现在确认是珀西·查莫斯。"赖特做了转方向盘的手势。"

"你把我绕晕了,"奈杰尔说,"这个查莫斯又是谁?"

"坏人,战前的法西斯分子。因为勒索坐过牢。旅行推销员,花言巧语,性感迷人,无聊的家庭主妇或者漂亮的女儿跟他稍微有点非分之举,他就会写匿名信,借机敲诈——给钱,否则我就告诉你的老公或者老爸。他是我辖区的新人,我们在他身上发现了这封信。"信上写着——

D 街派对结束。太危险。为金斯威做好一切准备。

奈杰尔说:"请翻译一下。"

"查莫斯没有透露,他装出一副从未见过信的样子。他没有才怪!

这是个顽固的怪胎。信的内容是关于那些政治游行，我把它交给了政治保安处。唐宁街的游行活动取消了。金斯威大厅的一切都准备好了，星期二晚上，那里有一个大型的和平会议，我想他们会从中扰乱。"

"有人在幕后操控这件事。"

"你已经说过了，政治保安处都气疯了。他们在唐宁街接待客人的计划非常全面，非常机密。组织这些示威的人，肯定是从高层得到消息说唐宁街不会顺利。"

"我想知道我们的朋友格雷经常光顾哪些俱乐部，除了'高立方'。"

"我们正在挖掘他的过去。"

"好吧，祝考古学家好运吧。我马上要自己做点活儿了，杜巴夫人要来看我……"

正午时分，赫西奥妮进来了，她穿得好像要去参加一个皇家游园会。她扑向床边，释放出一阵女性的气息，表达对奈杰尔受伤的担忧。然后她坐了下来，交叉着两条腿——这两条著名的腿曾在德鲁里巷和外省吸引了大批的观众。她取出一支烟，又放回原处，翻开床头柜上的一本书，问了问克莱尔的情况，又偷偷地朝镜子瞥了几眼。

"第一晚紧张？"奈杰尔低声说。

"你这个坏蛋！"她轻轻地拍了拍他的前臂，说道，"你看得太多了。好吧，我是紧张。自从我小时候切除阑尾后，我就再也不喜欢这种地方了。当然，那时候我住的是公共病房，所以医生对待病人的态度令人震惊。对了，他们找到凶手了吗？"

"偷你珠宝的？"奈杰尔故意问道。

"哦，不是那些该死的，我是说袭击你的人。"

"还没有。格雷先生看到了他们开走的那辆车的车牌号，但那是个假车牌。我应该非常感激他及时出现。"

赫西奥妮摆弄着她无名指上的一枚戒指——一颗华丽的蓝宝石，映着她蓝宝石般的眼睛。突然，她说："他不是该死的傻瓜，你知道的。"

奈杰尔不置可否。他不想催赫西奥妮，但她跑题了。

"那个督察问我午饭后是否给亚历克打过电话——就是你和克莱尔来的那天。警察确实怀疑他，不是吗？"

"你给他打电话了吗？"

"我从没靠近过电话。自从抢劫发生后，我就没见过亚历克，也没跟他说过话。"她美丽的大嘴巴抽动得很厉害，"当我被欺骗时，我就明白了。妈妈过去常说，要减少损失。"

"你和他分手是因为你怀疑他偷了你的珠宝？"

赫西奥妮的食指和中指在床单上交叉移动，她停顿了一下，说道："亚历克·格雷是个乡巴佬、一个小气鬼、一个年轻的恶魔之王，但是他很勇敢，不是傻瓜，他有这个能力。他径直走向你，下一刻你就倒下了。请原谅我的粗鲁，我从小受的教育就这样。我确实爱上他了。如果他抢劫了我所有的好朋友，甚至痛打他亲爱的老奶奶，我也不会在乎。"

"但你对他抢劫你的行为表示怀疑？"

"啊,要是我知道就好了,要是我知道就好了！"赫西奥妮紧握双手，"我发誓我从来没有告诉过他保险箱的密码，除非我在睡梦中说话。我没那么傻。当然，正如我小心翼翼地暗示的,他来过我的卧室，但是……

不，让我讨厌的是亚历克在我面前追求其他女人的粗野方式，还有他追逐那个男孩阿狸的方式，在那晚我的派对上，我看到他脸上的表情了。他差点杀了那个男孩。我从来不喜欢打猎、噪音和血腥娱乐。"

"好的。我明白了，但阿狸不是天使。你知道，他从你家偷了一个玉石雕像。"

杜巴夫人睁大了眼睛，说道："哦，不，他没有，是我给他的，他没惹麻烦吧？"

"你能为我做件事吗，杜巴夫人？"

"为你，可以。"

"这几天不要告诉任何人，不管谁，说是你给他的。如果有人问起，就说你没注意到它不见了。阿狸不会惹麻烦的，我保证。"

"好吧，既然你这么说。"

"现在，再说说年轻的格雷，你丈夫知道这件事吗？"

"这就是我要说的，斯特雷奇威先生，你竟敢指责我丈夫是个温顺的戴绿帽的人！"她摆出一副神气十足的样子，像是在演戏，然后带着很有感染力的笑说道，"我跟鲁迪从来没有谈过这件事，但我相信他知道。"

"他能让格雷的日子不好过。"

"哦，是的。"她含糊地回答，"如果他想的话，他能让任何人不好过，但他是大人物，不会因为我的小过失而生气，除了……"

"除了？"奈杰尔提示。

"我的孩子夭折后，鲁迪对我失去了兴趣，就这样。"此时，她说话开始结巴,神情痛苦,"我再也不会有第二个了,而鲁迪一心想要一个继承人……不过我们相处得很好。"

奈杰尔若有所思地打量着他的客人,说道:"你为什么要告诉我这些?"

"我不能告诉警察,对吗?那样就像与税务机关讨论性生活一样。"

"我是说格雷的事。"

她的目光从奈杰尔身上移开。她让人看着像是一个正惊惶失措、不知该说谎还是说实话的女人——不知道哪个对她更有利。然后,她沉思着说:"我不想让格雷害了你的克莱尔,从她前几天对我说的那些话……"

"克莱尔可以照顾好自己。"奈杰尔打断了她的话,无视赫西奥妮用的一个词是"你的",虽然这让他高兴得有点发抖。

"我可怜的男人!'照顾好她自己'——这就是麻烦的线索。没有女人可以做到,如果你愿意的话,别把克莱尔扯进来。我要亚历克……"她那清晰、圆润的声音变得刺耳起来,"我要亚历克停下来。"

"停下来?"

"停止他正在做的任何事。"

她的语气中有一个疑问,奈杰尔没有理会——他在这里不是为了给人打气。他问:"你认为他在做什么?"

有一瞬间,她似乎要吐露一些心事,随后就退缩了。她仍然对格雷怀有一种忠诚——至少是一种内疚。

"哦,我怎么会知道?"她含糊地回答。

奈杰尔想起了她在午餐聚会上说过的一句话，当时他谈到了他正在寻找的那个男孩。奈杰尔决定冒个险。

"那个失踪的男孩，伯特·黑尔，你在报纸上看到过，可能是格雷绑架了他。"

"绑架？但是为什么呢？"

"不是为了索要赎金，而是想从他嘴里问出点什么。"

赫西奥妮明显在颤抖："啊，可怜的孩子！但这……我不明白，就算是亚历克，你确定吗？"

"他会带孩子去哪儿？他在国内有什么地方吗？"

"他在汉普郡有一间小屋。"

"警方正在那里进行例行调查，但我指的是秘密的地方——也许，他会带一个女人去的地方。"

"据我所知没有，"她抬起她美丽的头，"我以前常去他的公寓，事实上，我还留着钥匙。"

"那可能会有用。"奈杰尔停了下来，然后淡淡地补充道，"我希望他在东英吉利有个你知道的藏身之处，离伦敦大约一百英里，比如萨福克郡。"

"萨福克？你为什么提萨福克？"她厉声问道。

"哦，那会方便些。"奈杰尔含糊地回答。

杜巴夫人凝视着她的膝盖，过了一会儿，她用社交的口吻说："你知道斯托尔山谷吗？那是个美丽的地方，葱郁、温柔，带点母性。"她是在乱扯，奈杰尔想，就像一个女人在回避一个关键的问题。然后，她转向另一条轨道:"有些男人的母性太强了,比女人都多。我怀孕的时候,鲁迪花了好几个小时研究那些婴儿用具的目录。我简直不敢相信。当然,鲁迪有点像个老帕夏①。"

"你扯远了。"

赫西奥妮露出一个不确定的、四月般的微笑,她握住奈杰尔的手,说:"我想是的。听着,这与绑架无关——至少,不可能。不过,大约两周前的一天晚上,我和亚历克在一起。他睡着了,过了一会儿,他大声叫起来,喊着'埃尔默·斯泰格',然后他咕哝着什么'待售的枪'……这是一本书的名字,不是吗?"

"是的,可谁是埃尔默·斯泰格?"

"我没头绪。第二天早上,我告诉亚历克他在睡梦中说了些什么。你知道他当时做了什么吗?"

"不知道。"

"他跪在我的手臂上,用枕头捂住我的脸,闷得我要窒息。一开始我以为这是……嗯,是我们的游戏之一。然后,我知道不是的。我想,还没等他停下来,我一定已经半死不活了。他说这样做的目的——这是他的原话,是为了确保我不会重复他在睡梦中说过的话,如果我真这么做了,他一定会坚持那个动作的。我……我不知道……只是有点惶惑,不知所措。可过后,他和我做爱,直到我不再计较……那段

---

① 帕夏,奥斯曼帝国行政系统里的高级官员,通常是总督或将军。帕夏是敬语,相当于英国的"勋爵"。

时间我为他痴迷。"

赫西奥妮一直在自言自语,而不是对着奈杰尔说。她还没说完,声音就有点喘了,她的手掌放在膝盖上,颤抖着,手指像火里的树叶一样卷曲着。奈杰尔坚定而巧妙地改变了话题:"他对政治感兴趣吗?"

赫西奥妮恍惚的目光渐渐聚焦在奈杰尔身上,仿佛刚从麻醉中苏醒过来。她说:"政治?哦,我明白,我不认为他有时间做这件事。"

"你从来没有跟他讨论过这些新的和平行动——比如受邀去苏联?"

"天哪,我没有。他可不会认为对政治发表意见的女人有魅力。如果他参与政治,那就是为了能从中得到什么。你为什么这么问?"

"如果是他绑架了伯特,我想弄清楚他的动机。他是否属于任何组织?他为谁工作?"

杜巴夫人收了收她丰润的下嘴唇,说道:"嗯,最近有一两次,他放我鸽子的时候,事后总找借口说因为工作耽搁了。他有一次说,'辛迪加①太苛刻了'。我没在意。他说他在工作!我以为他和别的女人在一起。"

奈杰尔心想,这不正是你想假定的。他问了赫西奥妮更多的问题——关于她在格雷的公司里见过的人,关于他的过去,他的战争生涯,他那明显非劳动收入的来源。

"女人们给他钱。"她说,没有看奈杰尔。

"勒索?"

---

① Syndicate,资本主义垄断组织的一种基本形式。

"有时候，也许。如果要找一个词，我想，一般来说，还是爱吧。不过你提到勒索还真有意思。最近我经常在想，他是不是在勒索鲁迪。"

奈杰尔坐起来了："为什么？我本以为在你丈夫身上试这一招是不明智的。"

"是的，但奇怪的是鲁迪发现我们之后，竟然让他继续来我们家。即使在我的食人派对上，他们看起来还是很亲密，我的意思是，他们并没有像你想的那样避开对方。"她突然大笑起来，说道，"也许正好相反，鲁迪在勒索亚历克。"这个想法太滑稽了，以至于她弯下身子，带着她平民出身的热情大笑。

突然，她又清醒了："我能为那个可怜的小男孩做点什么？他叫什么名字？伯特·黑尔对吧，你只要交代我就行了。"

伯特从育儿室窗户的栏杆向旁边和下面张望。前一天早晨，当他被一声枪响惊醒时，他从床上跳下来，跑到窗口，心中怀着一种渺茫而又狂热的希望，希望能获救。然而，他只看到有根枪管从楼下右方一层的窗户向外戳——那种方式让他不愉快地想起了贝尔维德街的那所房子。枪往后挺了一下，又发出抽鞭般的声音。他的眼睛不由自主地盯着从枪管里射出来的轨迹——被插在乱蓬蓬的草地上的一根木桩挡住了，木桩上系着一个靶子。接着又是几声枪响。伯特的获救希望逐渐破灭，因为他意识到，这是其中一名绑架者正沉迷于射击练习。伯特还没看见神射手现身瞄准目标，就听到了接近他门口的脚步声。他跳回床上，当老妇人端着早餐盘进来时，他假装睡着了。

这一天在无聊和痛苦中度过。透过窗户望去，什么也看不见，窗外是一座高大的灰色房子，只有一个露台，石栏杆就在他的正下方，然后是一片草坪，被一条看似无水的护城河所包围,再往前是乡村——在他这个城镇长大的人眼中，这个乡村类似于海德公园，只是树木要高得多。景色无疑是美丽的、宁静的、田园的，但这让伯特感到头疼，因为那是一片没有人物的风景。即使他敢于呼救，也毫无意义，整天没有一个人出现，无论是在近处还是中间。这个地方也很安静，就像被遗弃了一样。伯特没有听到火车或汽车的声音，只是偶尔听到远处一头母牛的"哞哞"声，还有鸽子整天"咕咕"的叫声，让他想起了这位老妇人的声音。

伯特给母亲写了一封信，向她保证自己很好，得到了妥善的照顾，他把信交给了老妇人去寄。信中没有提到他被绑架或被囚禁的事，而且他对信是否能到达目的地并不抱什么希望。他在橱柜里找到了崭新的颜料盒和画笔，花了一两个小时给一本儿童读物上的图画上色。这只是沉闷的、没完没了的一天，只有老妇人带来的饭菜，还有和她聊起关于曾经由她照看的那些出色孩子时，伯特才能松口气。所以，到了睡觉时间，伯特还是很高兴的。

今天早晨，比被关的第一天醒得早一点，他又走到窗前。他近处的风景没有改变。太阳升上他左边的天空，露出同样单调的天空、树木和茂盛的草地。然而，走近一看，他发现风景中有一个新特点。在他窗下的草坪上，大概就是昨天早上那根木桩所在的地方，放着一把普通的厨房椅子,椅子上坐着那个老妇人。她背对着伯特,不是睡着了,就是在欣赏风景。伯特待在窗前,不抱任何希望能看到其他人影——事实上,他甚至懒得戴上眼镜。他像一个遭遇船难的漂流者,在沉闷的自我催眠中注视着海洋——因为没有别的东西可看。

不久,他听到了窗户被轻轻打开的声音,在他右下方。枪口伸出来了,方向和昨天一样。伯特张开嘴,对睡在厨房椅子上的老妇人大声发出警告。他的喊声被来复枪的"噼啪"声淹没了,枪响中又加了一种尖锐的钟声,就像板球拍碰到球的声音,几乎是瞬间的回声。坐在椅子上的人,头明显地抽搐了一下。

伯特爬回到床上,把脸藏在枕头里,然后,随着更多的枪声,他用手指捂住耳朵,啜泣着。记忆涌上他的心头,在那所废弃房子里的另一次枪击和另一次头部抽搐又一次让他崩溃。那个老妇人挺愚蠢的,也令人恼火,但是她对自己很好。现在,伯特只知道将会和杀害她的凶手共处一室。她为什么会被杀?这似乎是一场疯狂的、毫无意义的噩梦。伯特想起了他写的那封信。也许老妇人真的试过寄出去,结果被抓了,这就是对她的惩罚。

伯特还在抽泣着,这时,他听到钥匙在锁上转动。他躲在床单下面,躲开进来的人。一只手把床单拉开了,一个声音说:"好了,好了,伯特少爷,藏什么啊?"

是老妇人。

伯特盯着她,揉了揉眼睛,然后扑进了她的怀里。

"好了,好了,"她说,"这是做噩梦了吗?"

这句话又激起了他的怀疑和恐惧。他跑到窗前,凝视着窗外。然后,他戴上眼镜,又看了一遍。他现在看得清楚了:椅子上的是个假人,穿着围裙和灰色的长袍;头是一个椰子,稀疏的椰须涂成了灰白色。

"我以为他在向你开枪。"男孩脱口而出。

老妇人亲切地"咯咯"笑道:"想什么呢!乖乖地把早餐吃完,我给你带了一些好吃的甜面包。"

"可他是谁?谁向那个假人开枪了?"

"这儿的一位叫小鸭的先生,他特别喜欢精彩的射击。"

"可是他为什么要这么做呢?他是向你借的那些衣服吗?"

"嗯,他不会想毁掉他自己的,对吧?那些只是我的一些旧东西,我不介意他在上面打弹孔。"

这个逻辑是如此无懈可击,以至于伯特一时间完全失去了理智。当他意识到这一点时,他很震惊。

"但是……"他又想说什么。

"小男孩应该保留他们的'但是',来给面包涂黄油。"

"听着,我真希望你能意识到我不是小男孩,我 12 岁了。"

但是没什么用。老妇人的眼睛露出了他以前注意到的那种茫然不知所措的神情。伯特开始吃早餐。过了一会儿,老妇人还在窗边,挥舞着手帕。

"你在向谁挥手?"伯特问道,站起身,朝她走去。

"没有谁,伯特少爷!马上坐下来吃你的早餐!"她厉声说道,"好奇先生小心惹麻烦。"

伯特继续吃饭,他以前从来没吃过干面包,觉得很好吃。

"还有谁住在这里？"

"除了我，还有我的侄子，还有园丁，但他在院子里有一间小屋。"

"你和你侄子是房主吗？"

"说的什么话！"那老妇人又喘又笑，一阵发作，"不，亲爱的，我们是看门人。大部分屋子都关着。我们只是准备了一两个房间来接待像你和那位先生这样的客人。当我想起过去我们举行的家庭聚会和其他活动时，我觉得真叫人伤心。"

伯特任由她信口开河。昨天他发现有些问题这个老妇人不肯回答：例如，不肯告诉他这所房子在哪里，或者是谁"邀请"他住在这里。所以，他在动脑筋，想用某种不经意的方式来获取这个信息。

在老妇人回忆往事时，伯特停顿了一下："这是个非常偏僻的地方，不是吗？你从哪里买吃的？这附近有村子吗？"

"好吧，伯特少爷，当你到了我这个年纪，你是不会想去寻欢作乐，看电影什么的。村子离这儿有两英里远，但他们定期送……"她说到一半就停住了，眼里闪过一丝恐惧。

"送什么？"

"食品杂货、肉类等等。当然，我们有自己的水果和蔬菜。清洁工每隔一周的星期一来。请注意，这样子并不适合所有人。年轻的女主人无法忍受，对她来说太安静了。不过，她以前经常在……"

伯特再次停止了注意力。一声喘息，一种脑波，他的聪明才智甚至连他自己都感到吃惊，尽管他已经习惯了突发奇想。他在想，无论如何，我必须到他们放垃圾箱的地方去，因为后天是这个月的第二个星期一。

第十二章

黄昏的光

伯特貌似温顺,坦然接受自己所处的困境,肯定让抓他的人有好印象。星期天早上,当他问老妇人是否可以出去在草坪上玩球时,老妇人说可以问问她的侄子。今天没有人从一楼的窗户开枪,相反,伯特听到了教堂的钟声,随着从东方飘来的阵阵轻风,钟声一会儿微弱,一会儿响亮,村庄就在那边。老妇人回来告诉伯特,她的侄子今天下午可以带他去院子里锻炼。这句奇怪的话听起来好像他是一条狗,或者像是一个囚犯,但男孩的心却"怦怦"直跳。院子里有一个垃圾桶。毫无疑问,从关押者的观点来看,院子要比草坪安全得多。尽管这鬼地方周围有人类活动的迹象，他们还是可以让他从屋顶发射火箭，都不会有人发现。

老妇人刚拿着早餐托盘走到床前，他就整理好床铺，拿着掸子四处乱掸，然后坐下来写了一封信。他不敢打草稿，怕日后被人发现而出卖他。他必须第一次就做对，所以他在脑子里想出了其他办法。最后，他心满意足地在儿童读物中找到的画板上用大号字体写道：

警方正在找被绑架的男孩伯特·黑尔，他被关在存放这个垃圾箱的房子里。请立刻通知警方。非常紧急。 S.O.S.

伯特·黑尔

伯特的计划基于他对伦敦清洁工的观察。他经常看到他们把垃圾箱倒进垃圾车之前，在里面翻来翻去。如果里面有任何有价值的东西，他们就拿出来放在一边。他们似乎对木箱特别感兴趣——也许他们都是业余木匠。伯特写好信后，就四处寻找最好的"信封"——那一定得是可以放在口袋里拿到院子里去的东西，小到不至于让人感到可疑，但又不至于逃过清洁工的注意。他翻遍玩具柜，扔掉了一个铅笔盒、一盒蜡笔、一个装满绘图纸的纸板箱，最后选择了一个镶有贝壳的小盒子：既可以放进他的口袋，躺在一堆垃圾中时又比其他盒子更容易引起注意。伯特把他的便条放进了盒子里，盒盖似乎相当结实。直到盒子安全地塞进他的裤子口袋，他才开始想，如果这个便条被截获，他该怎么办。

午饭后，老妇人带来了一位三十岁左右的健壮男子，像他姑妈一样沉默寡言。伯特从橱柜里的一些橡胶球中挑选了一个颜色没有那么难看的，跟着叫汤姆的人走出了房间。他们下了三段楼梯，沿着一条短短的走廊走了进去，这里曾经是仆人的大厅，现在成了看门人的起居室。当伯特注意到一个角落里的架子上有个电话机时，他不由自主地放慢了速度。这个小小的举动，没有逃脱那个人的眼睛。他开口说话了，在伯特听来，他的声音就像一把生锈的钥匙在地牢的门上转动。

　　"不，孩子，那电话不是给你用的。继续走。"

　　他们穿过一间蜘蛛网密布的大厨房，走进另一条过道，这时汤姆正在打开后门的门闩。老妇人所说的"院子"与伯特在伦敦体验过的院子截然不同。这是一块比学校操场还大的空地，铺着鹅卵石，中间长满了青草。他的右边是一堵高墙，面前是一排建筑物，像伦敦的马厩。左边是一个大门，两侧有长满青苔的石柱，可以看出屋前有一条弯弯的车道。院子中央放着一个石头饮水槽。这地方荒凉而无名，仿佛刚刚遭受一场瘟疫，甚至鸽子也因午后的炎热而安静下来。身边的人打破沉默时，伯特吓了一跳。

　　"别耍花招，明白吗？我能跑得比你快，我们也不想有什么刺激，精神崩溃对你不好。不要大声嚷嚷，不然我会把你踢到栏杆上。"

　　说这话的意图，虽然意思不是那么确切，对伯特来说已经很清楚了，他沮丧地点了点头。这可不像那些可怜的年轻囚犯，能让铁窗警卫心软的故事。那个人，汤姆，走到左边，站在伯特和院门之间，锁上了后门，把钥匙放进了口袋，这样人就没有机会从房子里逃出去。

另一边，靠着房子，在后门和大门之间，放着两个垃圾桶。

"好吧，继续，"男人说，"你想玩球，玩吧！"

这一刻是伯特年轻生命的最低谷，这使他噩梦般的孤独变得难以忍受。他觉得自己被戳破了，完全暴露在外面，自怜和愤怒的泪水刺痛了他的眼睛，他漫无目的地把那个愚蠢的彩色球狠狠地踢到他右边的墙上。球"啪"的一声撞在墙上，发出一种有弹性的声音，充满了空荡荡的院子。伯特跑过去接球，又踢了一脚，脚趾碰到了一块鹅卵石。他痛苦地单脚跳着，汤姆"哈哈"大笑起来。

他嘲笑说："伙计，你在这方面一点也不在行。"

这使伯特火冒三丈。

"我打赌我能让球过去。来吧，"伯特气愤地说，"你站在那些柱子中间，那里是球门。如果你该死的足球踢得这么好——"

"冷静，冷静！"那人说，"好吧，伙计，看看你能做什么。"

汤姆捻灭香烟，走到门口站着。他轻蔑而轻松地挡住了伯特的几次飞射。接下来有个球他没接住，男孩开始嘲笑他。汤姆现在开始认真应对，伸开双臂蹲在地上。伯特知道他的机会来了。在几次故意无力的射门之后，他假装又发脾气了，一脚把球踢出球门，让它滚过墙，飞向大门右侧。汤姆去找它了，伯特迅速掀开垃圾桶的盖子，把口袋里的小盒子埋在垃圾下面。在汤姆再次出现在门口之前，他又把盖子合上了。

同一天下午在医院里，奈杰尔·斯特雷奇威坐在椅子上，因为自己的无用感而焦躁不安。就像大脑过度劳累和过度兴奋时经常发生的那样,他一次又一次地重复思考同一个问题,就像一个高尔夫球手在寻找丢失的球。他的思绪萦绕在杜巴家的午宴上。不可避免的结论是,赫西奥妮或她的丈夫下令暗算他。赫西奥妮否认在其他人看杜巴的画时打过电话,当然,如果她有罪,她也会否认。鲁道夫爵士劝他们多待一会儿,听说奈杰尔要护送克莱尔回家,他就从走廊里出去,去取凡·戴克的画。他可以打电话告诉格雷关于奈杰尔的具体行动,而在此之前,当秘书把他叫出房间时,他也可以打电话给格雷或者哪个得力手下,命令他们做好准备。

奈杰尔觉得难以置信,鲁道夫爵士或者杜巴夫人的身边,居然会有一群暴徒随时待命。他可以想象赫西奥妮在一次电话交谈中,天真地告诉格雷,她的客人正在寻找一个叫伯特·黑尔的男孩,其他人都不能确认他的身份。如果赫西奥妮和格雷仍然保持着亲密的关系,他可以想象到这一点。但是,在赫西奥妮昨天告诉他关于这位前男友的事情之后,就似乎不可能了。至于鲁道夫爵士,就在今早,布朗特警司听完奈杰尔表示自己的怀疑后,才对他说:"你还不如指控英格兰银行伪造小额现金。像杜巴这样的大人物,是不会雇用短棍流氓的。他们不需要,如果他们真的需要,也不知道去哪里找。"

就目前而言,这已经足够合理了。布朗特警司是一位经验丰富、能力卓越的警官,总能戳破奈杰尔的幻想获得信赖。作为一位专业人员,布朗特不能沉迷于他朋友有时提出的那些不负责任的猜测。然而,奈杰尔现在认为,许多罪行都是打着体面的幌子犯下的——甚至是明显无罪的。杜巴是这样的人，如果他想要安排一些事情，就会找到合适的人来安排，付出很好的报酬，并期望工作做得很好。在他的孩子出生之前，他已经花了几个小时研究那些婴儿用具的目录，毫无疑问，购买这些用具的工作将交给一个够格的下属，鲁道夫爵士自己是不会去市场的。

而且，如果他想用暴力解决问题，他就会把工作委托给合适的人去做，自己洗手不干。于是鲁道夫爵士提出了这些想法，而他的中间人会再找人实施。不管鲁道夫爵士想干什么——假设他不是在以正常、近乎合法的方式打击竞争对手，格雷都会被想象成一个高效的中间人。但就在这里，整件事情变得难以理解。亚历克·格雷是杜巴与暴力、阴暗势力之间唯一已知的联系，但格雷也是杜巴妻子的情人，而且杜巴先生"有点像帕夏"，杜巴会用格雷这样一个人作为自己的工具吗？

然而他并没有禁止格雷来自己家。就在派对当晚，据杜巴夫人说，这两个人"看起来很亲密"。阿狸在树上无意中听到的正是鲁道夫爵士本人与格雷在谈话。怪不得后者跟阿狸过不去。有一件事是肯定的——杜巴先生只会利用他妻子的情人达到犯罪目的，如果这个目的对他来说，比他自己的骄傲或他与妻子的关系更重要。他的"利益"，他的金融帝国将更加重要，而且，如果目前与苏联的谈判成功，如果这些谈判为改善国际关系铺平了道路，杜巴的利益将受到损害。虽然鲁道夫爵士在午餐会上什么也没说，但他并不喜欢奈杰尔的探究，他的举止表明这正是一个敏感问题所在。

苏联人访问期间发生的事件，尽管可能是行动的一部分，但很难成为其主要目标：到目前为止，它们充其量只是滋扰和挑衅。这样的业余游击战不需要用杀人或绑架男孩的伎俩来掩护。一定是在准备什么决定性的打击，否则奈杰尔就完全跑偏了。

他的思绪现在围绕着赫西奥妮的意外内情展开。格雷恶毒地攻击她，因为她听见格雷说梦话。"埃尔默·史泰格"和"有关出售枪支的事"是关键词。埃尔默·史泰格是个听起来像美国人的名字，据阿狸说，那个开枪打死庸医的人说话时带着美国口音。人们很难想象会有一个杀手从美国偷跑过来就是为了杀掉庸医。他们一定有更大的计划。"待售的枪"的主人是一个被雇来暗杀一位缔造和平的政治家的人。此外，不管怎样，阿狸告诉赖特督察，格雷带去参加杜巴家聚会的那个人，走起路来就像电影里的枪手。

奈杰尔兴奋不已，拿起了电话。他终于得到一个推论，能解释过去一周那些不连贯、随机发生的事情。然而，当奈杰尔接通电话时，赖特督察却不能接受这种推论的益处。

督察此刻正经历着他一生中最棘手的工作之一。亚历克·格雷故意装出一副傲慢的样子，这已经够令人恼火的了。但是，要想提出问题，不暴露警方对格雷活动的了解程度或他们对其怀疑的本意，就极为困难。

"上周四，6号晚上，"赖特说，"你去了你在汉普郡的小屋，第二天早上又开车回来了？"

"我是这么说的，"格雷把烟灰弹在地毯上，"不过，如果你们的探员发现我不在那儿,那么我就在别的地方。"

"先生,你想改变你最初的陈述吗?"

"我不想,但我随时乐意效劳。"

"这次说真话吗?"

亚历克·格雷充血的小眼睛上下打量着督察,说道:"我不建议你用这种语气跟我说话,这很粗鲁,而且行不通。"

"你最初说,那天晚上你在汉普郡,不是真的吗?"赖特平静地说。

"我在伦敦,和一个女孩在床上。我不想把她牵扯进来。"

"请告诉我她的姓名和地址,先生。"

格雷在一张名片背面潦草地写下了一些字,然后朝督察挥了挥。

"你想保护她的名誉?"赖特用最中肯的语气问道。他的嘴微微一颤,表明他怀疑格雷是否有这种高尚的动机,但这个人可没么容易被说服。

"这位年轻女士是不是……"赖特用指甲敲了敲名片,"有盏日光灯?"

"我就是不能告诉你。"

"你告诉马辛格小姐,你是在从汉普郡开车回来的路上晒伤的,我想知道你是怎么晒伤的。"

"多愚蠢的问题!"

"你不愿意回答吗?"

"我从来没这么说过。那天下午我在屋顶上晒日光浴。"

在格雷公寓的一张桌子上,巡佐艾伦正在速记,他飞快地瞥了上级一眼。赖特依旧一副彬彬有礼、饶有兴趣的表情。

"再说第二天晚上，星期五，"赖特接着问，"你从 6 点 30 分到午夜都在'高立方'？"

"我们以前都这样。"

"你也不想改变这个陈述吗？"

"是的。对此我很高兴。你呢？"

"先生，如果有服务生或酒保看到你在那儿，我会更高兴的。直到晚上 11 点，似乎都没有人注意到你在。"

格雷傲慢地盯着赖特，双腿搭在他躺着的椅子扶手上。

"假设门卫看见我进来了，假设你的探员没看见我出来。"

"晚上 6:30 到 11:00 之间，你在俱乐部做什么？"

格雷叹了口气，好像很恼火："吃晚饭，我亲爱的督察，和萨姆·博奇一起，在他的私人房间里。经理安特罗伯斯把食物送来。我以前告诉过你。毫无疑问，博奇和安特罗伯斯已经证实了这一点。我觉得你挺烦人的。"

"但就在前一天，博奇告诉我，他和你的关系并不亲密。"

"你一定要和每个请你吃饭的人保持亲密关系吗？你的社交圈一定很特别，督察。我最近给俱乐部投了一笔钱，我想我有权利跟博奇和他的经理讨论生意上的事情吧？"

"生意的事情，哦，是的。"赖特从来就不是一个喜欢出重拳的人。他平静地继续说，"你知道吗，萨姆·博奇被抓了。"

格雷的弹丸头慢慢转过来。公立学校的拖沓语音更为突出："他真该死！你把什么罪安在这可怜的老家伙身上？"

"他将被指控收受赃物。事实上，在他身上发现了一件属于杜巴夫人的物品。"

亚历克·格雷将香烟扔进壁炉，点燃了另一支，并向赖特喷出一股烟雾："我明白了。这就是你一直想说的。我应该是一个小毛贼，或者什么的，把赃款转给我们的博奇先生。这就是你对我和他讨论的生意问题要小把戏的重点。唉，我的上帝，你们这些警察真是蠢大头呀！"

"博奇没有透露任何同伙的名字，还没有。先生，听到他的犯罪活动，你感到惊讶吗？"

"我不能说是，我愿意相信任何人都可能是骗子，直到事实证明并非如此。但我原以为女人或情色明信片更适合他，他倒不会真的在我耳边低声说出什么温馨小屋的地址。"

"不，我想那没必要。"赖特又用非常平淡的语气说道。出乎意料的是，格雷对此并没有生气。事实上，他几乎是在傻笑。赖特像自言自语似的接着说："自大，过分自信，自负，这是所有罪犯的共同特征。你会吃惊的，先生。真可怜，他们的自负迟早会出卖他们的，因为那不过是糟糕、幼稚的自负。"

"我第一次听到这种说法。"

"比如说萨姆·博奇，被虚荣心蒙蔽了。他以为他可以在那之后永远快乐地玩耍。现在他会陷入困境而泄露秘密。他就像其他所有的骗子一样，剥去他那一层自负的外壳，里面除了柔软的心之外，什么也没有——可怜的人类小胚胎。"

艾伦巡佐又从速记中抬起头来。他以前从未听头儿讲过这方面的话,这很有教育意义。此外,督察似乎终于激怒了亚历克·格雷。那人光滑、粉红的脸变得通红,眼睛里流露出的与其说是傲慢,不如说是愤怒。但是,在他愿意发挥时,格雷的自制力却是惊人的。他对督察的逗引没有其他反应。

督察接着说:"再举一个例子,朋友,绑架伯特·黑尔那个男孩的家伙,我敢说你已经在报上读到这件事了。装扮成警察,戴上假胡子,带着小家伙走了,这么做过分自信了。我们只要在犯罪嫌疑人的照片上画上类似的胡子,这个男孩的姨妈和姨父就会立刻把他认出来。"

格雷慢吞吞地说:"那你们为什么不动手呢?或者你们还在等一些嫌疑人出现?"

"因为比起罪犯,我们更想要那个男孩。我们相信他有一些信息能让我们破解最近这些大……"督察顿住了,像是一个言行严重失检的警官努力恢复令人钦佩的表现,"好吧,也许吧。我的重点是,在这个节骨眼上,逮捕绑匪不会帮我们找到那个男孩。"

"太糟糕了。"格雷冷冷地说。

艾伦巡佐坐在桌子前,面无表情,他明白了赖特督察的意思。这是一种古老而又不断更新的策略——三张牌[①]的玩家和即将发动进攻的将军一样:让你的对手以为你打算进攻这里,然后再进攻其他地方。

---

① 以三张纸牌赌博的玩法。

赖特一直在巧妙地把格雷的注意力转移到入室行窃上，并一直把注意力放在那里。给人的印象是，入室行窃以及与之相关的绑架才是警方关注的焦点。毫无疑问，这就是赖特把他最有力的牌放在手里的原因，例如，阿狸从杜巴家花园的树上听到的那番谈话。他们正在搞一场更大的游戏，而格雷也参与其中。赖特所做的一切努力都是为了诱使格雷对那个方面没有提防。

"手指痉挛了吗，巡佐？"督察尖锐的声音让艾伦想起问答又开始了，他的铅笔没有记录下来。艾伦脸红了一下，心里钦佩这个老家伙什么该死的花招都不放过，于是继续速记。

一个小时后，大约星期天晚上 6 点，阿狸看到一个警察朝他家的前门走来。阿狸是诺丁山方言中被称为"阿拉伯流浪汉"的那种人，现在，像那些阿拉伯人一样，他掀开帐篷，从后门走了。警察奉命带他去和奈杰尔·斯特雷奇威面谈，但是阿狸不知道这件事。他已经后悔当初被小铜说服，把一切都告诉了警察。他们没有逮捕他，也没有殴打他。但现在一看到制服，他就想起了玉石神像和格雷的信。警察一定是不知怎么发现了他把这些东西栽赃给在波多贝罗路被捕的人，他们准备为此逮捕他。

阿狸确实处于致命的危险之中，虽然不是在他所预料的地方。当然，在督察通知格雷之前，格雷已经听说了博奇被捕的消息。他还听说有个红头发的男孩，也就是他认定的那个无处不在的讨厌鬼，阿狸，跟这件事扯上了关系。然而，他不知道阿狸已经接受了警察的问话。赖特督察和艾伦巡佐离开后，格雷迅速采取行动。他不知道阿狸是否听说过杜巴家花园里的谈话。如果阿狸听到了，大概不会把这件事告诉警察——否则他们肯定会以共同谋杀戴·威廉姆斯的罪名逮捕他。但是，既然阿狸在另一件事上和警察扯上了关系，他就有可能说出那段牵连格雷的谈话。一定要审问那孩子，必要的话，让他闭嘴，什么也不能妨碍下星期四的计划。

在讯问中，赖特督察不止一次地触及了格雷的痛处。这时，他的仇恨转移到那个不时出现在他身边的小鬼身上。据他所知，他自己的电话现在可能会被窃听，他带着一把他以前得来的钥匙下楼，走进一位外出度假的邻居的公寓，拿起电话……

阿狸漫无目的地走在街上，二十分钟后发现自己来到了那个庸医被枪杀的房子附近。因为当他从后门出去时，他只注意警察，他没有注意到对面酒吧墙边的两个年轻人，也没有注意到现在有人在跟踪他。他厌倦了被警察缠着，都是因为杜巴夫人给了他一个玉石神像，太不公平了。突然，他打了个响指——之前怎么没想到？他可以去杜巴女士家，让她签一份文件，说神像是她送的免费礼物。如果警察想要指证他，那肯定就没问题了。

这个简单的想法促使阿狸转身又向诺丁山门走去。当他掉转方向时，他看到在路的另一边，五十码开外的两个年轻人突然停下来。他那流浪儿的本能警告他，他们意味着麻烦。当他走近他们时，他的眼睛证实了这一点，他完全知道他们是什么样的人。他们开始穿过马路向他走来，他飞快地向左拐上了一条小街。这是一个上流社会的社区，他认为那些年轻人不会在这里闹事，但为了安全起见，他守在一对穿网球服的青年男女旁边，他们正朝他走来。他刚走了几十步，就看见一个警察拐到街上，就在他前面。与此同时，他听到头顶上响亮的钟声和身后奔跑的脚步声。左边是一面高高的空墙，右边是一座教堂，阿狸处在两股力量的夹缝里，一时失去了主意，只好找个最合适的地方避难。他跑向教堂。

一个穿丝绒长袍、脸色阴沉的人，从大门里望着他。当他四处看时，听到一阵奔跑的脚步声，是他在学校认识的一个男孩。阿狸抓住男孩的胳膊。

"你好，阿狸，"男孩喘着气说，"放手，我迟到了。"

阿狸却不肯放手："这两个混蛋在追我，我得躲起来。"

"好吧，来吧！"

阿狸发现自己被拖着穿过教堂的侧门，进入一个小房间，里面坐满了男人和男孩，他们穿着阿狸以前只在电影里见过的服装。

"快点，你们迟到了。"年长的唱诗班领唱专横地说。

阿狸的朋友给他找了一件法衣和白袍。这个唱诗班的人数相当多，尤其是在暑假期间。唱诗班指挥认出阿狸是个闯入者，但他已经到了管风琴那里。牧师是个临时代理人，不认识唱诗班的人员。唱诗班的成员们热情地闲聊着，偶尔也会让男孩们安静，他们以为阿狸只是个临时新手。只有唱诗班的男孩们，以他们的方式，对他抱有深深的怀疑和敌意。

与此同时，在教堂外面，两个被派去接阿狸的年轻人茫然不知所措。对他们来说，教堂就像一座监狱，如果可能的话，他们是不会进去的。但是，当他们懒洋洋地靠在铁栏杆上时，那个出现后使阿狸改变路线的警察向他们重重地踏步过来。

"有什么事吗，伙计们？没事就走吧。"

"我们要去教堂，警官反对吗？"一个年轻人说。

"没关系。记住，当他们把盘子拿来的时候，你们把钱放进去——明白吗？你们不能把钱装进口袋里。"

意识到警察在盯着他们，这俩年轻人懒洋洋地走进西门。这里的教众很少，教堂司事奉指令，要带陌生人到教堂前的长凳上。年轻人虽然趾高气扬，但还是被这里的气氛吓住了，他们顺从地跟着他走上了过道。

阿狸暗自咒骂着，终于扣上了法衣前面看似无穷无尽的一个个小纽扣，他的朋友把白色罩袍从他头顶上扣了下来。那个多管闲事的唱诗班歌者，对阿狸凌乱不堪的头发评头论足，不以为然地把他推到正在排队的另一个男孩旁边。五分钟的钟声停止了，风琴响起来了，牧师祈祷了一声，他们以参加丧礼行进的速度从法衣室出发了。

"保持步调一致好吗，你这个笨蛋。"阿狸旁边的男孩嘟囔着，双手虔诚地合拢在肚子上，眼睛像天使一样盯着前面。阿狸正想猛踢男孩的脚踝，却看见前面远处的长椅上有两个年轻人，是他刚才要逃离的。他想，在这个时候挑起一场争吵不明智。他温顺地跟上了脚步，在这个过程中差点被那件长长的法衣绊倒。

不久，他们平安无事地来到唱诗班的正厅，牧师唱了一首赞美诗。

阿狸总是随机应变,紧跟同伴们的动作,找到了要用的书,高举在面前,无声地张开和闭上嘴巴。到第二节时,他觉得自己掌握了窍门,就开口了。接着是沙哑的撕扯声,就像撕扯印花布的声音,阿狸高兴地从一个音符到另一个音符含糊不清地唱个不停。唱诗班骚动起来,几乎要崩溃了。风琴师回头看了一眼。阿狸意识到自己的音色与众不同,站在一架生锈的钢琴前克制住了自己。

当他们开始唱第三节的时候,他感到旁边有人轻轻碰他。他旁边的男孩把头凑了过来,用天使般的音调唱——

红发仔,你到底是谁?
你在这里做什么?

阿狸小心翼翼地唱着回答——

管好你自己的事,伙计,不然——
做完礼拜我就收拾你。

一个唱诗班的人猛地拍了一下他们的肩膀,结束了他们之间的交流,礼拜照常进行了一段时间。当牧师走到讲台上准备上第一课的时候,阿狸被他身后一种不规则的、微小的射击声吓了一跳——这声音可能是一群不熟练的追踪者在森林里蹑手蹑脚地扫射时发出的。他回头一看,所有的唱诗班成员都吃了一小段甘草糖或大麦糖,让喉部恢复活力，以应对进一步的练习。既然这是一种形式，阿狸毫不犹豫地从他的法衣下拿出装在裤袋里的一袋太妃糖，并公开地送给他旁边的人。身后，愤怒的唱诗班指挥立刻把他手里的袋子打飞了，袋子"哗啦"一声掉在圣坛的大理石地板上，就在那儿不动了。这样的景象让唱诗班的男孩们在接下来的礼拜中情绪低落。阿狸对生活的不公耿耿于怀，生活强加给年轻人一套规则，而给老年人另一套规则。

当牧师念完祈祷文时，他也在苦苦思索着怎样才能避开前排座位上那些讨厌的年轻人。他们已经向他暗示性地做过手势，手势的意义明白无误。他唯一的希望是跟随唱诗班的人离开教堂，但他不知道礼拜结束后会发生什么。也许他可以从后门溜出去,但是教堂有后门吗？然而，事实证明，这些猜测都是徒劳的，因为再过几分钟，阿狸就要看到曙光了。当牧师登上讲坛宣读经文时，天开始亮了。

第十三章

3号泊位

牧师说道:"约翰福音第15章第13节告诉我们,人为朋友舍命,人的爱心没有比这个大的。"

这不是一个很正统的布道。这个牧师曾经是皇家空军的常驻牧师,在战争快结束的时候被遣散了。他住在一个小乡村,没有钱度假,因此他偶尔替一个伦敦朋友代劳。詹姆斯·罗兰德牧师的神学是不可靠的。十年的教堂游行和七年的布道——像他今晚这样,面对人数寥寥、昏昏欲睡的会众,削弱了他对基督教的热忱。作为另一个教区的访客,他有懒惰的倾向,而他对待教堂执事却如军官般粗暴,这要是在他自己的教区里，可对他没好处。他是否能让一个灵魂皈依了他的宗教值得怀疑。

然而，罗兰德牧师有一点可取之处，他是一个真正的英雄崇拜者。对他来说，没有什么比他在皇家空军的朋友们更有活力、更真实的了。他们曾痛打过他，和他一起喝过酒，然后在空中死去。今天晚上，当他谈到这些故事时——讲关于自我牺牲和勇气的故事，平庸和失败脱离了他，他表现出了一点他所描述的伟大。

阿狸听得入迷了。这就是善行，他那愤世嫉俗、自以为是、投机取巧的年轻头脑，先前一直以"各自逃生"的原则为指导，以舰队街和好莱坞餐桌上掉下来的肮脏的小面包为食粮，现在却对一种从未遇到过的呼吁做出了回应。如果罗兰德牧师没有使阿狸皈依，至少让他走上了一条新的道路。"伯特·黑尔是我朋友。"阿狸自言自语道，"如果我早点去报警，伯特就不会被绑架了。"自从绑架发生后，他和小铜仍旧照常行事，几乎没有想到伯特。"这样不够好……"阿狸一边听着那句通俗、平实、发自内心的布道，一边反省。一名飞行员驾驶一架残破的轰炸机飞回英格兰上空，命令他的机组人员跳伞，然后再次出海并前往伯顿，确保卡在炸弹舱的 1000 磅炮弹不会危及本土的任何人——这才是阿狸能够领会并引以为豪的东西。

这种情绪也许不会持续多久。此时此刻，阿狸却是如此兴奋，如果他能扑向前排座位上两个年轻人，夺下他们的剃须刀来救伯特，他早就做了。然而，事情没有什么简单。要完成阿狸心中的计划，需要更多不动声色的勇气。他相信这些年轻人一定是抓走伯特的暴徒，不然他们为什么要追他？而他唯一能救伯特的办法就是让暴徒把他带走。然后，竖起耳朵，保持警觉，设法找到他们关着伯特的地方，再带着情报逃走。

礼拜结束，唱诗班脱去了衣服。在法衣室里，人们开始问他一些尴尬的问题，阿狸设法解脱出来，冲出教堂，接着不慌不忙地走到等在路另一边的两个年轻人身边。会众已经散去了，唱诗班的其他成员还没有出现，没有人看见阿狸跟着年轻人离开。过了四十八小时，唱诗班的成员、教堂执事和在教堂外面跟他们谈过话的警察才把他们的外貌特征描述给大家。

第二天早上，在鲁道夫爵士的秘书打来电话、代表他的雇主询问进展后不久，奈杰尔又接到一个电话，才得知他想问询的男孩失踪了。

"请代我谢谢鲁道夫爵士，好吗？告诉他我一切都好，但显然他们几天内不会放我出来。"奈杰尔回答道。

和他坐在一起的克莱尔扬起了眉毛。

"我相信你肯定很喜欢，怎么说来着，住院？我看你很健康。"

"你真是个多疑的姑娘。"奈杰尔说着，心想她完全有理由参与这个案子，因为他打算很快秘密地离开医院，将来的调查将以斯特雷奇威先生旧病复发的消息作为答复，但是这件事不应该让克莱尔知道。她被赋予一个角色，如果她相信这个角色，她会演得更好。

"你对今晚不紧张吧，亲爱的？"奈杰尔问道。

"不紧张，想到这事只会让我充满厌恶，仅此而已。"

克莱尔提到的那件事是和亚历克·格雷共进晚餐，还要跳舞——在奈杰尔的指示下，她前一天就成功地争取到了这个约会。

"我不介意被当成被拴着的山羊和应召女郎的混合体，"她脱口而出，乌黑的眼睛闪着光，"要是我知道这是怎么回事就好了。"

奈杰尔握住她的手。经过小小的反抗，这双手还是被他握住。

"如果你不知道，你会做一只更好的山羊。"

"可是我该跟他谈什么呢？"

"哦，天气、庄稼、舞池、爱泼斯坦——任何你喜欢的事。"奈杰尔随口答道。

"你该死，奈杰尔！"她嚷道，把手从他手里抽出来，"有时候你完全没有人性。"她在房间里飞快地旋转着踱来踱去，使人想起飘扬的帷幔、闪着银光的四肢、弓箭和阿尔忒弥斯。

奈杰尔说道："对不起，亲爱的，我的意思是，不要先讲危险的话题，比如入室盗窃、绑架或奈杰尔·斯特雷奇威。千万别让他觉得你是受人摆布的，如果他开口，那就是另一回事了。你听着，你鼓励他，你什么都不知道，只知道我在找伯特·黑尔，而且现在我已经失去战斗力了。"

"哦，好吧……"

"重要的是要让他在那里待得越久越好，当他离开时，你去洗手间，打这个电话——"奈杰尔给了她一张纸条，她放在手提包里。

"弄这么神秘！我该说什么？"

"让我想想，就说……说'小绒球在路上了。'"

克莱尔发出甜美的笑声，然后她的脸又变得阴沉起来："我一定要跟他一起回来吗？坐出租车吗？抱歉，奈杰尔，我不喜欢这个主意。你知道他是什么人。"

"当然不是，你把我当什么了？我已经叫了一辆车送你回家。到时候，它就在外面等你。司机是我的一个朋友，前拳击手。如果小格雷要动手，就敲敲窗户，拳击手会照顾他的。"

克莱尔优美地歪着头，露出神秘的微笑，说道："我收回刚说的话，你是个奇迹，是我生命中的欢乐。"

"上帝！你救了我的命，不是吗？我至少能维护你的名誉和安全。你有钥匙吗？"

"在这里。"

"好姑娘。"奈杰尔说。克莱尔把亚历克·格雷公寓的钥匙递给他，那是奈杰尔和杜巴夫人商量好要借的。

"我想这是你和赫西奥妮正在建的爱巢的钥匙吧？"克莱尔的声音听起来并不像她想说的那么轻松。

奈杰尔淡蓝色的眼睛目不转睛地看着她："就算我在建爱巢，也不会是和她在一起。你是知道的。"

克莱尔离开后，奈杰尔把手里的钥匙翻过来。这是他计划中最薄弱的环节，赫西奥妮一定很清楚他想拿钥匙的目的，他不能肯定赫西奥妮过去对格雷的迷恋是否会让她后悔背叛了格雷。必须冒这个险，必须有人搜查格雷的寓所，警察有充分的理由不亲自动手，因为警方的搜查可能会打草惊蛇，并不明智。格雷一定不知道他们离他有多近。第二，布朗特警司已通知奈杰尔，他的助理警司有一个不愿透露的隐情,正在对警察厅产生相当大的影响,要求别碰亚历克·格雷。奈杰尔和布朗特一样清楚,伦敦警察厅在政治上是清廉的,但这意味着,对格雷采取的任何行动都必须有绝对无懈可击的证据支持,否则就会造成非常不利的争吵,有人会因此而头大。

那天下午奈杰尔被偷放出医院,用车送到一个朋友家。傍晚将近7点30分的时候,拉德利花园的庄严气派被一台古老的、发着"呼哧呼哧"声响的留声机放出的音乐所破坏。这个留声机被装在婴儿车里慢慢推上街道,车身两侧写着:"老小丑,失业,给托托六便士吧。"那个推着婴儿车的人会让一个吝啬鬼心碎:高大、驼背、形容枯槁;脚上穿着破烂的帆布鞋;身上穿着打补丁的脏衣服;满是皱纹的脸几乎隐藏在乱蓬蓬的头发后面。这个叫托托的人蹒跚地走在拉德利花园里,散发着一种极度忧郁的气质,留声机放的是歌剧《丑角》[①]第一幕的曲子,也丝毫没有减轻这份忧郁。

一辆出租车正等在34号门外。当老小丑走近时,他那双褪色的蓝眼睛,因为看到一个皮肤黝黑的漂亮女孩从房子里出来而欣喜不已,她穿着火红色的晚礼服,后面跟着一个平头、头发光溜的男人。当女孩看到那个可怜的东西推着婴儿车时,她从包里掏出一先令。小丑转开褪色的蓝眼睛,伸出一只肮脏的手,声音低沉地说:"谢谢你,女士。上帝保佑你。"

[①] Pagliacci,是意大利现实主义歌剧一部杰出的代表作,由莱昂卡瓦洛(Ruggiero Leoncavallo,1857-1919)编剧并谱曲。

出租车开走时，奈杰尔想，如果克莱尔认不出我，亚历克·格雷肯定也认不出。他把那可怜的婴儿车推到街道的尽头，在路上捡了几个从窗户扔下来的铜板；然后，他沿着坎普登山路对面一条废弃的小路走下去，把婴儿车和留声机扔在一个被炸毁的废墟中，穿上藏在婴儿车里的长斗篷和宽边帽，步履蹒跚地回到拉德利花园，仿佛一个真正的画家，尽管名声不佳。他进了 34 号房间，上了楼，进了格雷的公寓，关上门，挂上链子，拉上窗帘，打开灯。

他的下一步就是找到一条逃跑路线，如果真有这么一条路的话。如果克莱尔把自己的角色演对了，打了他给的那个号码，他就不需要这么做，但还是小心为妙。稍作探查，便发现了通向屋顶花园的梯子。奈杰尔小心翼翼地观察了一下，发现了一条通向房子后墙的防火通道。他回到客厅，格雷一贯公然漠视他的邻居，把收音机开到最大音量。这真是太方便了，可以盖住奈杰尔可能发出的任何响声。他脱下斗篷和帽子，戴上手套，环视了一下房间。

这里的家具和装饰都比奈杰尔想象中的更有品位。收音机和鸡尾酒柜已经够俗了，在那摆满请帖的壁炉台上，挂着一幅相当漂亮的郁特里罗[①]的画作，对面的墙上挂着一幅非常精美的维亚尔[②]室内画。一个角落里放着一架三角钢琴，一个角落里放着萨克斯管和一把吉他。有两把巨大的扶手椅、一张看上去很昂贵的长沙发椅和一个胡桃木的

---

① 莫里斯·郁特里罗（Maurice Utrillo，1883-1955 年），法国风景画家。
② 爱德华·维亚尔（Edouard Vuillard，1868-1940），法国纳比派（先知派）代表画家之一。

写字台。奈杰尔转向了后者。他口袋里装着一把撬棍，可以毫无顾忌地撬开抽屉，因为他想把这件事弄得像入室行窃。然而，从目前的情况来看，不需要使用暴力，因为绅士的抽屉没有上锁。奈杰尔开始有条不紊地检查里面的文件……

克莱尔·马辛格发现，这个夜晚没有她预想的那么令人反感。她很高兴自己是饭店里最有魅力的女孩，而且她的男伴也是这样告诉她的——不是以一种狼吞虎咽的方式，而是几乎带着孩子气和羞怯的神情。她想，亚历克·格雷正在尽力抹去自己对他第一次来工作室时的印象。他有不可否认的魅力，当他选择运用这种魅力。他还拥有每一位女性专家都会培养的天赋——凭直觉选择正确的方式接近当下的女性。对克莱尔来说，这是一种欢快、坦率的态度，一种略带亲切的、挑逗她的方式。格雷似乎情绪高昂，他的举止和谈话中有一种潜在的鲁莽。克莱尔可以想象得到，对赫西奥妮这样的女人来说，这是多么刺激，多么具有挑战性。他把那些粗鄙的性攻势搁在一边，虽然克莱尔偶尔也意识到，格雷大胆而自信地盯着自己。他对她的晚餐很关心，向她推荐菜单上没有的菜，让侍者们保持清醒，少喝点酒。

他们谈到了克莱尔的工作——格雷不是庸俗的人。他询问奈杰尔的情况，希望他能尽快出院，为自己在克莱尔工作室里的所作所为道歉。

"恐怕我的脾气不好，那孩子绝对是个讨厌鬼。他那该死的厚脸皮……跑进了你的地方。"

克莱尔发现越来越难把这男人和入室盗窃、绑架，或者奈杰尔怀疑的任何事联系起来，但她及时发现了危险信号。

"哦，是我让他过来做我的模特。"

"是的，当然，我记得，你告诉过我的。你头部完工了吗？"

"他再也没有回来，你一定把他吓跑了。"

"对不起，不过他可能偷了你的珠宝。多么迷人的黄玉啊，刚好适合你的肤色。斯特雷奇威给你的吗？"

这是他无礼的第一个动作。克莱尔没有理会。

"没有，这是传家宝。"

"他靠做侦探工作谋生吗？"

"我不知道。直到几天前，我才知道他做这种工作。"

"这次似乎碰到吃力不讨好的事。"他随口说道。

格雷沉默了一会儿。克莱尔思考着她的处境。当她想方设法要得到这一邀请时，他为什么那么容易就上钩呢？她以为他会对奈杰尔说三道四，但他似乎对这个话题只是敷衍了事。另一方面，如果说他贪恋女色的冲动如此强烈，已经克服了他们第一次见面时自己对他的虚荣心所造成的打击，那么，他现在却没有继续追求下去，这就很奇怪了。

过了一会儿，他问道："你跟赫西奥妮·杜巴熟吗？"

"相当熟，从她给我做模特后更熟了。"

"你拥有不公平的优势，当人们试图让自己看起来有趣时，你却去研究他们。我会怕你的。"

"我想人们确实觉得这让人心慌,但我们只对表面感兴趣,当然还有骨头——而不是在他们皮肤下爬行的恶心东西。"

格雷的眼睛稍稍瞪了克莱尔一下,他弹了弹桌上的雪茄烟灰,说道:"我听说赫西奥妮去医院看望过你的……"

"谁告诉你的?"

"这是要保密的吗?"

克莱尔笑了:"天啊,不是的!"

"某人或其他人,我总是听到流言蜚语,说我是个有资本的年轻浪子。我想赫西奥妮告诉过你我是个坏蛋?"

"嗯,实际上她几乎没提过你。"

格雷的脸微微皱了一下,脸色沉重,沉重而烦躁。过了一会儿,他说:"我不知道她为什么把我甩了,我想是被吓跑了。你知道,警察已经把我看成是犯罪高手。"

他漫不经心地说出来了——这么漫不经心,克莱尔吃了一惊。他说起话来好像他们俩都知道这件事似的。克莱尔停顿了片刻,才表现出应有的惊讶和怀疑。

"亲爱的,你的反应有点迟钝,"格雷笑着对她说,"这么说,赫西奥妮跟你谈过了。还是斯特雷奇威?"

克莱尔恼恨自己,随意地说:"哦,我听到了这么多闲话。我想是鲁道夫爵士说的。"

格雷一副被逗乐的表情:"这是极不可能的。"

"为什么?他有更多的理由讨厌你,而不是……"

"亲爱的姑娘,你回答得太过火了。在战争期间,我曾多次审问敌方俘虏。我们不能殴打他们,所以我很擅长用更微妙的方法来识破谎言。"

他的自满减轻了克莱尔的恼怒。

"你就像一个小男孩对母亲吹牛。"她笑着说,看到对方的表情,急忙又补充说,"但我相信你很擅长这个。"

"啊,哈!小猫咪!我们别争了。准备好了吗,是时候开始'高立方'的狂野之旅了。店主叫萨姆·博奇,刚被警方带走。很遗憾你不能见他了。他是迷人的类型,是我的同伙之一,他们这么跟我说的……"

奈杰尔已经完成了对写字台的搜查。抽屉里有一些收据、一大堆未付的账单、成捆的女人来信,这些可以让某些周日报发大财。还有一本社交日记、一叠乐谱、八包昂贵的扑克、信件中还夹着几本相册。奈杰尔非常仔细地检查了这些相册。第一本作为社交图片记录,别无作用;第二本展示格雷的航海爱好,里面有一些很棒的照片;在第三本中,出现了一系列的团体照片——学校团队、军校训练队和军团分队。奈杰尔依次细看了每一张。在倒数第二页,有一张突击队员的照片,坐在中间的是亚历克·格雷,后排出现了另一张脸,奈杰尔认出这张脸是伯特·黑尔在肯辛顿花园中指给他看的那个人的脸,伯特说过,戴着指虎的那个。

奈杰尔取下那张快照,放进口袋里,又从相册后面找到一张模糊的照片代替。然后,他把写字台上所有的东西都扔到地上,踢来踢去,暗示这是一个没有耐心的窃贼留下的废弃物,然后走进卧室。到这里,他又把窗帘拉上，然后开了灯。为了加深入室行窃的印象，他取下梳妆台上的几件东西——银背刷、金袖扣、一枚图章戒指等等，装满斗篷的口袋。他开始有条不紊地翻着五斗柜和挂在衣橱里的众多套装。正动手时，电话铃响了。

还不到10点钟。格雷肯定不会已经在回来的路上了吧？奈杰尔举起听筒，说道："你好！"一个女人的声音回答道："亚历克，亲爱的，我气疯了。我已经等了你好几个小时了……"

奈杰尔挂上了听筒。这真讨厌。如果这位愤怒的女士后来责备格雷，他们就会知道有人接了格雷公寓里的电话，而真正的窃贼也没有在偷盗期间接听电话的习惯……

当他们进入"高立方"时，经理恭恭敬敬地急忙走过来，脸上洋溢着欢迎的表情。

"你好，安特罗伯斯，"格雷用他军官似的口吻说，"这是我的客人，马辛格小姐，我来签名。"

克莱尔在女盥洗室里打扮时，听到外面传来了几声断断续续的谈话声。

"他们还没有逮捕你吗？"格雷的声音爽朗而轻快，对方的回答柔和而低沉，克莱尔勉强能听清。

"今天到处都是警察，警官……说我们可以继续营业一段时间。真是太不幸了。"

"据我所知，他们花了一半的时间在地窖里取证，是吗？"

经理恭敬地一笑:"我想他们并没有找到我们的'滴金酒窖①,先生。要我给你拿瓶酒来吗?"

"为什么不呢?我们应该庆祝一下。"

他们坐在桌旁时,克莱尔想,这家俱乐部比大多数同类俱乐部都好。在场的当然也有通常的社会混混——另外还有身材瘦削、声音又尖细又难听的女孩,还有她们的男伴,她们光滑、稚嫩的脸看起来就像是用最好的黄油从同一个模子里塑造出来的。不过,这里通风良好,乐队演奏巧妙,酒也很棒。的确,克莱尔第一次感觉到陶醉。

"我希望你喜欢这种东西。"格雷说,他一直在冷冷地向房间里的熟人点头,"这很特别。"

"是的,谢谢。不用喝香槟总是好的。就我个人而言,这让我很郁闷,这些地方太不真实了。我痛恨无害的恶习,你呢?"

"天哪!你想被带到小偷的厨房吗?"

"哦,不,我在这里很开心,真的。我想知道为什么是'厨房'?"

"我可不知道。"

克莱尔振作起来:"我们最好跳舞。我开始说傻话了。"

格雷舞跳得很好,克莱尔很尽兴,她知道许多人都在看她,玩火总是令人兴奋的。但是,随着夜幕渐沉,克莱尔变得越来越困惑了。她一直感觉到亚历克·格雷内心有一种兴奋在作祟,她猜想这是她造成的。时间慢慢过去,格雷没有对她示好,她如释重负,但也不无生

---

① 也译为"伊甘酒庄",法国著名的葡萄酒庄园,在1855年的波尔多评级中,被列为唯一的"特等一级酒庄"。

气。她像许多女人一样,不知怎么地就责怪奈杰尔:他怎么敢把我扔到这个男人的怀里?如果我真的放开自己,奈杰尔会得到报应的。

克莱尔向格雷靠得更近了,感受这个男人的力量和鲁莽,以及那种奇怪的、压抑的兴奋,这种兴奋就像一股电流传到她的耳朵里,刺痛着她。一个回声从远处传来,是她的声音,是她对工作室里的奈杰尔说的——"我们女孩子都很喜欢那个穿盔甲的家伙……我们想找到他盔甲上薄弱的部分,或者解开它,看看下面是什么。"克莱尔突然对自己感到厌恶。

"女人就是这样!"

她没有意识到自己已经大声说出了自己的想法,直到他的指甲在她的背上划过,并且说:"我就喜欢她们这样。"

他炽热而硬朗的声音治愈了克莱尔。她从格雷身边退开,舞会结束后,她说想再坐一会儿,格雷没有追问。他们非常友好地谈论着克莱尔的成长经历和艺术训练,以及格雷的战争经历。克莱尔不由地想,这真是最离奇的夜晚……

在格雷公寓的卧室里,奈杰尔深吸了一口气。他把每一套衣服、每一个抽屉、每一个能想到的隐蔽之处都看了一遍,结果什么也没找到。除了格雷口袋里的那张照片外,没有找到任何罪证。也许,期待找到也未免天真。他检查了废纸篓,查看了吸墨纸,敲打了墙壁……毫无疑问,如果警察搜查,床垫和地板都会被掀翻,但奈杰尔太累了,不能再做更多的事了。他的脑袋又一阵悸动,心脏也不舒服。他把格雷的通讯录放在一边，再细看一遍，然后疲倦地走进浴室。

一件旧外套和一件浴袍挂在那里，他机械地用手指翻了翻上衣的口袋。在胸袋的深处，他感觉手指碰到了什么——一张纸片，揉成一团，随意地塞在那里，毫无疑问，被人遗忘了。奈杰尔展开它——这是一张三英寸见方的纸片，上面写着几个字——

3号泊位，全部12人于13日从哈里奇港口

奈杰尔身体摇晃了一下，一屁股坐在椅子上。他想着，哦，上帝，感谢上帝，我们成功了！这就是戴·威廉姆斯纸条的秘密。伯特·黑尔并不是为了迷惑他的年轻朋友而编造的。戴·威廉姆斯不知怎么掌握了这些消息。那天下午，他知道自己的处境极其危险，便在报纸的边上草草写下了这句话。然后，在弥留之际，他撕下了那张纸，交给了伯特。但他撕下的东西太少了，他死前看不出他给男孩的那张纸片上没有包含全部的信息，只有 Berth all 12（泊位全部12）。戴没有文化，当时又处在极端恐惧中。看得出来快速潦草的文字容易显得杂乱，变成了 Bert Hale 12（伯特·黑尔12岁）。

奈杰尔急忙回到卧室，打电话给警局。布朗特还在那儿，忙于日常工作。他保证会一直待到奈杰尔来。好，如果情况紧急，他会安排一辆警车十五分钟后在拉德里花园和教堂街路口等。奈杰尔又恢复冷静和能干了，他又巧妙地把格雷卧室里的乱七八糟的东西弄得更乱了。然后，他走到屋顶花园，大声地跑下防火梯，又尽量不发出声音地爬

上去，因为随后警方对"入室盗窃"的调查必须找到脚印。接着，他用短撬棍在活板门上尽力留下窃贼是从屋顶花园潜入的痕迹。最后，他打电话给本来要在格雷离开俱乐部时转告克莱尔讯息的朋友，告诉那朋友不用了。他当然已经想好了一切。

奈杰尔穿上斗篷，戴上黑色宽边帽，走出公寓，轻快地向教堂街走去。他只忘记了一件事——由于兴奋过度，他完全忘记了自己的伪装。当他走到等在那里的警车前时，司机喊道："嘿，老人家，这不是你的劳斯莱斯！"

奈杰尔把手放在假胡子上，意识到自己的模样，笑了起来："好吧，我是乔装的斯特雷奇威，布朗特警司派你来接我。"

不一会儿，他们就向东飞驰。当奈杰尔被领进布朗特的办公室时，警司吓了一跳。

"我的上帝啊！我从没想过你会这么做，斯特雷奇威，"他叫道，他的家乡土音受到情绪的压力激发出来了，"你看起来真像只害虫。"

奈杰尔的几句话使布朗特冷静下来。他伸手去拿绿色的电话机。

"我怀疑这件事涉及高层。"

十分钟后，在警车经过一段惊险的驾驶之后，他们进入了一个大人物的书房。奈杰尔意识到这是一个穿着睡衣和睡袍的军人形象，浓密的眉毛下有一双非常敏锐的灰色眼睛，主人向他们打招呼时，声音柔和而近乎含混。

"这是斯特雷奇威先生，爱德华爵士，我想最好由他亲自告诉您他的故事。"

"啊，是的。没错，布朗特。你能来真是太好了，斯特雷奇威。我认识你叔叔，当时他是助理局长。"那双严厉的眼睛眨了眨，继续说道，"他也喜欢乔装！我想我们都可以喝杯威士忌——如果布朗特允许你在执勤时喝。"

奈杰尔讲述了他的故事。有一两次，爱德华爵士口齿不清地问出一个尖锐的问题，但他的眼睛始终没有离开奈杰尔的脸。当奈杰尔讲到去格雷的公寓"偷窃"时，他听到布朗特压低的"啧啧"声，布朗特总是装出一副对非正统程序感到害怕的样子，但爱德华爵士的表情却丝毫没有改变——他可能正在听学生们讲述一场轻微的恶作剧。

讲完后，奈杰尔把那张打印纸递给爵士。希德·爱德华浓密的眉毛明显地扬起了。沉默了很长一段时间后，他说："好吧，布朗特，看来我们最初关于'伯特·黑尔12岁'的想法是错误的。"

奈杰尔对此感到有点困惑。布朗特是不是有什么事瞒着他？爱德华爵士转向他，问道："你明白这是什么意思吗？"

奈杰尔开始解释戴·威廉姆斯的标记，但主人举起一只手，温和地说："哦，我都知道。不，亲爱的朋友，我指的是便条本身。我们大家都很感激你。"爱德华爵士呷了一口威士忌，说："你知道苏联代表将在13号离开我们国家。据官方声明，与来时一样，他们将乘飞机离开。然而，事实上，这一声明是我们安全措施的一部分。真正的安排是他们——共有11人，我想你也知道，加上部长，他们乘一艘停靠在3号泊位的船从哈里奇港口出发。我应该说，这才是真正的安排。多亏了你，我亲爱的朋友，我们现在要改一下了。"

爱德华爵士柔和的声音变得更柔和了："呃，有一点令人不安——我们必须着手解决的问题，布朗特，是这个消息的泄露。你有所不知，斯特雷奇威，全国只有四个人知道哈里奇3号泊位的事——我的意思是说，本来应该只有四个人知道。"

第十四章

和平，完美的和平

星期二，对于奈杰尔来说，有个安静的开始。他在切尔西的朋友家睡得很晚，在床上吃早餐，漫不经心地翻阅杂志。他的思绪不断地回到戴·威廉姆斯的留言上，遗憾的是，被撕下那张纸片的报纸从未被发现——也许是被吹进了圆池，或者被旁观者捡起，或者被谋杀戴的一个人拿走了。戴一定是在可疑的情况下无意中听到了关于 3 号泊位的那些话，否则，他几乎不会在生命的最后时刻注意到它们，因为它们本身对一个从事搜寻抢劫和收受赃物信息的线人来说，不可能有任何险恶的意义。奈杰尔毫不怀疑他们现在掌握了正确的留言内容，但他很想知道戴是否也在丢失的报纸空白处记下了他是如何获得这个消息的。

"3号泊位,全部12人于13日从哈里奇港口。"为了保守这个秘密,两个男人被杀了,两个男孩被绑架。奈杰尔想,对手想除掉阿狸,部分原因是为了避免他对警察指认在杜巴家花园里跟格雷谈过话的那个陌生人。令人惊奇的是,这么重要的消息竟然留在一件旧上衣的胸前口袋里。令人惊奇,但并非完全不可能。小小的、明显的疏忽总是会绊倒罪犯。他们制定了最详尽、最曲折的计划,却因忽视显而易见的事实而导致计划被毁。格雷鲁莽的性格使他把这样一枚炸药塞进口袋,却忘了它的存在。

想到亚历克·格雷,奈杰尔的手伸向电话,拨了克莱尔的号码。听到他的声音,克莱尔显然吃了一惊。

"可是我刚才给医院打电话时,他们说你的病复发了。"

"哦,他们认为我没有希望了,就把我赶出去了。昨晚还好吧?"

"是的,我想是的。他的行为很正常。"

"不走运。"

"可我还是不明白为什么……"

"今天下午到这儿来吧,"奈杰尔把地址给了克莱尔,"别告诉任何人,再说一遍,我出院了。"

"亲爱的,你听起来很神秘,也很快乐。"

"这只是精神错乱的结果。我渴望见到你。先说再见吧。"

一小时后,赖特督察进来了,脸上洋溢着愉快的神情。他宣布,他们终于把萨姆·博奇搞定了。警方前一天对"高立方"的搜查比安特罗伯斯先生想象的要成功得多。他们发现了之前用铰链固定的酒桶以及秘密通道，在赖特的建议下，负责搜查的分局督察同意装聋作哑。他们在箱子的表面采集了指纹，确定了通道的方向，然后把发现的一切都留在原地，甚至还在垃圾桶上巧妙地铺撒了一点灰尘。安特罗伯斯先生被告知，地窖里的一切似乎都井然有序。

他们花了几分钟绘制了一张草图，指出了秘密通道必定连接的地方。警察从巷子里进入二手服装店，带走了负责的女子，并开始了严格的搜查。在店铺楼上的一间屋子里，终于发现了一个隐藏得非常巧妙的保险柜，里面藏有最近几起抢劫案的赃物。面对他们，这名女子崩溃了。原来她是波兰人，是博奇的表亲，在战争期间为德国人做苦役，后来到英国，博奇把她安置在服装店。有一年左右的时间，她一直老实做着生意。后来博奇强迫她从事不太体面的活动，如果她不服从，或者透露什么，博奇会告诉当局，她在英国持有伪造护照，结果将是被驱逐出境。

这个女人的新职责不是很繁重。如果有人带着一些旧衣服到店里来，说"是史丹利推荐的"，她就把这些衣服拿走，告诉那人她会在一周后付钱，然后把衣服锁在楼上房间里的一堆衣服里。博奇先生经常到这个房间来，把衣服衬里或口袋中的贵重物品转移到自己的保险柜里，然后给她一笔数目适当的钱，等那位顾客下次再来的时候给。

一切都很简单，看起来很天真。事实上，这个程序在过去非常有效，所以警察决定保持一段时间。一名女警代替了那个波兰女人，还有一个小心翼翼的守卫留在店里。博奇的被捕使犯罪的信息源大受震动，只有一只苍蝇走进客厅——一个乡下的疯子，他对黑社会最近发生的事情不太了解。

赖特唯一能宣布的挫折是，博奇和旅行推销者查莫斯都不肯开口，他们显然都吓坏了。当然，当博奇听到揭露他的证据时，他不得不接受指控，但不管怎么引诱，他都不承认与亚历克·格雷有任何犯罪联系。被指责企图绑架伯特·黑尔的查莫斯则顽固地保持沉默，他不肯说他听的命令是谁下的，也不肯说谁是他的同谋。他坚持，对在他口袋里找到的那封信一无所知。

"就是这样，"赖特督察总结道，"现在这个布局很明显了，尽管我们还差一点就能证明格雷能得到这些被盗房子的所有必要信息。他把信息交给博奇，由博奇发给专业人员。格雷通过博奇联系到自己需要的歹徒来完成另一项工作。"

"格雷至少还有一名前突击队员随时待命。"

"是的。布朗特警司跟我说了你找到的那张照片。我们已经用网兜住这家伙了。"

"格雷报了盗窃案没有？"

"有些人就是无耻，"赖特含糊地说，他的鼻孔滑稽地翕动着，"他半夜给我们打电话，说得跟见鬼似的。纳税人支持该死的警察干什么呢，等等。年轻的艾伦去了。据说交谈得很开心。他忘了告诉格雷先生，屋顶的活板门是从里面打开的。"

"真奇怪，"奈杰尔平静地说，"好吧，你在'高立方'找到了一条秘密通道,而格雷在伯特·黑尔被绑架那晚的不在场证明也被推翻。我希望上帝保佑那孩子一切安好……"

事实上,伯特正忙着写他的自传,或者说,忙着写他过去十天中冒险经历的详细记录。如果他能从这个怪异的监狱里出来,警察会感兴趣的,即使后人不会感兴趣。作为一个独生子,在上学之前,他必须自己找乐子,他不像大多数男孩那样受囚禁的折磨。同时,他也受到鼓舞,希望他的信息将随时通过清洁工传递到官方手中,救援即将到来。唉,在这一点上,伯特注定要失望了。这个嵌着贝壳的盒子确实被发现了,但只是在垃圾桶里的东西倒在市区议会的垃圾堆之后。这个盒子引起了一个清洁工的注意:他把它带回家,交给他的妻子放在了壁炉上。但是,之前盒子倒进垃圾堆时,盖子开了,里面的便条掉了出来,消失了。

伯特再也不能出门了。但是昨天,还有今天早上,为了回应他狡猾的说法,即男孩需要大量的锻炼,老妇人带他在大房子里散步。她的侄子坚持要陪着他们,不让伯特有逃跑的危险。这孩子很喜欢在高大空旷的房间里走来走去,听着老妇人絮絮叨叨地讲述以前老主人和女主人住在这里时的家庭聚会和宴会。这些闲逛不仅有助于打发时间,还可以帮助伯特记忆房子的布局,他相信,再多走几次,他就能准确地画出每层楼的房间和走廊。

与此同时,每当他听到外面有动静,他就停下书写回忆录,冲到窗口,以为这是救援的预兆。远处传来一辆拖拉机的声音,像是一辆警车开过来了。黑鸟的鸣叫或猫头鹰的叫声,像是警方封锁线接近的信号,甚至在希望开始消退,伯特承认他是在自欺欺人之后,仍然坚持幻想,这是一种自我安慰。

"现在,让我们逐一分析。首先是埃尔默·史泰格。"

布朗特警司坐在办公桌后面,举起一个食指说:"美国当局没有这个人的记录。"

奈杰尔的脸沉了下来。他曾希望赫西奥妮·杜巴的话能有结果。

"可是,"布朗特以他那审慎的苏格兰人风度继续说道,"他们给我们介绍了一位叫詹姆森·埃尔默的绅士。一名前联邦探员,两三年前因腐败而受到指控,从……嗯……不被提防的一端走向了犯罪。他一直是神枪手,经过联邦调查局的训练,无疑对他大有帮助,后来他成了……"

"对不起,布朗特,这跟我们的人有什么关系?"

"詹姆森·埃尔默似乎对嚼紫罗兰味的口香糖有着无法控制的热情。"

"啊……这还差不多。"

"大约三周前,他从人们的视线中消失了。美国当局先前用无线电给我们发了一张照片,他们正在空运一些照片过来。无线电发的那张没多大用处。认不出来是谁,可能是你或我……肯定是你,看起来就像恶人。"

"非常感谢。所以这个埃尔默可能就是'待售的枪',身高、姿态等,多少符合阿狸对格雷带去参加杜巴家聚会的那个人的描述?"

"他们并没有不一致。"布朗特谨慎地回答。

"据推测,戴·威廉姆斯在跟踪'浪荡子'格雷时,偶然发现了埃尔默——也许是无意中听到了他和格雷之间的对话,但这只是顺便。关键是,格雷为什么要带这个枪手去杜巴家的派对,然后把他锁在书房里?这件事太疯狂了,除非是为了埃尔默和鲁道夫爵士本人的约会。"

"哦,好吧,斯特雷奇威,你知道那是一种很荒唐的猜想,而且……"

"我知道鲁道夫爵士是全能的上帝,他的名字不能被人冒用。好吧,我们接着讲庸医。他被一个操美国口音的人枪杀了。他们鼓动埃尔默继续参与。第二天早上,格雷长途驾车回来。他不久前被太阳晒伤,晒伤的痕迹表明他是从哪个方向来的。我们一开始推测,那天晚上他开车把埃尔默送到东北方向是为了在哈里奇搭船,这是合理的推断,而且我们也离得不远。我敢说埃尔默一定躲在哈里奇,或者是那儿附近的什么地方,等着苏联人要坐的那艘船。"

"我们刚收到哈里奇的报告。周五一早,一名符合格雷外貌特征的男子出现在亚历山大酒店吃早餐。不过,他是一个人。我们正在跟进。"

"很好,就是这样。"

"爱德华爵士对此事态度非常严肃。"布朗特说。

"我的意思是从美国的角度。如果苏联的部长被前联邦特工在英国的土地上暗杀,你可以想象苏联的反西方集团会怎么做。这将终结十年来全部和解的希望——冷战将继续，或升温。"

布朗特说："警察要把哈里奇及其周边地区翻个底朝天。这样的搜查可以使敌人相信，苏联人从这个港口出航的秘密计划并没有改变，也许能抓住行踪不定的埃尔默。不过，他们抓住他的最佳机会是通过亚历克·格雷，这是枪手在这唯一已知的联系人。还得让格雷自由一段时间，让他有一种安全感，而他的一举一动都要受监视。"布朗特已经精挑细选了一队人去干这项工作。因为仅仅改变苏联代表团离开的计划是不够的，可能会有另一次信息泄露，只要枪手还在，苏联部长的安全就会受到威胁。

"阻止消息泄漏的唯一办法，"奈杰尔说，"就是把鲁道夫爵士关起来，让他在接下来的几天里休息。"

布朗特警长举目望天，说道："你什么时候才能打消这些怪念头？请注意，安全部门的人正在调查这次泄密事件，爱德华爵士正在全力追击他们。如果有什么线索指向鲁道夫爵士……"

"到那时，就太晚了。"

"斯特雷奇威，看来我得亲自照顾你了。今晚你最好和我一起来金斯威大厅开会。也许这样能治好你的幻觉。"

"我不明白……"

"你会的，我的孩子，你会的。"

奈杰尔回到切恩大道后不久，克莱尔也到了。她把手放在奈杰尔的脸颊上，仔细打量了他很久，然后突然转身，坐了下来。

"你就不能相信我吗？"她说。

"关于什么，克莱尔？"

"你出院多久了？这太残忍了，让我以为你复发了。难道你一点也不关心我的感受吗？"

"你知道我关心你，更关心你的安全。"

"可你指示我和那个家伙共度一夜，就是为了你能……"克莱尔打住了。

"为了我能做什么？"奈杰尔温柔地问。

"是你去了他的公寓偷盗吗？"

"那是一个可怜的老小丑，名叫托托。"

"一个可怜的老……"克莱尔生气的表情变成了四月里的春晖，她笑了起来，"哦，奈杰尔，你是说那个肮脏的老头就是你吗？我都没认出你来！"

奈杰尔让她说了那晚和格雷的事。有些时候，克莱尔并没有和他对视，奈杰尔猜想她是对什么事感到有点内疚：也许她一时受了格雷的蛊惑，现在对此感到羞愧，而作为一个女人，就把气撒在奈杰尔身上了。克莱尔不知道她的心思这么容易被人读出来，还喋喋不休地谈着宴会的事。奈杰尔想知道两人都说了什么，克莱尔也乐意告诉他。

"这么说，他似乎一直为某件事感到兴奋？"

"是的，我以为他是在努力向我献殷勤，但实质的事情没有真正出现。真丢脸，看起来……好像他只是在消磨时间。"

奈杰尔说："很有意思，消磨时间，直到发生了什么事？"

"是的。"克莱尔看起来有点困惑，然后她脸上露出了喜色，"我那会不知道这是怎么回事,现在我明白了。你知道码头上那些垂钓者吧,他们抽烟,互相闲聊,有时甚至都不扶着他们的鱼竿——只是让竿子靠在栏杆上。你明白我的意思吗?"

"我想是吧,但我从没有感受过那些老家伙这种强烈的兴奋劲儿。"

"哦,奈杰尔,你太刻板了。我的意思是,他好像知道他随时都可以把我拉回来,但在码头上,沐着阳光,吹着清风,闲谈畅聊,实在是太惬意了,所以他现在还懒得来烦我。当然,他非常自负。他会以为我上钩了。你知道,我相信他会喜欢把一条鱼拖上来,然后再把另一条扔回水里。"

克莱尔说得很快,几乎气喘吁吁,奈杰尔疑惑地看了她一眼。

"所以你在车里没有遇到麻烦?"

"没有,他回来的时候心烦意乱,连个晚安吻都没有,跳下车,就跑上楼去了。也许他正期待着另一个女孩在他的床上舒服地躺着。你为什么那样看着我?"

"我在思考你这些生动的描述。你真是个善于启发的人,也非常令人不安。"奈杰尔眨眨眼,摇摇头,好像要澄清,"'在他的床上舒服地躺着',确实!"

在沙德威尔码头附近的一个地窖里,阿狸躺在肮脏的垫子和一堆破布上,抚摸着他的伤痕。四个人正在打牌,用一个包装箱当桌子,空气很污浊。自从他向追捕他的人投降以来,似乎已经不止两天了。那两个年轻人匆匆把他带到诺丁山门附近的一个后院,然后把他推到一辆小货车上带走了。当他们到达目的地时，坐在货车后面的那个人对阿狸的太阳穴狠狠一击，把他打晕了。当他恢复意识时，已经在这个地窖里。那些人很快就对他动手了，他们先堵住他的嘴，然后打了他一会儿——"只是为了让他的舌头放松。"主使者是个健壮的爱尔兰克莱德人，邀请阿狸先谈谈，如果他下次不想挨揍的话。一个长相邪恶、名叫弗雷德的人从口袋里掏出一个指虎，把阿狸的封口布撕掉后，在阿狸的颧骨上轻轻一击，让他痛苦不堪。

当阿狸表现出反抗的迹象时，弗雷德说："别傻了，我们有一整晚的时间来教育你。"

阿狸假装胆怯，这并不难。他回答了那些人的问题，直到他们开始问他是否把自己的经历告诉了警察。起初他极力否认，但后来他们又开始打他。他痛苦地扭动着，害怕得要命，再也抵抗不住了。他承认，在波多贝罗路斗殴事件后，警察逮捕了他。他说他们强迫他说出关于戴·威廉姆斯的消息，以及他看到陪格雷去杜巴家聚会的那个人的情况。阿狸心里暗暗警觉，如果他把在宴会上听到的某些话也告诉了警察，那对他来说将是致命的。所以他说，他躲在树上，没办法听到格雷和那个陌生人之间的对话。他用了一个很有说服力的理由，乐队的响声太大，盖住了他们的声音。

"好，现在你的记忆恢复了，还有别的吗？"这个克莱德人说。阿狸使劲地摇着头。这并不完全是真的：他忘记了在那座废弃的房子里发生的事情，暂时忘记了。

弗雷德离开了地窖，吩咐说："把消息告诉大人物。"

"我们有权利处理这个小可怜虫。"

"把他扔到河里去,麦克。"

"时间还够,时间还够。"

把阿狸引到这里来的那种兴头现在完全消失了。相反,这些人激起了一个男孩的怨恨和报复的决心。当大家没完没了地玩牌时,他却躺在破垫子上。他们给了他面包和牛奶,还给了他几杯浓茶。偶尔会有一两个男人出去执行神秘的任务,但从来不会四个人一起,或者当一个邋遢女人出现在楼梯口时,他们会上楼去接电话。就这样,阿狸被掩藏了两天……

星期二晚上7点45分,奈杰尔在金斯威大厅外与布朗特警司会面。由于奈杰尔应该还在医院里,由尊贵的刑侦局警官陪同,于是他乔装了一下,扮成一名便衣警察,戴着软帽,穿着靴子,贴着胡子。在向大厅走去的人群中,布朗特立即认出了他。

"原来你在这儿。"

"奉命到这里向您报到,长官。"奈杰尔机灵地说道,立正站好。

"嗯,我怀疑这是不是比你上次喜欢的那副可怕的胡子更卫生。"他们走进大厅时,布朗特喃喃地说。

奈杰尔小声回答:"我的目的是伪装,不是卫生。"

"哦,我明白了。你打扮成卫生检查员了吗?可是那个装着扳手和垫圈的小黑袋呢?"

奈杰尔严肃地回答:"我的助手会带来的。"

"那股难闻的气味呢——我是说,你抱怨过的那种令人讨厌的气味?"

"要我说,整个地方都是那个味道,很重的红鲱鱼味道。"

门口有一些戴着眼镜、表情严肃的年轻女子在卖《工人日报》和《和平新闻》。服务员们戴着红色的玫瑰花结。过道上来来往往的人在征集一份请愿书的签名,为"美国暴政的受害者"争取缓刑。讲台上挂着英国国旗和苏联国旗。这次会议是由各种专业组织召集的,他们都关心和平事业,来支持目前的谈判,奈杰尔关注的《工人日报》称之为"进步知识分子的示威"。他环顾四周的听众,令人沮丧的是,善良的事业激发了这群怪胎、神经病、野心家、多毛男人和穿着不得体的渴望者。这些人虽然外表怪异,但仔细一看,他们只是大批正派、正经、睿智男女中的少数。这些人来到这里,是因为他们认为值得为和平费点劲,他们决心不让世界的未来听任职业政客的摆布。

奈杰尔没有更多的时间调查观众。演讲人在一位上了年纪的牧师带领下,鱼贯而入,走上讲台,坐了下来。奈杰尔惊奇地发现,坐在主席旁边的竟然是鲁道夫·杜巴爵士。布朗特捅了捅奈杰尔的肋骨,低语道:"你现在有啥怪想法呢?"

"它仍然像蜜蜂一样'嗖'地飞过,伴随着高音和可疑的'嗡嗡'声。你想要一瓶我们最好的眼药水吗?"

主席站了起来。他宣称,他不是红衣教长,只是粉衣司铎。在讲了几个牧师的笑话之后,他公布了今晚演讲者的姓名和资格,又急忙补充说,没有人需要任何介绍。然而,他先是介绍了他们全体,然后在每个人站起来发言之前又介绍了更详细的内容。从这些杰出人物的皱眉和低语来判断,他错误地引用了他们的学位、荣誉和成就,对他们的初步介绍正是他所需要了解的。

当主席终于坐回椅子上时,发言者依次慷慨陈词,意气激昂地讲话。一位著名的科学家喋喋不休地讲了好几页打字稿,连讲台上的人也听得不耐烦;一位杰出的医生揭示了中医的辉煌和格拉斯哥贫民窟的恐怖;一位杰出的小说家抛出了一连串自相矛盾的问题,然后他满怀激情地谈到了国际紧张局势对作家版税的影响;一位上了年纪的作曲家讲述了许多古老的轶事,一名公务员和一位贵格会教师紧随其后。然后,一位年轻画家怒视着观众,向他们保证,只有与苏联密切合作,注入新鲜血液,英国艺术才能从主观主义和彻底的颓废中被拯救出来。

到目前为止,一切都按照这种场合的惯例进行。有些发言者是真诚的,另一些人则认为和平是磨砺自己私人或政治斧头的利器,他们在这个问题上引发了一些火花。观众们向每个人都报以忠实的、公正的掌声,但没有太大的热情。其中一位观众本来希望听到响亮的口号,却只听到了一组哨笛的变奏,他感到失望,但保持了礼貌。

"你知道,斯特雷奇威,"布朗特用手遮着脸说,"我不喜欢政客,但至少他们的陈词滥调听起来很有说服力。上面那些小家伙要学的东西可多了,他们干这行简直是外行。"

"你应该庆幸自己是个英国警察。在其他地方,他们会扔炸弹,而不是毛球。"

主席站起来说,现在进入他大胆地称之为今晚"佳话"的环节,这也是为了尊重其他才气横溢、声名显赫的演讲者。他们的讲台上站着一个危险的人,一个千真万确的资本家。听众中有人露出一丝兴趣,主席得意地笑了起来。

"不,是工业之王,金融之王,鲁弗斯·邓巴爵士,呃,也就是德班爵士。"主席盯着面前的那张纸继续说,"不需要向观众介绍,他是一个家喻户晓的人物,无论是他的产品,还是他的慈善事业,在哪里都为人所知。有位叫耶稣的历史名人,说骆驼穿过针的眼比财主进天国更难。当然,这是在比喻,但也有种说法是,'和平的人有福了',所以鲁本爵士还是有希望的。"主席像机械玩具一样摇晃着总结道:"简而言之,他们都渴望听鲁弗斯·德拉蒙德爵士对今晚聚集在一起的重要议题的看法,呃,哼,哈[①]……"

在鲁道夫爵士站起来之前那短暂的沉默中,奈杰尔听到一个新政治家式的人坐在他面前,对他的同伴说:"真想不到他也在座,见过他一两次。我和埃米琳结婚时,他在我们家附近有一所富丽豪华的大宅,斯托福德庄园。"

鲁道夫爵士站了起来。"我也许是一个富人,"他开始说,"但我不是骆驼,我只希望我是,骆驼可以很长一段时间不喝水。"鲁道夫爵士轻快地看了一眼手表,然后就抓住观众的注意力,准确地控制了分配给他的十分钟。他没有讲稿,也没有夸夸其谈,只是给观众上了一堂关于个人魅力的实景课。观众们起初怀疑,再是好奇,然后觉得

[①] 这位主席讲话有点颠三倒四,把鲁道夫·杜巴爵士的名字念错几次,前后还不一致,当中还有多次停顿和各种语气词。

好笑，接着就感兴趣，不久就相信了他的真诚。他演讲的主旨是，作为一个务实的商人，他看不到东西方互相残杀的好处。鲁道夫爵士并没有试图超越自己的性格，把自己描绘成一个理想主义者。他说话有力、诙谐，有点尖刻，但务实——在其他人喋喋不休的演讲之后，他的这些话让听众感到非常振奋。随后，他在雷鸣般的掌声中坐了下来。

主席起立，提出决议。与此同时，大厅的正中传来雾号般又粗又响的声音："我想问最后一位演讲者一个问题。"

"恐怕我们没有时间提问了。"主席低声说道。

"这是一个自由的国家吗？"这个声音问道。

大厅的不同地方传来其他声音，从理直气壮的咆哮到聚集的知识分子愤怒的嘘声。当服务员试图阻止两名不满者接近讲台时，一条过道上开始了混战。一枚烟幕弹抛向主席，主席像一个神灵保护下的荷马战士，消失在云层中。到处都在打架，这次反示威显然是有组织的，警察从门口涌了进来……和平会议顺利升温。

布朗特说道："走吧，除非你想再被敲一次头。"

"等一下。"奈杰尔抓住了那位新政治家的袖子，他正从混乱中躲开。"对不起，先生，我听你提到斯托福德庄园？"他们走出大门时，奈杰尔说。

"太可耻了！太丢脸了！我们付钱给警察保护，还……"

"斯托福德。听起来像在萨福克。"

"那是什么？哦，杜巴拥有的住所？是的，它在萨福克。这些反动分子蓄意阻挠决议！"

第十五章

薄弱环节

第二天早上,布朗特说:"但他不再拥有那里了。"

"那是谁的呢?谁住在那里?"

"空着,有个管理员。杜巴几个月前把它卖了,但在那之前他已经有段时间没住在那里了。"

"他卖给谁了?"

"律师们说不能透露买家的姓名。他们是一群黏人的家伙。"

"卖给了自己,用另一个名字,或者某个象征性的人物。"

"啊哦,斯特雷奇威……"

"一座空荡荡的大房子，独自矗立在萨福克东南角的一个公园里，离哈里奇不到二十英里——我亲爱的布朗特，你肯定知道这是那个枪手藏身的理想地点。"

警司的脸上露出了充满耐心的表情："苏联人从哈里奇出发的决定是几周前才做出的。杜巴在五月份卖掉了斯托福德庄园。即使这是一次虚假的买卖，事情也没有联系，他不可能在五月份就知道这会是一个方便的出发地……"

"苏联人的访问安排在四月。当时杜巴本可以计划让埃尔默躲在房子里，直到攻击的那一刻。"

"你就只想着杜巴。"

前一天晚上，奈杰尔醒着躺了一个小时，试图找回一段难以捉摸的记忆。他终于明白了，赫西奥妮·杜巴在医院探望他时，无意中给了他线索。她问过"你知道斯托尔山谷吗"，然后说了一些关于"母性的"的事。那是在他问赫西奥妮是否知道亚历克·格雷在东英吉利可能有什么藏身之处后。然后，经过一番思考，她转向了她丈夫的母性特质——当她怀上死胎的孩子时，"鲁迪花了几个小时研究婴儿器械的目录。"赫西奥妮一定是在斯托福德庄园待产的，但这个继承人没能活下来，可怜的孩子。

可怜的孩子！奈杰尔在床上惊起。"可怜的小男孩。"赫西奥妮听到伯特·黑尔被绑架的消息时，不止一次地说。斯托福德庄园该是一个多么理想的藏身之地，不仅藏着枪手，还可能藏着一个小男孩！

"布朗特，你知道我的直觉有时是对的，"他急促地说道，"我请求你调查那所房子。"

警司的脸色平静如水,他瞥了一眼手表说:"萨福克警察局此刻正在搜查那里。我们从不放过任何一个机会。"

奈杰尔久久地看了他一眼:"布朗特,有时候我想知道为什么我不亲手杀了你。"

"你应该经常戴手套。我本以为,哪怕你的犯罪经验有限,也能教会你这一点。"

伯特·黑尔已经仔细计划好,如果救援临近,他会怎么做。但今天早上,当他终于听到远处有一辆汽车驶来时,他没有时间实施他的计划。因为沉默的看门人马上就来到房间,给伯特的嘴贴了些胶布,蒙上他的眼睛,把他抬出门。伯特对房子的记忆在这里很有用。在他的脑海里,他沿着过道,走了一段楼梯,向前走了20步,然后向左拐,然后向右拐,进入了一个房间。这是房子最古老的部分,在他之前的闲逛中,这个房间从未走过。伯特猜到了原因。神秘的客人从一扇窗户向草坪上的目标开枪。伯特听到"咔嗒"一声,同时远处他下面的房子里响起了一阵铃声。他开始挣扎,但他被推进了一个肯定是壁橱的地方。又是"咔嗒"一声,他穿过的洞变成了他身后的一堵墙。壁橱里有一股奇怪的气味,伯特一时辨别不出来。而且,那里一片漆黑。不,当然是因为这个该死的东西蒙住了他的眼睛。伯特举起双手想把它撕下来,突然在他脑海中产生了一种骇人听闻的想法:他被关进了毒气室。一个声音立刻说道:"别动,小家伙!不要动,放松点,也许你会活久点。"

那声音冷冷地抽动着,像蛇的尾巴。伯特以前听过,这是那个枪杀庸医的人的声音。阿狸曾告诉他,那个美国枪手闻起来好像在咂着紫罗兰味的糖:这是他在壁橱里注意到的奇怪气味。不过,它不可能是个壁橱。这个声音听着好远。伯特只花了几秒钟就意识到他肯定在一个秘密房间里——也许是他读到的与一个杀手关在一起的牧师洞之一。

正是这种认识阻止了他跺脚,用拳头击打墙壁,几个小时后,他似乎听到了隔壁房间里的动静。他知道他的同伴是个杀手,如果他发出一点声音,他喉咙周围的手就会绷紧。气息很近,伯特意识到持枪者在冒汗。他不可能这几天一直住在这个洞里吧?如果是,警察应该会发现隔壁房间有人住的痕迹。很快,声音就停止了。如果是警察的话,他们对目前的发现大概觉得满意。

伯特摸了摸口袋里他写的日记。他一直把笔记本放在那里,怕抓他的人发现。要是他把它留在育儿室,让警察发现就好了!事实上,没办法留下任何线索,管理员汤姆在给伯特蒙上眼睛之前,会把伯特的眼镜放在伯特自己的口袋里;老妇人早上第一件事就是整理育儿室——伯特没有任何财产或多余的衣服放在那里让警察发现。等一下,还有床!虽然已经整理好了,但床单和枕头还没清理。

枪手在说话。伯特听不懂他说了什么,但在这个闷热的小房间里,他的声音还在继续,像发射机一样"噼啪"作响,让伯特想起了另一个房间,另一个喋喋不休的人。这个枪手不像"庸医"那样疯狂,但他确实感到孤独和无聊,虽然伯特没有意识到。除了沉默寡言的汤姆和汤姆那笨手笨脚的老姑妈,已经好几天没人陪他了。

"嘿,孩子,你是傻瓜吗?哦,当然,贴着胶带呢。不要大声说话,我带着枪呢!"

伯特感觉到一把左轮手枪的枪口抵着他的脖子,然后嘴上的胶带被扯了下来,他感到一阵疼痛,泪水在他眼里打转。等他能说话了,他说:"我能把眼睛上的绷带取下来吗?"

"不能,吃个糖吧。"

伯特手里被放了块糖——一块紫罗兰味的口香糖。他咂了一口,揉了揉酸痛的嘴。枪手不会杀他,但伯特觉得自己就像一只躺在猫爪子中间的瞎老鼠。

"为什么我们不能出去?"伯特问。

"他们得让我们出去。这边没有弹性。"

伯特不太懂这句:"那么,如果警察逮捕了他们,我们就永远不能……"

"别傻了。我可以把门板射穿一个洞。喂,孩子,你看电影吗?"

他们开始交流心得。对伯特来说,这就像一个梦的舞台,你知道这是一个梦,并接受它,服从它的奇怪序列。他脚下光秃秃的木板随时都可能融化成一片云,他身后的墙壁也可能变成赛车的软垫座椅。与此同时,他热情地谈论着他最近看过的宇宙飞船电影。

"来自火星的游客,腿像埃菲尔铁塔,胡须从头盖骨长出来。这太疯狂了!我喜欢西部片,黑帮。联邦特工总是赢。该死的,他真的赢了！喂，你看过吗？"

隔壁房间里有动静，有一块木板向后滑动的声音。

"好了，警察已经走了。"传来汤姆的声音。

伯特挺过来了。他故意绊了一下，摔倒了。他躺在地板上，一下子把一只眼睛上的绷带扯了下来。伯特能看到的是，房间里空空的，没有任何家具。汤姆在壁炉架上压一个橡子——他这么做时，壁炉右边的嵌板关上了。

"任务失败。"布朗特警司说。他收到了萨福克郡警方的一份报告，正在为奈杰尔做总结。从伊普斯威奇来了一个督察和巡佐，带着村里的一名警察，借口是要寻找最后在这一带见到的一个逃犯，到斯托福德庄园去了。他们按了几次铃才获准进去。他们检查了里面的每一个房间，然后检查了外屋。除了仆人——管理员和他的姑妈，那里没人住，有一间厨房，一间起居室，两间卧室，还有一间育儿室，在顶层，就在他们上面。

"育儿室？"奈杰尔竖起了耳朵。

"是的。督察告诉我，有点诡异。一个育儿室，配备了小衣服、书籍、玩具等，都是崭新的。这可把他吓坏了。"

"都是为杜巴的百万继承人准备的。"

"差不多。里面有一张婴儿床，还有一张小床。督察认为他发现了什么，因为床单没整理，但汤姆·赖尔——那个管理员，解释过了，他的姑妈头脑迟钝，她曾经是杜巴家的保姆，如果杜巴的孩子还活着，她就会做孩子的保姆。杜巴给她发了养老金,让她的侄子当管理员,让他俩住在一起。她相当无害,但她有一种错觉,以为自己有个孩子要照顾——是杜巴自己,还是那个死了的孩子,天知道是谁。所以,当妄想发作时,她就睡在育儿室的床上,照顾一个幽灵般的孩子。"

警司的脸上流露出一种伤感的表情,像银行经理的表情一样温和、暧昧,他重重地叹了口气。

"是的,真是可悲。这也解释了画册的问题。"

"画册?"

"是的,他们发现了一本彩色的画册,还有一盒最近用过的颜料。又是那个老保姆,逗她那不存在的孩子玩。"

"你让我感动地哭了,"奈杰尔粗鲁地说,"老保姆证实了这个感人的故事吗?"

布朗特看起来相当震惊:"哎呀,她老态龙钟,他们从她那听不到多少理智的话,但她确实告诉他们,她在育儿室照顾一个小男婴。"

"一个12岁的小男婴,戴着眼镜?"

"哎呀,斯特雷奇威……"

"你们和你们梦想中的孩子们!布朗特和詹姆斯·巴里,上帝啊,救救我们吧!"

"我告诉你,伯特·黑尔不在那里。他可能去过那里,但此刻不在那里。埃尔默也不在。他们搜遍了房子和院子的每一个缝隙。"

奈杰尔显得非常不满:"如果杜巴不再是那里的主人了,为什么那里还要安排老保姆和育儿设施?"

"他无疑和买主作了某种约定，在后者住下来之前，先把这些东西留着。"

"啊……神秘的买家。又一个你梦想中的漂亮孩子。"

"好吧，你为什么不自己去问杜巴呢？"布朗特恼怒地说。

"这正是我要做的。我想你伊普斯威奇的同事们不会想到去问问当地的商店最近有没有多余的食物送到那里吧？"

"这些事都在做。不要大惊小怪。他们密切关注着这个地方，寻访当地人，但那是个非常隐蔽的地方。如果真的发生了什么事，可能要花上几天，甚至几周才能找到目击者。"

我们连几天的时间都没有了，更别说几周了，奈杰尔回到切尔西的时候想，何况还有一个枪手在逃，两个男孩被绑架。爱德华爵士正在千方百计地追查泄露出去的情报，但是，在追查到消息之前，苏联部长离开计划改变的消息是否会落到敌人手里，还很难说。

更糟糕的是，自从昨天和克莱尔谈话之后，奈杰尔对自己在格雷公寓里发现的纸条所具有的价值越来越感到不安。克莱尔讲述了前一天晚上格雷特殊的心理状态，从而引出了这个问题。内心的兴奋，一个人只是在消磨时间，直到发生什么事情。接着克莱尔又做了一个奇怪的比喻，说码头上的垂钓者"甚至都不拿钓竿——只是让竿子靠在栏杆上。"这可能是一个极具启发性的类比。格雷把鱼饵留在公寓里，去享受一个愉快的夜晚，让他的对手有足够的时间搜查公寓，让关键的目标变得异常困难，但并非不可能找到。

在克莱尔如此明显地表示了对他的厌恶之后，格雷为什么还要同意晚上带克莱尔出去玩呢？如果不是因为他意识到这是一个让他离开公寓的花招——一个他可以用来达到自己企图的花招的话？为什么要把这么一份明显的罪证留在口袋里，除非他想让人发现它？当然，罪犯也会犯这些基本的错误，但是，从表面上看这种明显的错误是不明智的。

假设格雷把哈里奇的消息作为诱饵，这意味着什么？他从伯特那里获取了戴·威廉姆斯在报纸边空白处写的字，从阿狸那里得到了警方现在知道这些字是什么意思的信息。那为什么要在他的口袋里留下一段完整的、没有缩写的戴·威廉姆斯的留言，让警察去找呢？显然，意在误导。阴谋者是幸运的，"伯特·黑尔12"可以扩展成一个句子，表示他们非法知道苏联人离开的计划。但是，如果他们真的要在哈里奇动手，他们最不愿意做的事就是让警察知道这件事。因此，袭击哈里奇是不可能的，奈杰尔发现的那张纸是一个绝妙的设置，可以把当局的注意力集中在哈里奇身上，而把袭击计划放在别处。也许是更早的日期。扳机随时都可能扣动。

奈杰尔惊慌失措地意识到他又回到了开始的地方。一直以来，警方和伯特自己的朋友都怀疑"伯特·黑尔12"可能是虚构的，根本不是最初的消息。格雷的手下大概是在上周日阿狸被绑架时从他那里得到的消息，说他已经把这个"消息"告诉了警察。所以格雷可能是在骗警察，让他们的注意力集中在"伯特·黑尔12"上，而戴·威廉姆斯真正传达的信息却完全不同。现在比以往任何时候都更迫切地需要找到伯特·黑尔，从他那里得到真相。

奈杰尔给赫西奥妮·杜巴打电话预约。她要在外面待到下午6点,但她很高兴到时能见面。当奈杰尔通报进门时,她一个人在客厅里。她热情地询问了奈杰尔的健康情况,惊喜地知道他这么快就出院了。赫西奥妮给俩人倒了饮料,她说她丈夫很快就会回来,他昨晚有点不舒服——政治会议上烟幕弹的影响。

"政治会议?我还以为他……"

"哦,好吧,这是一次和平会议。在最后一分钟,鲁迪被邀请发言。他年纪大了,变得很有公益精神了。"她欢快地说。

奈杰尔还记得,上次来这里时,她对丈夫接受苏联部长的邀请,显得多么惊讶。奈杰尔说:"他真是个不知疲倦的人!他从来没有休过假吗?"

"我们经常出国,偶尔去乡下度周末。"

"我猜是在斯托福德?"

"哦,不,我们不再去那里了,鲁迪把那卖了。"

"太遗憾了!有人告诉我,那是一幢漂亮的房子。"

赫西奥妮做了个鬼脸,说道:"我想是的,但甭提多偏僻了!在那整天无所事事,只能喂鸭子,听孔雀叫。我要亮光!而且,我们在那里没有快乐的回忆。"

然后故事就出来了。出生时就死去的孩子,鲁道夫爵士的痛苦和失望,育儿室,保存下来的圣所,纪念他死去的希望。

"我觉得他比我更在乎,"她沉思道,"有意思,我从来没有想到他还有那么温柔的一面。"

奈杰尔又问了一些关于那所房子的问题。赫西奥妮翻出一本相册，和他一起坐在沙发上看相册的照片，两人的肩膀挨着，她深蓝色的眼睛用一种半挑逗、半天真的眼神看着奈杰尔。她保留了女演员的天赋，可以毫无顾忌地运用她的身体魅力，而又不让自己做出任何承诺。

她翻了一页说："这是房子里最古老的部分，它最初属于一个古老的天主教家族。鲁迪的父亲从他们那里买的。"

奈杰尔感到一种狂热的兴奋涌上心头："天主教家庭？房里有个牧师洞吗？"

"哦，是的。所有配件都齐全，甚至有一个房间曾经是他们的私人小教堂。"她又翻了几页，"你看到壁炉上的橡树叶和橡子了吗？你按一下橡子，那门板就会滑回来。在一个下雨的星期天，我偶然发现了它。那里的生活就像一个漫长的雨天。"

事情就是这么简单，是吗？

"你是说偶然吗？多刺激啊！你以前不知道吗？"

"没有。这个家族肯定有个传统，就是不提这件事，显然，入住指南上没有提到这件事。"

这就是为什么警察在搜查时忽略了它。奈杰尔知道他必须马上离开，去和布朗特警司谈谈。不过，如果自己离开得太突然，赫西奥妮会觉得奇怪，她的丈夫会问她。

"嗯，奈杰尔，我敢肯定，你不是来讨论庄园古宅的。"

又耗了几分钟，奈杰尔说了个来拜访的借口。他正要起身走，门开了，鲁道夫爵士进来了。

"啊，斯特雷奇威，很高兴看到你能起来走动了。"他使劲地握手。那乌黑而活泼的眼睛盯了奈杰尔一会儿，然后转向坐在沙发上的赫西奥妮，相册还在她旁边打开着。"好了，亲爱的。"他说着，弯下腰去吻她。然后，他又对奈杰尔说："失陪一下，我要去洗手。"

"事实上，我正要离开。"

"你一定要再留一会儿。亲爱的，你劝一下他。"

"奈杰尔，留下吧，饮料你还没喝完。"

"好吧，再等几分钟。"他说，心想如果他马上冲出去，鲁道夫爵士就会警觉起来。他的主人已经离开房间了。如此轻易地拒绝留下来的邀请，想起来毕竟荒谬。然而想想那本敞开着的画册，那只黑眼睛几乎没有错过什么。

鲁道夫爵士几分钟后就回来了。当他给自己倒饮料时，奈杰尔注意到他食指上的一小块墨迹不见了。这么说鲁道夫爵士已经洗过手了。没时间打长途电话。当然了，还有那个谨慎不起眼的秘书。

"我看你一直在看斯托福德庄园的照片。"鲁道夫爵士愉快地说。

奈杰尔想，现在已经没有办法了，只能设置一个进攻区，试试几个保险杠。

"是的，我们刚对这个地方产生了兴趣。"

"我们？警方？"

奈杰尔点点头，赫西奥妮睁大了眼睛。

"喔，奈杰尔。"她的语气带着责备。

"是的，抱歉。我像是在盘问你了！我有一颗猎奇的心——它迟早会让我失去所有的朋友。"

赫西奥妮问道:"可是有什么好猎奇的呢?那房子现在不是我们的。"

"这就是问题所在,我们不知道现在谁是房主。"

鲁道夫爵士插话了,口吻很犀利:"让我们直说吧,你为什么对这个地方感兴趣?"

奈杰尔松开第一个保险杠说:"因为,越来越多的证据表明,那个被绑架的男孩伯特·黑尔被带到了那儿。"

赫西奥妮倒抽了一口气。她丈夫放下酒杯,问道:"那么,警察肯定已经调查过这种可能性了吧?"

"哦,是的。他们今天早上在那儿到处看过了,什么也没找到,但是他们当然不知道牧师洞。"

"好吧,我亲爱的朋友,"鲁道夫爵士说,"你是不是最好马上给苏格兰场打个电话?说不定那孩子有一丝可能藏在那里?用我的电话。"

奈杰尔体验到了一种快速投球手的感觉,他最吓人的投球已经擦过击球手的眉毛飞到了边界。几乎同时,他认为自己对鲁道夫爵士的怀疑一定是错觉。但是,他想起了上次他在这所房子里放松时发生的事。对于唯一知道斯道福德庄园牧师洞的人来说,去打电话太冒险了。他可能永远也打不到。

"不急。"他说,不知道接下来他是否看到,或者只是想象,鲁道夫爵士的姿势中有一丝放松。他接着问:"你认识现在的主人吗?"

"不认识,这一切都是通过代理人和律师完成的。"

"鲁迪只是想把这个地方卖掉。"赫西奥妮说。

"这些律师显然相当顽固。你知道这些小心眼的人是什么样子的。当然,如果有充分的理由,警方可以强迫他们透露买家的姓名,但是……"

"我亲爱的朋友,如果我知道,我会毫不犹豫地告诉你的。我感兴趣的是他的钱,不是他的名字。有人提出了一个合理的价格,我也乐意接受。再喝一杯吧,你的杯子空了。"

奈杰尔接受了,马上站起身来自己倒。托盘上大约有十五个瓶子,它们不可能都被下药了。鲁道夫爵士却并没有打算站起来,他仍然保持着惯常的姿势,仰卧在长靠椅的一端,双手高高地抱在胸前。奈杰尔暗自挖苦,他让我吃惊,可笑。杜巴不会倒出一杯加了药的饮料,就像他不会亲自为出售房子进行谈判一样。他是大人物,是最高处置者,是主谋。

"亚历克·格雷和你们在那里待过吗?"

"他待过吗,亲爱的?我们有很多访客。不过我得说,那是在他那个时代以前的事了。"

在最后一句话里,可以觉察到明晃晃的利爪显露出来。赫西奥妮迅速地看了她丈夫一眼,然后脸涨得通红地走开了,回答道:"不,他从未去过那里。可是,奈杰尔,你肯定不是在暗示……"

"你们俩有谁告诉过他那间密室的事吗?"

赫西奥妮毫不犹豫地回答:"没有,鲁迪喜欢保守秘密。"

"看门人呢?你的老保姆和她的侄子?他们可靠吗?"

鲁道夫爵士双手交叉放在脑后，躺在长椅上，一副完全放松的状态："在我看来，老伊娃有点不正常，但我没看到她绑架任何人，而且我相信他侄子有很好的评价。我通过律师安排让她留下来，我知道新房主搬进来时可能会让她的侄子留下来。不，老实说，我看不出他们哪一个会跟这件事扯上关系。"

这个人是无法接近的，他以自己无比的自信为基础，有他那由下属、秘书、特工和联络员组成的队伍作支撑。奈杰尔发现差点要屈服于这一切催眠般的常态——赫西奥妮的美丽和直率，他们谈话所在的这个精致而朴素的房间，鲁道夫爵士友好而洪亮的声音。在这里，人们似乎远离了生活的残酷冲击，远离了绑架、暴力、背叛以及所有的原始现实。

赫西奥妮说："可怜的老保姆，她总是把你当成婴儿一样对待。"

"是的。她们是这样的。专横，独霸，不能让任何人成长——她们把童年钉在了木桩上。我想这是永远没有成就感的母亲。"

赫西奥妮有点畏缩，但她的丈夫继续沉思，没有注意到。"当然，伊娃对某些事情总是有点小题大做，充满了老太太的故事和迷信——她不会弄死蜘蛛。她认为天花板上的裂缝意味着魔鬼想进去。她从来不在面包上涂黄油，只涂果酱，我见过她把涂黄油的面包推到一边。下雨时她拒绝梳头，她也从不碰颜料，因为她的妹妹在大约三十年前用颜料毒死了自己。"

第十六章

斯托福德庄园之战

"我们拿这小鬼怎么办?"第三个人说。

"在他该死的脖子上绑块石头,把这该死的扔到该死的泰晤士河里去。"弗雷德建议道。

"滚开!"健壮的克莱德人咆哮道,"大人物的命令——我们得把他带走。我的灯在哪里?"

"在你头上,你这个笨蛋。"

"我怎么说来着,我不喜欢这样。"

"你能消停几秒钟吗?大人物会引导我们。任务完成后再给你两千，都搞定了。"

"我还是不喜欢。你怎么知道他不会把我们丢在半途不管呢？"

"你要做傻事，我们就干掉你。看看这孩子，他不柔弱呢，对吧，阿狸小人精？"

周三晚6点半，在沙德威尔码头的地窖里，抓阿狸的人像枪械队一样迅速行动起来。一扇活板门已经打开，三个人正从下面的一个洞里把斯特恩枪和弹药转移到一个大洗衣筐里。第四个人刚回来，正站在地窖墙上的格栅下，往外向上张望。阿狸经历三天的囚禁，糟糕的空气，贫乏的食物，他已经吓呆了，现在几乎已经无所畏惧了。他知道他们要把他带到别的地方去。他认为他们不会把他干掉，尽管弗雷德威胁了他。克莱德人麦克似乎看上了他，尽管其他人可能会发牢骚或咆哮，但对麦克说的话还是照办了。阿狸不在乎发生了什么，只要他走出这个地窖，他甚至不再考虑如果有机会，他会对弗雷德做什么。

那些人堵住他的嘴，把他绑起来，扔在洗衣篮里的武器上面，锁上盖子。篮子里有油味，枪和弹药夹压着他瘦弱痛苦的身体。他感觉到篮子被抬上了地窖的台阶，又放下来，停了很长一段时间，接着是缓慢移动，又剧烈震动，引擎启动的声音，一阵摇晃，摇摆，"咔嗒咔嗒"地运动，车流"嗖嗖"的声音。阿狸感到恶心和窒息，他疯狂地朝柳条筐踢去，一直踢到盖子被掀开。在阴暗的车厢内，麦克低头看着他，目不转睛地，毫无内疚之情，就像一个孩子看着一只关在火柴盒里的甲虫。不一会儿，麦克把他抱了出来，解开他的胳膊，把他靠在车厢壁上。

奈杰尔事先采取了预防措施，雇了一辆前拳击手司机开的车，把自己送到了杜巴家。他惊奇地发现自己竟然没有受到任何阻碍地走出了房子，并且很高兴看到那个硬汉车夫在等着他。他觉得自己的体会一定写在脸上了，但是鲁道夫爵士并没有十分殷勤地说再见，也没有打算再留住他。不管伯特·黑尔现在哪儿，他都是先被带到斯托福德庄园去的。伊普斯威奇的督察发现了一个最近用过的颜料盒，但老保姆对绘画有恐惧症，不愿碰它们。那有个牧师洞。如果男孩被带到那里，那么有一半的可能，枪手埃尔默也藏在那里。而且，在全国范围内对这两人进行搜捕——全英国的警察都在寻找他们，他们不太可能被转移。不过，他们现在就得搬走，牧师洞的秘密已经泄露了。

奈杰尔命令司机直接去苏格兰场。公共电话亭太脆弱了。此外，如果大批人要离开斯托福府德庄园的话，天黑以前不大可能，因为这所房子正处于警察的监视之下。这样，布朗特就有两个小时的时间让伊普斯威奇警方去干这件事。他们需要一个相当大的警戒线，而且需要配备武装。因为，如果埃尔默在那里，他肯定会开枪逃出去。

在这个关键时刻，事情开始不太顺利。奈杰尔到达时，布朗特不在总部，他正在和爱德华爵士开会，任何人不得打断。此外，布朗特的副手突然生病了，而代替值班的警官不了解情况。公务程序开始露出可憎的一面。这名警官非常谨慎，对奈杰尔的立场产生了怀疑。然而，最后他还是同意把奈杰尔的信息交给伊普斯威奇警方，但已经是晚上7点30分了。

布朗特直到8点多才回来，但现在，奈杰尔对他说了几句话之后，一切开始动起来。布朗特打电话给伊普斯威奇，电话一响，用几句恰当的话把他那谨小慎微的下属说动了。一辆警车随时待命，大比例尺的地图拿来了，三明治和热水瓶也从餐厅送来了。

"村警在岗吗？是的，就这样。但是这个人，埃尔默，是个杀手，如果他试图突破，要想阻止他，需要不止一个村警……你在设置路障吗？好的，好的。特别注意哈里奇港口那边……还有火车站，好的……我们会在10点30分和你们汇合，也许早一点……不，如果听我的建议，在我们到达之前不要开始搜索，我要带一位知道如何进入这间密室的先生来。"

套索甩得正好，但是要花时间拉紧，奈杰尔想，可能太晚了。就这一点而言，整件事可能就是一个巨大的母马巢①。在这种情况下，布朗特的反应就不值得深思了……

9点20分，村警霍格一直盯着窗户，和住在门房的斯托福德庄园的园丁讨论菊花种植。一辆汽车的引擎声正在靠近。霍格走出去，看到一辆普通的货车停在门口。他不是一个思维敏捷的人，而且他得到的命令是，如果有人离开大厅，就打电话报告——他没有接到任何指示如何处理到达的人。他还没来得及开口正式询问，就有两个人从车后跳了下来，用短棍抽打他，把他捆起来，然后把他放在车尾板上。第三个人跑进门房，用左轮手枪挟持园丁，把电话线扯了下来。门开

---

① mare's nest。母马从不筑巢穴，所以母马的巢穴自然也就不会存在。由此，这个词常用来比喻"子虚乌有""空欢喜"。另外，不会筑巢的母马即使筑巢也会搞得一团糟，所以，mare's nest又可用来指代"杂乱、无序、棘手"的状况。

了——门开后大厅会自动响铃,这就解释了今天早上汤姆是如何得知警车进来的,货车颠簸着开了四分之一英里才到那所房子。

当他们在后院里停下来时,阿狸又被堵住了嘴,他听到司机和一个从房子里出来的人之间的快速谈话。

"那个美国人在哪?我们来找他的。"

"走了。他逃跑了。"

司机说了一堆脏话。这样折腾了一阵以后,才发现那个美国佬大约在三个小时以前就离开了那所房子。那个人物打来了电话指示,美国佬骑着汤姆的自行车出发了。有一条崎岖的小路向西穿过公园,与车道相反。后来才知道,通过这条小路,伯特·黑尔被带到了房子里,从而避开了公园东边门房园丁的注意。

这四个人都在院子里,激烈地争论着。

"我们到底要到哪里去?"

"我们被放鸽子了。我怎么跟你说的?"

"我们放弃吧。"

"我们该怎么处理这该死的小鬼呢?"

汤姆的声音打断了他的话:"老板的命令,你得把那孩子带走,然后把他扔掉。"

"另一个流血的孩子吗?天啊,他以为我们是邪恶的童子军团长吗?"

"这孩子是伯特·黑尔。"

阿狸刚刚听到了那低沉的嘟哝声,他的心跳了起来。老伯特在这里，还活着。就在这时，货车里从他旁边传来了一个声音——霍格警员已经恢复了知觉。

"你们逃不掉的，伙计们，这一带所有的道路上都设置了警戒线。你们已经没路了，明白吗？"

"混蛋，虚张声势！让我们把孩子带上，慢慢走吧！"

"放轻松。"麦克的声音传来，带着命令的口吻。他和汤姆匆忙谈了一会儿话，阿狸听不懂，然后是长时间的停顿。汤姆已经把麦克带到屋顶上去了。从那个有利位置，他们看到汽车的前灯沿着主干道向东驶来，停了两辆车。同样向西，那里的小路开出了一条车道，那个混蛋警察不是在虚张声势。

"进屋！快！"麦克一回来就下令。其他人抱怨着，他们现在已经不知所措，但是他们照做了。当阿狸被汤姆推向后门时，他看见他们从车里把洗衣篮和那个警察抬了出来。汤姆催他上楼，走了三段楼梯，把他推进一个房间，锁上了门。这是一间色彩鲜艳的房间，阿狸从未见过，里面满是儿童玩具，还有一张墙纸，上面画着诺亚方舟和动物的图案。伯特·黑尔坐在床上，他们互相看了一会儿。

"你好，伯特。"

"你好，阿狸。"

"你在这儿挺好的，是吗？"

"你也被绑架了吗，阿狸？"

"是的，还被打了，"阿狸不无骄傲地说道，"让你来看看我的伤吧！"

在楼下的仆人大厅里，老保姆发疯似的瞪着他们，男人们迅速地和她的侄子商量了一下。他们有四个选项：他们可以把武器藏在这里，开车出公园被警察带走，这样就不算现行犯；他们可以带着武器开车离开，并试图开枪通过路障；他们可以分散逃开，每个人都试图独自穿过田野逃跑；或者他们可以留在原地，开枪。其中有两个人赞成第一项或第三项，但是，如果麦克和弗雷德落入执法者手中，他们会损失太多——弗雷德是谋杀戴·威廉姆斯的同谋，而麦克是一起暴力抢劫案的共犯，受害者因此而死亡。此外，还有伯特·黑尔的因素。汤姆说，老板打电话通知，必须不惜一切代价让男孩再避开警察24小时。从那以后，就没关系了。如果他们成功了，老板会再给他们每人一大笔钱。这种诱惑，再加上麦克和弗雷德更强势的个性，赢得了胜利。他们有充足的弹药，麦克的观点是，如果他们不能抵抗怪物们24小时，他们就活该被打败。他们会待在这里，打到第二天晚上，然后大家在黑暗的掩护下各自逃跑。

"我们为什么不干掉这个小混蛋？"弗雷德问，"这样他肯定能躲开警察的捕捉——不止24个小时。"

"该死，"麦克说，"大人物不喜欢这样的话。"

"他到底是谁？"弗雷德咆哮。

"别问不得体的问题，卡斯伯特。我们不知道他是谁，我们不知道，也说不清。他是钱的来源。这对你来说还不够好吗？"

"我还是会说，去死吧，两个都去死吧！"

"你烦死我了。如果你敢动我的阿狸小人精一根指头，你这个可恶的小矮子……"

弗雷德的手闪到他的口袋里，出来时手里拿着一把剃刀，但麦克把左轮手枪拔得更快。两人互相瞪着对方——眼睛像爬虫的弗雷德和像犀牛一样危险的克莱德人。

汤姆打破了紧张局势："真是太好了！你们看不到我们有两个孩子吗？做人质。我们告诉怪物们，如果他们想突袭我们，我们就会把孩子们以最快的方式从屋顶上扔下去。"

弗雷德说："你说得对，这是个僵局。你想要那个孩子，我们抓住了他。好吧，你让他死，或者我们留他活口，是个好主意。"

麦克咆哮着说："你留着你那该死的好主意，跟自己吻别吧。讨论小组现在解散。这里的布局如何？"

汤姆迅速地打量了他一下，斯托福德庄园所有一楼的窗户都紧闭着。警察从一楼的窗户强行通过应该很容易。同样的道理也适用于东边的正门。后门可以设置一个沉重的屏障，以抵御来自院子对面的攻击，这就留下了南边和西边的通道。房子的这两边都有落地窗，都关着。庄园东端是主车道，西端是车辆能够到达房屋的另一条道。

麦克和弗雷德在战争期间有过巷战的经历。他们知道，如果坚决防御，一座建筑可以抵御比较大规模的进攻，除了对抗坦克。另一方面，斯托福德庄园提供了一条宽阔得令人不安的防守战线，他们也没有沙袋来堆上开火的窗户。麦克所指望的是，对于没有接受过行动训练的人来说，夜袭很难进行。虽说有些警察可能是老兵，但在天亮之前，不太可能发动任何联合攻击，特别是如果警方一开始就给人留下防御严密的印象，而且按照麦克的经验，警察总是谨慎行事。

麦克最后的部署如下：房子一楼每边的窗户旁分别安排一个人守住，而汤姆则从一个房间到另一个房间不停移动，让外面看起来防守者众多，同时也充当麦克的跑腿。麦克自己有一个角楼的优势，在房子的东南角，两扇窗户可以让他有90度的火力。小货车被移到通向庭院的拱门左边一点，这样它的前灯就会斜着照射到主车道分叉的地方，但是部分光会被庭院墙壁挡住。汤姆的摩托车放在南面的露台上，它的前灯指向西南方向。最后，不幸的霍格警员被扔进了地窖，而老妇人和两个男孩被锁在育儿室里。

10点25分，布朗特的车停在了警察设的路障前。那是一个八月里漆黑的夜晚，寂静得令人窒息。布朗特和奈杰尔被领到门房，伊普斯威奇的警司正在那里等着他们。在此，他们了解到，一小时前，有几个人在抓住值班的警察并切断电话后，开着一辆小货车来到这所房子。园丁发誓说，从那时起到增援警察到来之前，没有人走到主干道上。奈杰尔听了这话，略微松了口气。这意味着他的预感是正确的——敌人派了一支武装小队到斯托福德庄园，大概是要把伯特和埃尔默带走。他们只差十分钟左右就成功了。

伊普斯威奇的警司哈勒姆在他自己的车和两辆警车之间有无线通信，这两辆警车堵住了公园西面的另一个出口：没有人试图从那里通过。只剩下北面和南面。哈勒姆在他的大比例尺军械地图上指出了这片土地的布局。他说，在房子南面一百码远的地方，草坪和公园之间，有道矮墙。他在那里布置了半打武装警察。房子的北面有一片外屋，外屋半英里远处有河。他已经派了四个人在外屋和河之间的那片土地上巡逻，但他认为，除非逃亡者准备游过去，否则他们没办法突破。

然后，哈勒姆用一幅更小比例的地图向他们展示了正在监视的火车站和公路交叉点。这张地图上有几个熟悉的名字，戴德姆，弗拉福德。

"我看我们是在康斯特布尔镇。"奈杰尔说。

"长官，眼下我还需要五十个人，"哈勒姆警司说，"好了，我们最好还是走吧，看看他们是不是来真的。"

很快，他们就明白了。当两辆警车沿着车道向上行驶时，前照灯的光束从两旁的树上反射和滑动，奈杰尔看到斯托福德庄园的屋顶在黑暗的天空中隐约可见，但较低的楼层隐藏在一束强光的后面，强光斜穿过他们的道路。

哈勒姆说："老天，他们会设法逃脱的，要阻止他们！"

光束没有移动。它在岔道处形成了一个光环，静止而阴森——奈杰尔觉得这个光环像个飞蛾陷阱，当车再次向前爬行，几乎到了光环的边缘，然后停了下来。奈杰尔意识到警察司机关了车灯。

"'有人在吗？'奈杰尔问。"他对坐在后座他旁边的布朗特低声说。哈勒姆警司的声音从扩音器里传来，像是回声。

"有人在吗？我们是警察，我们有武器。我有詹姆森·埃尔默的逮捕令，出来，你们所有人。"

"快来抓我们，警官！"

呼喊声过后，一阵阵火光接踵而至，将一名持枪警察从第一辆车的踏板上打下来,并打碎了第二辆车的挡风玻璃。警察正在从两辆车的盖子上开枪,但斜射光束像烟幕一样有效地遮蔽了他们的目标。

"打掉那些该死的车灯!"哈勒姆喊道。

不过,那辆车停在院子里,位置很好,要想接近他们,就得碰到他们的光束。另一名警察在试图这样做时受伤。在救出伤员后,哈勒姆命令撤退。

在育儿室里,伯特听到枪击声跳了起来。他忙着绘制房子里几层楼的精确地图,这比试图口头向阿狸解释要快得多。阿狸躺在床上,贪婪地吃着老妇人给伯特带来的巧克力。正如阿狸所说,老妇人已经崩溃了:她蜷缩在摇椅里,拨弄着手指,喃喃地说,她从来没有听说过这样的事情,世界将会怎样,那个男人什么时候会把她的制服还给她。男孩们把最后这句话解释为,那个枪手借了老妇人的衣服作为伪装来帮助他逃跑。在他们之间,他们对事态的看法是相当正确的,他们也猜到了事情的紧迫性,因为伯特告诉阿狸他如何发现了戴·威廉姆斯纸条的意义,明天就是 12 号。

他们现在听到的自动武器的碰撞声,只能说明房子遭到了袭击。男孩们互相转过身,竖起大拇指示意,是时候实施他们的计划了。伯特写了几份声明副本,提供了他们掌握的所有信息。这些将被放在油漆盒、诺亚方舟和一个中国拼图蛋内,警察一靠近,他们就把这些东西扔出窗外。但是,透过栏杆往下看,他们没有看到警察,只有黑夜,还有汤姆摩托车前灯划破黑暗的光带。他们转过身去,闷闷不乐,没有意识到，他们的脸映在明亮的窗户上，被一个守在矮墙的警察发现了。

布朗特和哈勒姆得到了报告，有人在房子南面顶楼的窗户里看到两个男孩。布朗特默默地拍了拍奈杰尔的后背，事实证明他的直觉是正确的。两位警官经过简短的会谈，同意今晚不再发动第二次袭击。他们没有足够的人手来冒险冲进房子，而且他们对地形也不熟悉。

"谢天谢地，这里不是伦敦，"布朗特说，"否则我们就得用四分之三的人手来阻挡围观者。"

伤者被救护车送回伊普斯威奇，还要申请派人前来增援。哈勒姆命令从房子的两侧进行狙击，以吸引歹徒的火力，了解他们的力量。回击的情况告诉他，房子里大约有六个人，都配备了自动武器。他下令停火，并开始重新分配自己微薄的警力，以便收紧警戒线。除了地面巡逻，一辆警车堵住了主干道，另一辆堵住了西出口，还有两辆警车在公园的南北两侧巡视，他们的车头灯像触角一样左右摆动，惊动了猫头鹰，扰乱了一群鹿夜间的睡眠。

黎明时分，在门房喝完茶后，奈杰尔和布朗特开始侦察。这里景象奇异——美丽的房子在黑暗和清晨的薄雾中显现。没有声音，烟囱里没有烟，紧闭的窗户里没有生命。它看起来死气沉沉，或者像睡美人的宫殿，近乎虚幻，陷入僵直的恍惚状态。它没有死，反而有致命的危险。一颗子弹击中了一棵橡树的树干，布朗特正从树干后面窥视。那辆货车被挪动了，现在堵住了院子的入口。如果此刻袭击这栋房子，必须移动货车，或者警察必须爬上院墙，不管怎样，都是自杀。然而，在进攻的第一阶段，只有北面的墙和外屋可以作为掩护。房子东、南、西三个方向的地面都向外倾斜，因此，就连矮墙处的警察也被困住了。即使他们能冲过矮墙和南边露台之间的几百码，他们仍然面临顶着火力攻破百叶窗的任务。

哈勒姆明智地认为这项任务对他来说太难了。他只有步枪和卡宾枪来对付自动武器。如果他们从四面进攻，他的手下大概能冲进房子，但会有伤亡的代价，他不准备冒险，他视手下的生命高于自尊。于是他驱车前往与军方取得联系。事实很快证明他是对的。

7点30分，汤姆去接他姑妈，为守卫者做早餐。她离开时，伯特和阿狸试图打开锁着的门，但是门建得很坚固，他们只弄坏了砸门的那把椅子。然后他们走到窗前，朝矮墙的警察大喊。当他们引起注意后，伯特把带有信息的诺亚方舟从窗栏里扔了下去，它在下面的阳台上爆裂了，纸片在石头栏杆上飘动，落到了草坪上。一名年轻的警察从矮墙后跑出来，举着铁盾牌挡住从落地窗上面的房间里向他开枪的弗雷德，但麦克从角楼南侧的窗口偷袭过来，在警察冲过去的时候把他撂倒了。年轻的警察扭动了一下，躺着不动了。

那帮歹徒现在已经犯了罪，他们杀了人，不能指望得到宽恕。伯特脸色苍白，躺在床上抽泣，他觉得是自己把那警察打死了。他和阿狸因为试图与救援人员联系而被汤姆当场打了一顿，他甚至乐意承受。男孩们被手枪指着带到地窖里，绑了起来，在那里待了几个小时。

事实上，几个小时后，军队才开始行动。哈勒姆不得不解除一定程度的繁文缛节：最近的部队无法派遣，只好从五十英里外派出。等他们装备齐全出发时，已是中午。两辆装甲车载着一队步兵，在一辆装甲车的带领下，在下午2点不到的时候穿过了公园的大门，然后又耽误了片刻，军事指挥官和警察进行了协商。他们决定在房子的三面各派一个小队，同时，警察撤退形成外围封锁线。然后，装甲车会开火，为剩下的一个小队打开通道，让他们进入东面的正门。

麦克从他的角楼窗口可以看到车道两旁树木之间的装甲车，汤姆向他报告了别处的军事部署。他们现在已经准备好了。在剩下的六个半小时里，几乎没有希望坚持到天黑。麦克气疯了，现在他不会采取任何软弱的选择，除非有人提出。然而其他人会屈服吗，包括弗雷德？现在唯一要做的就是打出他的最后一张牌，希望能赢得时间。他派汤姆去抓人质。

警车上的扩音器"噼啪"作响，喊道："我们给你们两分钟投降，两分钟投降。从东门走出来，举起双手。"

当伯特和阿狸被推进楼上的阁楼时，他们隐约听到了。汤姆走在前面，爬上梯子，打开天窗。

"上去吧，孩子们。"在他们身后的麦克说道，他手里拿着一把左轮手枪。

他们出现在一个平坦的屋顶上，相当大的一片区域。歹徒们把他们赶到三十码外的另一端，那里有一个两英尺高的屋顶。

伯特呻吟着往后缩了缩。阿狸咬紧牙齿，尖削的脸显得苍白。他们在屋顶的墙顶停了下来，墙壁是灰色的石块，树梢和石壁齐平。远远的下面，像白色圆盘的面孔开始向他们显露。

"坐在那儿,孩子们,"麦克说,"等我和大兵们谈谈。"

他们坐在屋顶上,双脚放在突出的窗台上。麦克趴在他们身后,士兵和警察看不见他。奈杰尔听到了又粗又哑的声音。

"你们能听到我吗,蠢警察和土大兵?如果你们敢动,我们就开枪,把这两个小子从屋顶上打下去。所以……带着那个轮子上的小玩具滚回家吧!"

奈杰尔抬起头,看见天际线上两个小身影中的一个——红头发的那个,正搂着另一个。泪水刺痛了他的眼睛,模糊了上面的身影。整件事都是那么奇妙:头戴钢盔的士兵躲在装甲车后面,装甲车在树林里轰鸣,扩音器发出刺耳的声音——这一切都发生在夏天的下午,一个优雅废弃的公园里,但现在屋顶上的声音粉碎了这个幻想。时间在流逝。

"那么,现在是什么情形呢?有点陷入僵局了,不是吗?"指挥士兵的上尉就在他的装甲车后面跟布朗特和哈勒姆在谈话。我想所有的战争都是这样的,奈杰尔想着,在静止、等待、讨论和事后反思的沙漠中,这是短暂的行动绿洲。时间在流逝,我们还有多久呢?一天?六个小时?一个小时?

他的沉思被扩音器打破了——"詹姆森·埃尔默投降!把詹姆森·埃尔默交给警察,伙计们,这或许对你们自己有好处。否则你就没有希望了。詹姆森·埃尔默投降!"

"交出我的范妮姑妈!"从屋顶传来的声音回响着。幸好该死的詹姆森不在这里,麦克想,否则这帮人可能会怯弱。

扩音器说:"好吧,我们可以等。"

其实他们不能等,奈杰尔知道,布朗特也知道。那个蜷缩在墙头的小男孩知道一些可能会影响整个世界和平的信息。如果他们进攻,他就会被击毙;如果他们等到歹徒们屈服,那就太晚了,这个在萨福克公园的奇怪行动,可能会引发最后一个问题——世界大战。扩音器第三次响了起来。

"呼叫伯特·黑尔,呼叫伯特·黑尔。别灰心,伯特和阿狸,你们会没事的。你们做得很好,你们两个。那里看得到风景吗?看台座位吗?"

是布朗特在招呼他们。奈杰尔对他的朋友生出了一种好感。在这种绝望的情况下,很少有人会想到安慰那些吓坏了的孩子们。

"对我们喊话,伯特,我们能听到你。戴·威廉姆斯给你的纸上写了什么?"

伯特张开了嘴,一个声音从他身后传来:"闭嘴,小子。你要是敢出声,我就开枪。"

在警车里,布朗特擦了擦额头。好吧,就这样了。奈杰尔看见一只秃鼻乌鸦,被扩音器的叫声弄得心神不安,滑下来撞到树梢上。紧接着,他就和哈勒姆和上尉紧急交谈。

"我想我们可以继续耗着,老伙计,"上尉说,"如果这些战场下来的孩子们愿意玩的话。"

很快,一条讯息就从停在车道后面的无线电车上发出来了。半个小时过去了……三刻钟……无线电又发出"噼啪"声,一个通讯员来到上尉面前。

"16点,长官。"

"我们15点58分发动,"上尉对布朗特和哈勒姆说,"这么做也是冒险。"

"就这样吧,否则就完蛋了。我们必须冒这个险。"

"这帮可怜的小白痴。希望有人能给他们一枚奖章。"

十分钟后,麦克从角楼窗口看到了行动开始。他又下楼来,把汤姆留在屋顶上,命令他如果出了什么差错,就开枪打死伯特·黑尔。无论如何,阿狸目前能够幸免。阿狸有胆量。麦克赏识有胆量的人。现在,麦克往外看到装甲车转弯,驶离车道,从房子的南边经过,然后消失了。这些混蛋到底在干什么?人员也在移动,低着头一排排地走着,一队运输车也启动了引擎。会是撤退吗?

汤姆仍然用左轮手枪指着两个孩子,他爬到屋顶的南侧,小心翼翼地往下看。装甲车从西边开过来,在阳台和矮墙之间的草坪上呼啸而过。矮墙之外,两辆警车在公园的草地上颠簸着,扩音器里播着命令。

马达的轰鸣声、沉重的脚步声和发号施令声。在这一片混乱和喧闹中,一架直升机像蓟花一样从东方飘来,冲下来擦过最高的树梢。

阿狸和伯特同时看到了它。阿狸抓住朋友的手腕,激动地咕哝着:"嘘!别动!"伯特退缩了一下,几乎要从墙头上掉下来,因为感觉直升机的轮子要卷走他的头发。但是,就像旋涡中的蓟花冠毛一样,直升机就在那一瞬间升起来了,垂直的螺旋转得很快。就在这时,汤姆听到了引擎声,抬头一看,只见那架飞机在头顶盘旋。他正要把目光移开，瞄准伯特·黑尔的后背，一瞬间，有东西开始从直升机上朝他落下来。"上帝啊！他们在轰炸！"汤姆失去了勇气，惊慌地大叫一声，朝天窗冲去。这些东西在屋顶上炸开了，一个在他身后，一个在他前面，汤姆被困在两堵不断上升、令人目眩、令人窒息的烟雾中。

烟幕弹的投放是发动总攻的信号。轻机枪手向一楼的窗户猛烈射击，尤其集中火力攻击主车道上的窗户。装甲车现在已经到了车道分叉的地方，突然掉头转了一个U形弯，翻过草皮边界和花坛，加速前进，沿着通往东边大门宽而浅的台阶猛冲上去，向一个角度撞击，然后倒退，让紧随其后的步兵队伍进入。整个行动都很协调，但是在屋顶卷起的烟雾中，到底发生了什么，奈杰尔想知道。直升机已经在向另一个方向靠近，这一次，它将降落在平屋顶上，里面的人会跳出来占领这个据点，以防歹徒在那里进行最后的抵抗。

随着烟幕弹的爆炸，伯特和阿狸扑倒在屋顶的墙头后面。阿狸很快就爬了起来，拉着伯特的手，全速跑向烟雾中。他们听见汤姆在咳嗽，在喘气。他们绕了个弯，闭上眼睛，屏住呼吸，幸运的是，他们偶然发现了天窗，他们没有时间把天窗关紧，他们只有一个想法——摆脱汤姆和他的左轮手枪。他们从梯子上滚下来，进了阁楼，穿过门，穿过一条走廊，下了一段楼梯。他们听见汤姆在他们后面的什么地方跌跌撞撞地走着，嘴里骂着。他们听到了轰隆声和枪击声，在楼梯下停了一会儿，不知道该怎么办。

他们头顶上传来一阵响声，一声呻吟，一个人从楼梯上朝他们撞来——汤姆被一颗射入楼梯平台窗户的子弹打死了。两个孩子飞快地跑下一段楼梯，好像那具尸体还在追赶他们。到了下一个平台，他们又检查了一遍。他们隐约听见军队从房子的另一边冲了进来，正准备朝那个方向走去，这时，走廊的另一端，一扇门小心翼翼地打开了，露出了一个枪口，然后是一张脸——这是伯特最害怕的面孔，就是那个在肯辛顿花园用指虎威胁过他的人。伯特拖着阿狸从身后的一扇门冲了出去。他们锁上了门，逃进了隔壁的房间。

"快，我知道该躲在哪儿了。"伯特喘着气说。他对这所房子的记忆现在对他很有帮助。他们在房间和走廊里进进出出。有一次，弗雷德的枪一响，灰泥溅到了他们的身上，但很快他们就来到了伯特要去的房间。他按下壁炉台上的橡子，牧师洞的嵌板打开了，伯特把阿狸推了进去。他可以从里面摸到秘密的弹簧。他又按了一下，嵌板合上了，他赶紧缩回胳膊。外面传来"砰"的一声响——弗雷德射中了门锁。当他发现房间里空无一人时，他咒骂了一声。

伯特兴高采烈地说："他们找不到我们这儿的，真是个好藏身的地方，是不是，阿狸？"

过了一会儿，他想起嵌板是不能从里面打开的，唯一知道这个秘密的人刚刚被杀了。好吧，这不重要。警察会到处找他们，他们会敲打嵌板，但一刻钟过去了，没有人来搜查，两个孩子开始闻到一股微弱的、可怕的气味——烟味，房子着火了。

第十七章

行动目标

奈杰尔和布朗特在第一波袭击后不久就冲了进去,但他们什么也做不了,直到歹徒被扫清。对方有两人立刻投降。弗雷德在寻找孩子们时,被行动小组的一个人打死了。麦克在角楼的房间里,朝连接通道的门射击,很难把他赶出来。这条通道太长了,不能仓促行动,攻击者以几人的伤亡为代价才发现这一点。最后,他们中的一个人——曾在郡级一流板球队打过球的一位现役军人,往走廊里快速投掷了一枚手榴弹,首先弹进了角楼室,麦克受了致命伤。

与此同时,部队正在搜查房子的其余部分。他们发现村警霍格和老保姆被锁在地窖里。然后他们上到一楼，从一个房间跑到另一个房间，大声喊着。从直升机上下来的三个人发现屋顶上一个人也没有，两个孩子显然已经逃走了，一定在这所房子里的什么地方。其中一个投降的歹徒告诉布朗特警司，詹姆森·埃尔默前一天晚上离开了那所房子。这是一个沉重的打击，使寻找伯特·黑尔的任务变得更加紧迫。此外，在战斗中，房子最古老的部分着火了，在火被注意到之前，嵌板房间的墙壁开始燃烧，很危险。

"那些孩子到底上哪儿去了？"布朗特问。

奈杰尔赶紧去找赫西奥妮告诉他的那个房间。根据描述，他知道是在一楼，在房子原有的部分。歹徒有可能抓住从屋顶逃跑的男孩，把他们锁在牧师洞里。士兵们提着水桶跑上楼去，在光溜的墙壁上寻找灭火器，但没有找到。当奈杰尔推开一扇又一扇的门，寻找赫西奥妮曾给他看过照片的那个房间时，走廊里冒出了滚滚浓烟。他打开第四扇门，透过烟雾，他看到了他想要的东西：高贵的比例，精致的造型，刻有浮雕的柱头和圆章的壁炉台，火像愤怒的波浪和飞镖一样爬上了嵌板，从一块木板后面传来了叫嚷声和撞击声。奈杰尔从烟雾中纵身一跃，按下那堆橡子。

伯特和阿狸爬了出来。奈杰尔领着他们进了门，最后一道火苗绕过他们的脚踝，然后飞走了，布朗特在走廊另一端招呼他们。

"干得好，伙伴们，非常好，非常好！"他拍了拍那两个浑身湿透的人的肩膀，"我们为你们感到骄傲。该死的烟，都熏到我眼睛里了。"

布朗特拿出一条巨大的手帕，使劲地擦着眼泪，这眼泪也许是烟造成的,也许不是。"

两分钟后,外面的草坪上,空气清新,伯特说道:"当我被绑架时,那个人让我写下便条——就是我在船上找到的那张。他打扮得像个警察,所以我觉得没什么问题,所以我写下了"伯特·黑尔 12(Bert Hale 12)",就在我写的时候——因为在车里,我的手轻轻一碰,它就变成了"伯特大厅 12(Bert Hall 12)",我记得那张被撕掉的纸,离 B 很近——它可能是一个大写字母,也可能是个小写字母,因为字迹潦草——我明白整个便条写的什么,我的意思是,可能写的什么。阿尔伯特大厅 12 号(Albert Hall 12)。然后我想,也许 12 是一个时间,或者一个日期。今天是 12 号。今天阿尔伯特大厅有什么事吗?"

布朗特警司摘下眼镜,对着吹了口气,擦了擦,又戴上了。

"音乐会,"他温柔地说,"一场非常盛大的音乐会,老伙计。"然后又对着奈杰尔和哈勒姆说:"为了向苏联外交部长致敬,晚上 8 点开始。"

奈杰尔看了看表,现在是 4 点 52 分。

"我说,长官,您认为那个美国枪手会向苏联部长开枪吗?他在窗外用步枪练习射击——瞄准草坪上的一个目标。"

布朗特说:"偏射,这是个辅助练习。我敢说你是对的,孩子。"他对着伯特微笑,又说:"你不是想在刑侦局找个工作吗?看来我该退休了,把工作交给你。"

阿狸恢复了活力,喊着:"您最好快点,长官。我们还在等什么?再告诉您一件事,枪手穿着那老妇人的制服——保姆的制服逃跑了。伪装,明白吗?"

"走吧，孩子们。你们见过无线通讯卡车吗？"

当布朗特通过无线电信号员发出一连串指令时，孩子们看得目不转睛。然后他把上尉拉到一边，低声说了几句。上尉立刻爬进卡车，按下一个开关，说："陆军呼叫皇家空军，能听到吗？完毕。"

"听得很清楚，有什么事吗，将军？你还没赢得战斗吗？完毕。"

"勇敢的飞行员，如果你能把那个可怕的装置从屋顶上弄下来，我有另一项任务给你。完毕。"

"乐意效劳。我马上就来，完毕。"

"快速行动是件好事。你底下的房子着火了，重复，你底下的房子着火了。欢迎提出意见，完毕。"

"哈，哈，哈……天哪，原来如此！我等不及和你在一起了。我们可以在你那辆破车撞坏的草坪上见面吗？完毕。"

"批准汇合，小心花坛，完毕。"

男孩们抬头一看，只见直升机从屋顶上升起，侧着身子飞，倾斜着，开始缓缓下降。当他们到达草坪时，飞行员探出身子，对陆军上尉做了一个粗鲁的手势，上尉对他喊道："我为你准备了几张贵宾票。他们想去伦敦。你能找到伦敦吗？"

"我可能。当然，我只是个初学者。是带这些先生们吗？"飞行员看着布朗特和奈杰尔说。

"哦，好吧，他们也可能去，但我指的是这些家伙——"上尉指了指伯特和阿狸。

"我们？"阿狸嘶哑地喊道，"进这里？上帝啊！你听到没,伯特？"

"噢，天哪，"伯特严肃地叫道，"噢，天哪！"

布朗特转过身去，用大手帕擤了擤鼻子——这声音听起来就像审判日最后的号声。

飞行员喊道："稳住，先生，小心我的机器。"

孩子们面面相觑，"咯咯"地笑着，突然抽搐起来。当飞机开动时，上尉立正敬礼。阿狸咧嘴一笑，做了个皇家手势，回应敬礼。伯特根本没注意这点，他目不转睛地盯着直升机的仪表盘，像一个虔诚的教徒第一次看到天堂及女神时一样欣喜若狂。

十分钟后，伯特和飞行员正就空气动力学问题进行一场技术性很高的讨论，奈杰尔转向坐在旁边的布朗特。

"我得说，你对这一切都很平静——对这个阿尔伯特音乐厅的事。"

"好了，好了。"布朗特用力拍了拍自己的秃头，"我们还没有抓到那个叫埃尔默的小伙子，但他根本没有机会得手。"

"我不是这个意思，你在逃避。伯特的消息真的让你大吃一惊吗？"

布朗特看上去有点内疚："我不会说我们没有想到'阿尔伯特大厅12号'不是这个意思，但我得承认，有一段时间，我们被哈里奇的想法骗了。"

"我一直没明白。"

"哎呀，你的头上受了重伤。"

"这么说我糊涂了？你为什么不告诉我呢？"

"这是有原因的，斯特雷奇威。"布朗特不安地说。

"啊，我明白了，不光是那个老头在遮遮掩掩？"

"你经常见到杜巴和他的夫人,有可能杜巴和这事有牵连。如果是的,他也不会发现我们已经猜到了阿尔伯特大厅的事。如果你早知道,他也许就会用各种方法从你嘴里套出来。"

"这么说,我只是你手里的一颗棋子?"

"嘟嘟嘟。"

飞行员转向伯特,后者和阿狸一起蜷缩在他旁边的座位上。

"你愿意接手吗,小家伙?方向盘在你面前。让直升机飞到人工地平线上。没什么大不了。"

伯特涨红了脸,咽了两口唾沫,咬了咬嘴唇,瞥了一眼飞行员——此刻他情愿为飞行员而死,然后,带着宗教般的敬畏和职业的专注,把手放在方向盘上。

鲁道夫·杜巴爵士正在为音乐会穿戴打扮。作为一个知识渊博的业余音乐爱好者,他怀着复杂的心情期待着这一天的到来。这是对他的精神分散能力还是专注能力的赞扬?应该这么说吗?这些复杂的情绪完全来自官方计划的性质,而不是来自他可能知道的对当晚行动的任何非官方贡献。晚上的节目只包括英国和苏联的音乐。沃恩·威廉姆斯[1]的《第六交响曲》和沃尔顿[2]的《伯沙撒王的盛宴》是无可挑剔的,但是,这个节目的苏联部分,是组织者经过大量研究,确定目前在官

---

[1] Vaughan Williams(1872-1958),英国作曲家。
[2] William Walton(1902-1983),英国作曲家、指挥家。

方圈子里哪些作曲家合适之后，再挑选出来的，但是看起来不那么令人满意。苏联外交部长也是一位音乐的狂热爱好者，也许他应该被要求选择他自己的计划，鲁道夫爵士思考——根据对待死刑犯的原则，他可以允许获得想要的任何东西作为最后的一餐。

作为一个习惯于用自己的钱承担巨大风险的人，鲁道夫爵士对于拿别人的生命去冒险一点也不感到不安。他并非想要战争，因为他很清楚战争对他自己和对整个世界都是灾难性的。他想要的是维持现状：目前谈判的成功使裁军从幻想变为可能，而裁军对他来说将是难以想象的不利——他在那个篮子里有太多的鸡蛋。当然，美国可能不会参与。但是，在去年苏联宣布拥有氢弹后，即使是美国最沙文主义的圈子也开始退缩。现在还不能肯定目前的谈判不会导致一次世界裁军会议，但市场已经指出这个方向。

在仆人系领带时，鲁道夫爵士的思想从音乐转向了谋杀。当然，他并没有这样想。另一方面，他也没有沉迷于任何理想主义的自我欺骗，相信政治暗杀的必要性或优点。就像他的财务活动一样，这是一个远程控制的行动：他按下某些按钮，通过错综复杂的连锁反应，在另一端产生了预期的效果。在目前的情况下，理由是这样的：如果苏联外交部长被暗杀，东西方的僵局将会延长，比方说，再延长十年，重整军备将继续下去，如果暗杀者被证明是一名前联邦探员，苏联人的怀疑就会立即得出结论，认为这至少得到了美国有影响力圈子的默许，因此，刺客本人必须被揭露。如果这个叫埃尔默的人在枪杀了部长之后被杀，他的身份将会被发现，而且既然死人不能说话，他和鲁道夫爵士的联系被追踪的微弱机会就会消失。这就是要用到年轻的格雷的地方……

亚历克·格雷正在为音乐会穿戴打扮。在行动之前，他从来不需要兴奋剂。行动的前景、兴奋的心情，再加上他那强硬而无所顾忌的天性，就产生了他所需要的一切刺激物。他回顾了今晚的计划——或者更确切地说，两个计划，因为事情不会完全遵循告知詹姆森·埃尔默的模式。美国佬将独自占据为他弄来的二层包厢，以便把苏联人的情况看得一清二楚，这个包厢来源无法追溯到格雷或鲁道夫爵士。格雷会和几个朋友坐在隔壁的两个包厢里。这个美国佬直到音乐会结束时才开枪，因为这时苏联部长会站起来向鼓掌的观众致谢。这时，大厅里的每一双眼睛都在盯着苏联人，而埃尔默躲在包厢的帘子后面，可以瞄准并开火，而不用担心会受到干扰。然后他就可以冲出去，混在早早离开的人群中，就像一些人经常做的那样，赶最后一班公共汽车或火车去郊区。格雷马上就会护送他离开大厅，把他送到一个秘密地点，那里有一架飞机在等着他，然后他会得到报酬。

这些至少是同美国佬商定的安排。然而，事情并不会按照计划进行——对詹姆森·埃尔默来说并非如此。格雷无意帮助枪手逃跑。相反，他会在埃尔默的后面大叫大嚷。埃尔默会在其中一个出口被拦截，他试图开枪，然后他就完蛋了。像埃尔默这样危险的人，警察肯定会开枪击毙，而且即使他们只是包围他，这个美国佬也是那种宁可把左轮手枪对准自己也不愿落入法律之手的人。

那个美国佬自己是不肯说的。庸医被打死的那天晚上，格雷在离斯托福德庄园半英里的地方把他放下车，所以那里没有人看见他们俩在一起。戴·威廉姆斯最终沉默了，只剩下那个叫阿狸的可怜孩子给警察的消息——他看见格雷把那个人带进了杜巴家的聚会。亚历克准备了一个故事来说明这一点，又找了一个帮手来证实。如果赖特督察认为这个人是格雷带进杜巴家的窃贼，那就祝他好运。真幸运，阿狸没有听到杜巴和他在花园里的谈话，格雷想。要解释清楚是一件很麻烦的事，但是麦克确信阿狸并没有听到，在格雷离开这个国家之前，麦克一定会保护阿狸不受伤害。

他的逃跑路线是经过仔细计划的。毫无疑问，由于伯特·黑尔被绑架、入室行窃，以及在他公寓里发现的纸条，警方现在已经因为怀疑他而暴跳如雷了。他们没有抓他去审问唯一可能的原因是他们更想抓到詹姆森·埃尔默，并且希望格雷能引导他们找到埃尔默，他们会让埃尔默自食其果。

上帝作证，他今晚就会带他们找到埃尔默。毫无疑问，他必须经受一次严厉的拷问，但是，在没有更多证据的情况下，警方无法拘留他——在鲁道夫爵士的幕后影响下，这是不可能的。然后他只需要溜之大吉，飞机已经准备好，旅程的终点是南美，杜巴的代理人会在那里照顾他。他和杜巴对彼此了解太多，不会有背叛的危险。格雷的思绪回到了几个月前的那一天，当时杜巴告诉他，知道他和赫西奥妮有染，还知道他是萨姆·博奇的内线。这让杜巴牢牢地控制住了他，但他为杜巴所做的一切使这种平衡得以维持。他们计划在苏联代表团来访的时候发动一波抢劫，制造政治事件，美国人的惯用伎俩。杜巴有这样的想法，包括设想用自己房子被盗做借口，让格雷做联系人。这是一次卓有成效的合作，双方都感到满意……

当布朗特和奈杰尔到达阿尔伯特音乐厅时，外面已经挤满了人。音乐会开始前的一刻钟，要求持票人就座，但有数百名旁观者前来观看苏联部长和其他名人的到来。警察的警戒线使他们与通向大厅的通道保持一定距离。对面公园的栏杆上排满了观众。每个门口都有一群警察，门里边站着一些便衣，每个人都拿着一份詹姆森·埃尔默的照片。

警司说："你看，我们采取了一切预防措施。"

"如果你把他关进监狱，我会更高兴的。"

詹姆森·埃尔默被追踪到距斯托福德五英里的一个火车站，他——或者至少是一个穿保姆制服的人，昨天晚上赶了一趟火车。这是一列慢车，车厢没有走廊，在到达枢纽站之前，乘客可以在任何一个空车厢里换衣服。踪迹在这里逐渐消失了。当地火车接上了一辆伦敦快车，但到目前为止，在枢纽站和利物浦街进行的调查都未能确认詹姆森·埃尔默乘坐过这辆快车。

抵达伦敦后，布朗特派人送伯特和阿狸回到他们父母身边，他自己则带着奈杰尔去见爱德华爵士，报告了情况。这位大人物非常担心。当然，是可以建议苏联外交部长不参加音乐会，但那是个固执的人，热爱音乐，不去不亚于丢面子。而如果他们作为保护者告诉他，他因为一个全英国警察都没有抓住的枪手而处于危险之中，也会有损他们的威望。此外，还涉及高层政策的考虑。部长出席这场音乐会，将为过去十天的谈判巩固基础，并象征着由此带来的改善国际关系的希望。

在与唐宁街 10 号进行了简短的电话交谈后，爱德华爵士决定演出必须继续。已经采取的保护部长的措施将得到最严格的执行，并采取额外的预防措施。

亚历克·格雷在进入阿尔伯特音乐厅的那一刻就意识到了这一点。两个大个子礼貌地把他往一边请，在他们让他重新排队之前，对他进行了迅速而彻底的武器搜查。即使是鲁道夫爵士，尽管他是音乐会的组织者之一，也无法不受挑战地通过。他的票被仔细检查过，两名便衣男子在他包厢外的走廊里站岗。就在今天早上，政治保安处在他严密编织的体面说辞里发现了一个漏洞，揭穿整件事只是时间问题。

这时，布朗特对他的同伴说：" 埃尔默根本没有机会进去，我不知道他在外面能做什么。看看吧。" 他指着阿尔伯特纪念堂上的一群警察，其他人则在公园里的树木间和沿途的窗户上巡视——任何可以想象的苏联部长到达范围内的有利位置。伯特·黑尔说枪手曾在斯托福德庄园练习偏转射击，布朗特对此印象深刻。

" 他可能是白天进来的，不是吗？"

布朗特冷冷地说：" 可能吧，可是，他们接到我从斯托福德那儿带来的消息，就把大厅搜了个遍，把每寸角落都搜遍了。你知道吗，这有将近四十个房间，在礼堂下面和平台后面——绝对的兔子笼。他不在里面，我拿我的养老金打赌。"

布朗特大概会失去他的赌注了。五分钟前，一个小个子男人走进了大厅，他的小胡子耷拉着，晚礼服外面套着一件宽松的黑外套。他带着一只小提琴箱，和几个管弦乐队的成员一起，从艺术家的入口处走进来。站岗的警察以为他和他们在一起,他出示的卡片消除了他们可能产生的任何怀疑——因为作为额外的预防措施,所有管弦乐队和唱诗班的成员都被要求出示官方发给他们的通行证。詹姆森·埃尔默是一个伪装大师,如果需要他看似一个音乐家,他可以装得像模像样。

他走下楼。过了一会儿,他从盥洗室出来,进了乐队室,把小提琴盒靠墙放着,然后又溜了出来,穿过迷宫般的地下楼梯,朝包厢区走去。他脑子里有一张这个地方的地图,是由同一个体贴的供应者提供的,就像他回伦敦后,在约定的地方发现的那些晚礼服、胡子、通行证,还有某些其他东西一样。现在,他和音乐会的观众们混在一起,买了节目票,由一个服务员为他打开包厢,拿走他的票。他不知怎么又改变了特征:虽然他的脸和衣服没变,但他看起来像一个音乐爱好者,而不是一个职业音乐家。他走起路来完全不一样,甚至一条腿有点僵硬,而不是跛行。在包厢被挡住的地方,他从大衣深处的口袋里取出一支温彻斯特步枪的枪托,从裤腿里取出枪筒——这是他上厕所时从小提琴盒里取出来的,然后迅速地把它们装在一起,接着把步枪沿侧壁放好,把椅子向后拉,远离包厢正面的地方,从窗帘里往外看。到目前为止,胜券在握。他一点也没暴露自己,可以清楚地看到他右下方的高级包厢。

在巨大的礼堂里,一阵兴奋的骚动显现出来,仿佛是通过大楼外人群的欢呼传达出来的心灵感应:人们转过头来,"嗡嗡"的谈话声逐渐消失,然后又开始了,洞穴状的穹顶下发出断断续续的声音和动静,就像雷雨来临前躁动的空气。当首相和他的贵宾一起进入高级包厢，引领他走向全部观众时，雷鸣般的掌声响起，首相退了回去。苏联部长站在那里一会儿，敦实而冷漠，然后仿佛被观众的热情欢迎融化了，他岩石般的脸松弛下来，露出微笑，他招招手，把首相拉到他身边。观众们都站了起来，管弦乐队也站了起来，指挥举起指挥棒没动，沉默了片刻。远处传来一阵低沉的鼓声，越来越响，国歌开始奏响。

随着音乐会的进行，布朗特警司从礼堂的西南侧，戴着看歌剧的眼镜扫过上层。白色衬衫前襟、白色肩膀、勋章、珠宝、头饰，像七月的花坛一样耀眼，让人想起那个更加富有、更加庄重的时代，这些的确让这个苏联佬感到骄傲。布朗特能看到亚历克·格雷身体前倾，显然沉浸在音乐中，布朗特冷冷地想，这是年轻暴徒享受生活的最后机会了。上面有一两个空包厢，他注意到了，隐约感到不安。万能的主啊，都搜查过了，不是吗？每个包厢租客都必须出示贵宾卡。我刚刚遭受过那狂人的攻击。

幕间休息时，布朗特和奈杰尔出去呼吸新鲜空气。他们绕着大楼向东南角走去，检查每个入口处警察的警惕性，即使在这个阶段也不能放松。

过了一会儿，他说："好吧，我想我们成功了，但是我希望我永远不会……"

"布朗特！这是什么？"奈杰尔的声音有点颤抖。他在人行道上弯下腰来，又直起身子，手掌上捏着一个淡紫色的圆形物。布朗特抓起来，闻了闻。

"他进来的时候扔掉了，在艺术家的入口。"奈杰尔说。

"他是世界上唯一嚼这些东西的人吗?"布朗特愤怒地扭头问道,但他已经相信了。门口的警察发誓说,没有未经授权的人进入,也没有任何符合詹姆森·埃尔默特征的人进入。

"假通行证,"布朗特嘟囔着,从他们身边掠过,"他们可以在那些该死的乐器箱里装一把武器。"

他找到一名服务员,要求立即带他去见指挥。

"但马尔科姆爵士正在换衣服,"这名男子深感震惊地规劝道,"完全不可能……"

"我不管马尔科姆爵士是不是穿着生日套装在倒立,我要马上见到他!我是布朗特警司,快去吧,去!"

在布朗特的火气爆发之前,服务员惊慌地跑开了。奈杰尔跟着他们进了指挥的房间。布朗特自我介绍后,迅速解释了问题所在。

"恐怕我不得不要求推迟音乐会的下半场,马尔科姆爵士,我得去问问管弦乐队。"

"我完全明白,"指挥说,彬彬有礼地摆了摆手,"还有合唱团,我亲爱的朋友,好几百个。我跟你一起去解释一下,好吗?我必须回来,首相马上要带一些苏联朋友来见我。"

在乐队室里,管弦乐队的成员按照他们那类人的方式,都在玩着激烈的扑克游戏,甚至还在说着更激烈的闲话。马尔科姆爵士找到了领队,把布朗特介绍给他,然后退了出去。在这里,以及后来在合唱团的六个更衣室里,布朗特问是否有人看到过男人或女人——因为枪手曾经以这种方式伪装过自己,不是合唱团的成员,在音乐会开始前从艺术家的入口进来，如果有，他想要一份描述。

管弦乐演奏者在艺术表演中有着高度的自律，他们在音乐之外往往是强硬、多疑、倔强的个体。几十双眼睛盯着布朗特，带着他们惯于注视紧张的年轻客座指挥的那种消极的表情。奈杰尔几乎可以看到这些工具主义者在计算他们在神圣的休息时间回答问题应该得到多少加班费，布朗特也意识到他们缺乏合作精神。

"先生们，我非常欣赏你们的表演，"他轻快地说，"我期待着下半场的演出，但恐怕在我找到这个假扮成音乐家的家伙之前，我们无法开始。"

管弦乐队认可了这种权威。还有一种难以想象的可能性，那就是必须赶比平时晚的火车回家。

"不可能，伙计，"一个看起来很有知识的长号手自告奋勇地说，"如果有陌生人从我们门口进来，肯定有人会注意到。我们互相都认识。"

"太好了。"一个中提琴手说，他刚刚打牌被前面说话的这个人骗了。

指挥在与苏联外交部长深入地讨论音乐。鲁道夫爵士和杜巴夫人也参加了，作为音乐会的组织者之一。首相正在和爱德华爵士聊天。一个侍者在后者耳边低声说，布朗特警司想和他说句话，他道歉后就出去了。

苏联部长说："我非常喜欢我们的谈话，今后你一定要把你的管弦乐队带到我的国家来。他们很好，非常好。也许第二小提琴有点粗糙，但没有什么是完美的，"他立刻笑了出来，补充道："甚至在苏联也没有。"

"能为你们演奏是我的荣幸。我相信你们会发现沃尔顿很有意思。这是一个很棒的合唱团,不过我们可以用你们的低音提琴。"

"现在,马尔科姆爵士,我猜你是想把我们打发走。"

"完全不是,先生。事实上,我们可能会有点耽搁,"指挥压低了声音说,"似乎有未经授权的人进入大厅,而警察……"

"啊,警察!他们是小题大做,不是吗?"部长开怀大笑,目光落在站在门边的三个强壮的同胞身上,"这样我的保镖就有事可做了。他们太无聊了,可怜的家伙。恐怕他们不太喜欢音乐。"

鲁道夫爵士就在听得见他们谈话的地方,他礼貌地告辞,赫西奥妮也跟着走了。

两分钟后,詹姆森·埃尔默在幕间休息时没有离开包厢,他听到了他的雇主在门外和某人说话时那低沉的声音。

"是的,我们要晚点再开始。警方显然发现有未经授权的人进入了大厅。我想他们可能又开始搜查那地方了。该死的讨厌鬼!没有必要等待。如果我是他,我会不管警察,立即开始。"

对詹姆森·埃尔默点一下头就如同向他使眼色。

跟鲁道夫爵士在外面说话的熟人以为最后一句话指的是指挥家。埃尔默更明白。许多穿着白色连衣裙的女士,犹如艾美·森普尔·麦克弗森[1]的"天使",都爬上了乐队后面的台阶。杀手的冷血兴奋涌上

---

[1] Aimee Semple McPherson(1890-1944),20世纪美国颇有影响力和颇有争议的福音传道者、早期电台传道者。

心头。他这样做不是为了一个目的，或者一个信念。该行动的国际影响对他来说毫无意义，即使他能从中得到一大笔钱，现在对他来说也无关紧要。他的眼睛对准了要瞄准的地方，就在左太阳穴灰白头发的正下方，他可以毫不迟疑地击中目标，然后快速逃离。他推测格雷知道时机已经改变了。不管有没有格雷，他都会成功。必须快速行动，并且他认为自己可以在暗杀消息传开之前到达最近的出口。可能得用枪扫射掩护出去，那又怎么样？这些英国的精英警察甚至都没有武器。埃尔默伸手去拿他的步枪：一个小型的、致命的、高速的武器，只需一颗子弹，透过窗帘。

布朗特警司不知所措。詹姆森·埃尔默已经进入了大厅，却没有任何管弦乐队或合唱团的成员注意到他。更糟糕的是，合唱团中有人承认自己喜欢紫罗兰的口香糖。她不认为她在艺术家的入口处丢了一个口香糖，但她不能完全确定。这一切都如此令人发狂，令人恐惧：一个荒谬的马巢，或者一个致命的威胁。爱德华爵士接到指示，决定他们不能再拖延了。他会建议苏联部长在音乐会接下来的时间里，远离观众，坐在包厢后面，当部长需要上前去感谢观众的掌声时，让他的保镖把他包围起来。之后，他们会在官方人士离开前，清理走廊和通往大厅的道路。

于是合唱团和管弦乐队开始走上讲台，远处可以听到调弦的声音。布朗特和奈杰尔正从艺术家的房间上楼，突然听到身后有脚步声。他们转身——是管弦乐队的指挥，和他在一起的是一个神情紧张的白脸人。幕间休息开始时，他感到不舒服，到酒吧去喝了一杯白兰地，然后到外面走走，呼吸一下新鲜空气，所以布朗特询问乐队的时候他不在场。是的，他看见一个他不认识的人走进来，就在他前面，一个胡子下垂、拿着小提琴盒的小个子。他并没有特别注意那人，也没有多想，他自己在打击乐组，他知道今晚的音乐会要增加弦乐。

布朗特不想再听下去。如果苏联部长留在包厢的小厅里，目前应该足够安全，但之后他必须在观众面前现身，那危险就会来临。与此同时，警方必须再次检查，狙击手可能伏击的危险地点。不管怎样，他们知道现在该找什么样的人——除非枪手用其他的伪装来代替下垂的胡须。

当他们去找布朗特的副手时，听到了指挥进场时的掌声，以及《伯沙撒王盛宴》的第一个音符。布朗特和督察迅速召开会议，改变他们的部署。少数持有武器的警察必须集合起来，其中四个人被挑选出来参加搜索队。布朗特对埃尔默这样有名的枪手不敢冒险。

詹姆森·埃尔默把窗帘拉到包厢的右手边，这样他就可以透过缝隙窥视，他的步枪枪口贴在墙上，看不见。一切都安排好了，但没见目标。那个该死的苏联佬，他去哪儿了？那些穿着燕尾服的家伙，那些穿着白色衣服的可怜宝贝们都在嘶声大喊，乐队演奏得热情洋溢。在所有这些把戏中，永远听不到小型高速步枪的弹射声。他可以把包厢里所有自命不凡的人都解决掉，大家还以为他们都死于心脏病。

苏联部长冷冷的眼睛闪闪发光。这才是音乐——那狂野的激情，那碰撞，那嘶鸣，汹涌的节奏奔腾迸发，吐出了浪花般的音符，这正是他想要的。他热衷于战斗，就像喜欢优美的音乐：一个战士。听着沃尔顿恢宏激烈的乐曲,他无法自拔,缓缓走到他的包厢前面。他喜欢看管弦乐队演奏,弓弦、滑弦和手指用力流畅地移动,就像某种极其精密的机器部件,发出声音。一只手抓住了他的袖子,但他不耐烦地甩开了。

布朗特和他的武装队伍沿着走廊走在最上面一层包厢的后面,一名服务员打开包厢,依次检查每个包厢的客人。布朗特朝一个包厢里瞥了一眼,注意到亚历克·格雷和他的伙伴正俯身在窗台上。格雷甚至没有环顾四周,他对这段时间发生的事情一无所知,杜巴认为和他交流是不明智的,因为周围有便衣。格雷会听到枪声,或者至少看到枪声的结果,这将是对詹姆森·埃尔默采取必要行动的信号。

喘了口气,埃尔默举起步枪,把枪托贴在脸颊上,从枪托的瞄准器往下看,从墙和窗帘之间的缝隙往下看,目标终于升起来了。一小圈皮肤和白发。这个苏联佬清除过很多人,现在轮到他自己了。要考虑到偏差。等待乐队进入下一个高潮,掩盖枪声。只要一枪,他不需要更多。深呼吸,再深呼吸,然后温柔地扣动扳机。

从服务员那里拿到钥匙后,布朗特悄悄地打开了一个包厢的门——一阵狂放的音乐涌进来,一个男人背对着布朗特,站在几英尺远的小厅里。

布朗特冲了过去,这具重达两百多磅结实的躯体曾多次闯过敌人的队伍,此刻布朗特低下的脑袋就像一颗炮弹撞在里面那人的胸膛上。埃尔默听到门开的那一瞬间,扔下了步枪,猛地转过身,正要把手伸进夹克里,撞击使他跟跟跄跄地退到小厅的墙上。他似乎扭动了一下,然后站了起来,像一条受惊的蛇。他动作很快,确实很快。但是,就在他突然拔出左轮手枪时,布朗特狠狠地打了他右耳一拳,把他打昏了过去。当布朗特朝部长那个包厢望去时,两个相邻的包厢里传来了惊愕的嘀咕声。看得清清楚楚,苏联外交部长在那里,身体前倾,他的手指在长毛绒覆盖的窗台上,随着音乐的节奏敲击着。布朗特长叹了一口气,来得正是时候。

"抓住那个人!"外面传来奈杰尔的声音。接着,现场发生了扭打,传来痛苦的呻吟声。亚历克·格雷从他的包厢出来,想搞清从埃尔默那里听到的声音是怎么回事。他看到一个警察站在门口,后面是斯特雷奇威。他转过身去,用脚后跟狠狠地踢了那个试图拦截他的便衣的下身,然后跑了过去。在走廊尽头,他看见警察在他下面的楼梯上。他转过身来,跑到楼上去,心里暗忖要进入观众席,混在观众中,哪怕只有一点喘息的空间,但是阿尔伯特大厅许多楼梯口的门在表演时都是锁着的,以防止不老实的观众溜下来,占据比他们买的更贵更好的座位。格雷进了一个没出路的楼梯,在每个楼梯平台,他都发现一扇锁着的门,警察紧跟在他后面。

他们在楼顶抓住了他。他用拳头猛击一扇门,但他不知道,那扇门就通向大楼外围的阳台。他们扑向他,给他戴上手铐。他看起来像个坏脾气的孩子,堕落的孩子。一个警察看到了格雷对下面便衣人员的所作所为,他举起一只大手,轻蔑地抚弄着格雷那蓬乱的亚麻色头发,说:"真是个漂亮的小绅士,不是吗?我可以拿来作为我的蝴蝶收藏品。"

《伯沙撒王的盛宴》结束后，爱德华爵士把头伸进杜巴的包厢，轻声请求与鲁道夫爵士说几句话。后者没有看到上层发生的任何事，他以为枪手没听懂自己的话，或是失去了勇气，成功逃离了大楼。这让人恼火，但肯定不是灾难性的，他得另作安排。他那强大而发散的思想，已经与詹姆森·埃尔默和亚历克·格雷阴暗的想法划清界限。

"只是有点小麻烦，"爱德华爵士抱歉地说，"我想，作为今晚这个……呃……表演的组织者，应该征求您的意见。"他的声音越来越小。他领着鲁道夫爵士来到台下的更衣室，打开门，站在一旁让鲁道夫进去。房间里，格雷和埃尔默紧挨着坐在硬椅子上，双手被铐在一起，警察拿着左轮手枪守着他们。

"上帝保佑！亚历克，你在这里做什么？还有这个人是谁？"鲁道夫爵士问。

詹姆森·埃尔默冰冷如黑曜石般的眼睛盯着鲁道夫爵士。在似乎是很长很长的停顿之后，他说："不，伙计，你逃脱不掉的。"

"我想杜巴不会再有任何事能逃脱了，"爱德华爵士的声音传来，"布朗特警司，如果你愿意，请起诉这个人，把他和其他犯人一起带走。"

鲁道夫爵士终于明白，他再也不能从这个噩梦中醒来。

图书在版编目（CIP）数据

暗夜无声 /（英）尼古拉斯·布莱克著；程水英译
. ——上海：上海文艺出版社，2023
（尼古拉斯·布莱克桂冠推理全集）
ISBN 978-7-5321-8710-2

Ⅰ.①暗… Ⅱ.①尼… ②程… Ⅲ.①推理小说-英国-现代 Ⅳ.① I561.45

中国国家版本馆 CIP 数据核字（2023）第 042933 号

暗夜无声

著　者：[英]尼古拉斯·布莱克
译　者：程水英
责任编辑：丁娴瑶
装帧设计：周艳梅
版面制作：费红莲
责任督印：张　凯

出版：上海文艺出版社
出品：上海故事会文化传媒有限公司
　　　（201101上海市闵行区号景路159弄A座3楼www.storychina.cn）
发行：上海文艺出版社发行中心
　　　（上海市闵行区号景路159弄A座2楼206室）
印刷：上海中华印刷有限公司
开本：889毫米x1194毫米　1/32　印张9.25
版次：2023年7月第1版　2023年7月第1次印刷
ISBN：978-7-5321-8710-2/I.6860
定价：45.00元

版权所有·不准翻印

上海故事会文化传媒有限公司出品（01119）www.storychina.cn

想看更多精彩故事？
扫码下载故事会APP

上海故事会文化传媒有限公司所有图书可办理邮购，免收邮费（挂号除外）
汇款地址：上海市闵行区号景路159弄A座2楼206室（201101）
收款人：上海故事会文化传媒有限公司出版发行部
联系电话：021-53204159
如发现本书有质量问题，请与印刷厂质量科联系T:021-60829062